藥香賢妻 1

文創風 365

靈溪 著

目錄

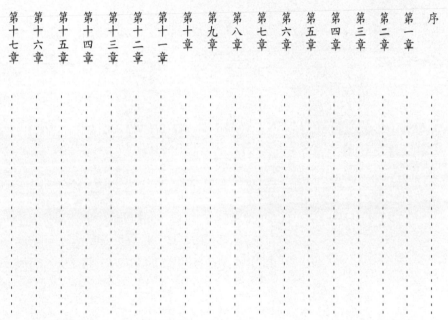

序

靈溪

接到編輯寫序言的通知，說實話還真有些不知所措，雖然在網路上寫小說也有六、七個年頭了，但是真正的實體書出版還是第一次，所以這次寫序言的心情既緊張又興奮。

說到《藥香賢妻》這本書最早是十四年前在瀟湘網站上發表的，那時剛剛生完兒子，一邊看孩子一邊碼字，現在還記憶猶新。只是其間因為兒子生病等原因更新很慢，在這裡向當時追這本書的廣大讀者們致歉，不過小溪當時已經盡了最大的努力了。

喜歡獨立自強的女性，所以就設定了薛無憂這樣一個現代人穿越回到過去，靠著精湛的醫術開啟她的古代人生（在這裡想說——女人還真得有一樣可以謀生的技藝，至少能不靠男人吃飯）。這次想寫一個堅韌淡然又自強的女性，所以並沒有給予她過人的容貌，想讓她以自己的才智和努力贏取自己的人生。

現在的社會過於浮躁，就連愛情也參雜了許多別的東西，但還是喜歡和嚮往真摯的感情，那種彼此之間的惺惺相惜，朝夕相處中培育出來的默契和濃濃深情。本書前半部分著重於女主的醫學事業和一一化解生活中的難題，後半部分便著重於個人情感的描寫，大概就是先有了事業再有了愛情的步驟。

喜歡堅毅內斂的男子，所以本文的男主亦是鐵血男兒，對女主卻也有柔腸的一面，性格中亦有一點霸道、一點自負。女主外表淡然溫婉，內心卻是獨立堅韌，所以當男主和女主性格碰撞的時候，那也是一場沒有硝煙的戰爭！由於本文的前身是網路文學，所以在設定人物和事件的時候也許還存在了許多不足，期望讀者的品評。

這是第一次寫種田，沒想到還出版了，確實給予了我很大的鼓勵，在此也感謝我的出版編輯yoyo以及狗屋出版社，是他們讓本書有緣給更多的讀者品評。今後，我會努力不懈，希望能夠帶給大家更多的好文好故事！

第一章

黃昏時分，靜謐的屋內突然傳來了隱約的鼓樂聲。

「這是新人進門的鼓樂聲吧？」斜靠在實木大床上的女人有氣無力地問著。

那女人二十四、五歲年紀，臉色蒼白，髮髻有些散亂，額上戴著青色繡花的寬抹額，雖然只是初秋季節，但是身上卻裹得嚴嚴實實，看樣子是剛剛生產過的模樣，不過眉眼十分好看，雖然氣色很是不好，但也可以看出是一位有些姿色的女人。

站在床下的宋嬤嬤四旬多的年紀，穿一件棗紅色的比甲，一臉的乾淨幹練，眼眸掃了一眼緊閉的雕花窗子，心中雖然嘆了一口氣，還是趕緊勉強笑著安慰道：「奶奶，您別想那麼多了，好好休息吧！別人不疼您，您得多疼疼自己不是？再說您還有柔姊兒和剛滿月的二姊呢！」

聽到從小把自己帶大的奶娘宋嬤嬤的話，朱氏抬眼望了望正坐在窗子前練字，一名六、七歲粉妝玉琢的小女娃。那小女娃穿一身粉色的綢衣，紅色的頭繩綁著雙丫髻，臉龐和眉眼長得和朱氏很像，完全遺傳了她的美貌，小女娃是朱氏的大女兒薛柔。

那小女娃大概聽到了娘和宋嬤嬤的對話，停下手上寫字的動作，眼眸擔憂地看著靠在床前的母親，小小的臉龐上一副大人的神色，看得出是一個頗為懂事的小女孩。

隨後，朱氏的眼光又落到躺在自己身側被襁褓包裹的二女兒，此刻，那小小的嬰兒正閉著眼睛睡覺，似乎一點都察覺不到她母親的愁緒。看到她的兩個孩兒，朱氏那美麗的眼眸中閃現濃濃的母愛。

「如若不是有柔兒和這個小的，我活著也真是沒有什麼用……」說著，朱氏忍不住掩面而泣。

「大爺也太狠心了，奶奶才剛剛滿月，生二姊差點沒把命搭上，他倒好，這麼快就納妾了，他怎麼對得起奶奶當年對他的一片真心？」站在屋子裡正在收拾衣物的朱氏的丫頭平兒終於忍不住抱怨開了。

朱氏聽到這話不禁又悲從中來，看到朱氏哀戚的模樣，宋嬤嬤趕緊斥責平兒道：「妳胡說些什麼？就知道惹奶奶生氣，趕快去看看奶奶的藥好了沒有。」

平兒知道自己剛才莽撞了，不過心中卻仍然氣憤難平，但終究不敢再多說些什麼，放下手中的衣物，趕緊轉身出去瞧朱氏的藥熬好了沒有。

平兒出去後，宋嬤嬤小心地勸著主子。「奶奶，您一定要放寬心，納妾這種事，凡是沾點富貴的人家都有，這是免不了的。就算進了門又怎麼樣？只不過是個妾，您才是明媒正娶的正室。就算以後能生個兒子出來，您也是他的嫡母不是？」

聽到這話，朱氏的手撫著自己仍然有些鼓鼓的小腹，皺著柳葉眉輕聲道：「我並不是怪他納妾，大夫說我已經不能再生了，為了薛家的香火，他肯定不得不聽老太太的話，可是這麼多天了，除了那天放下一句要納妾的話，他怎麼連我的面都不見了？還有這孩子總是他的吧？雖然是個丫頭，可終究也是他的血脈，怎麼也不來看一眼？」

「大概大爺這些天公務忙，也可能是在準備納妾……」

「別替我寬心了，是怎麼回事我還不知道嗎？」朱氏打斷了宋嬤嬤的話，一雙眉宇鎖在了一起。

天天都是這些自怨自艾的話，煩不煩啊？就不能自立自強嗎？王怡又是被朱氏和宋嬤嬤的說話聲吵醒。而且反反覆覆還是那些女人幽怨的話語，王怡不禁皺了皺小眉頭。王怡就是躺在朱氏身邊這個小小嬰兒，不，應該說是她魂穿了，來自現代的她魂穿到這個剛剛出生不久的小嬰兒身上。

王怡在現代是一位女軍醫，一次搶救病人的途中她莫名地來到這個歷史上不見名的王朝——大齊，並且還離奇地穿越到一名嬰兒的身上。她雖然有以前的思想和意識，但是身體卻是個不能說、不能動，只會啼哭和吃奶的嬰兒。

躺在朱氏的身邊好幾天了，從她們零零碎碎的話語中，她判斷出這棟宅子的男主人叫薛金文，是大齊吏部的一名小吏，雖然不是大富大貴的人家，但也有一群婆子傭人。女主人就是現在躺在床上掉眼淚的這位朱氏，坐在窗子前寫字的小女孩是他們的第一個女兒，也是她的姊姊。好像她還有一位被稱作老太太的祖母，只是她還從來沒有見過。家庭成員倒是挺簡單的，不過從今日開始會有另一個女人進門，就是薛金文要娶的那個妾，聽說是一家肉鋪的女兒，叫什麼金環的。

一個月前，朱氏臨盆時難產，聽說是大出血，萬幸人是從鬼門關前給拉回來了，但是大夫卻說身體受到重創，以後再也不能夠生育了。這下可是讓整個薛家都愁雲慘霧，朱氏的婆婆薛老太太當即就甩了臉，薛金文也是愁眉不展，過沒幾天就定了那個李家肉鋪的姑娘。這不，今兒就是過門的日子，也難怪朱氏會傷心落淚，畢竟自己還沒有從再也不能生育的打擊中走出來，卻有一個女人要進門和她爭丈夫了，換作哪個女人能不捅心窩呢？

「奶奶，二姊醒了。」宋嬤嬤看到王怡睜開眼睛，趕緊道。她再不轉移朱氏的注意力，真不知該怎麼勸她了。

聽到宋嬤嬤的話，朱氏趕緊用帕子擦了一把眼淚，低頭一瞧，果不其然，身側的嬰兒正用一雙圓滾滾的眼睛望著她呢！朱氏的手摸著嬰兒吹彈可破的肌膚，聲音仍然幽怨。「孩子，到現在妳連個奶娘都還沒有，真是讓妳跟著娘親受苦了。」

當初，生大姊薛柔的時候，雖然家裡並不是十分豐足，但好歹也是有奶娘的。這次薛老太太一看生的又是女兒，便以家道艱難為由拒絕請奶娘了，讓朱氏的屋裡人幫著照看，朱氏好一點便讓她自己餵奶。

我的娘啊，您怎麼只知道哭呢？您已經哭了整整一個月，這樣哭下去會把眼睛哭瞎的，就為了那些不在乎您的人哭嗎？真是太不值了。王怡在心裡吶喊著。

「奶奶，二姊肯定餓了，您趕快餵奶吧。」看著朱氏又要落淚，宋嬤嬤趕緊打岔道。

子。

「嗯。」點了點頭，朱氏伸手解開身上的月白小襖的盤扣，然後露出了一只雪白的奶

望著眼前那雪白的「食物」，王怡抑制不住腹腔內傳來的飢餓感，毫不猶豫地張嘴便一口咬住了乳頭，大口大口地吸吮起來……說實話，第一次吃奶的時候她那個臉紅啊，因為蝸居在這副小小身子裡的她可是一個二十七歲的大姑娘，她囧極了。可是沒有辦法，飢餓讓她什麼也顧不得了，不過她這個娘的奶水倒是很甜很甜的。

「奶奶，您看二姊吃得多好啊，看來是個好養活的。」望著大口大口吃奶的嬰兒，宋嬤嬤笑道。

「希望她能夠長副好身板，別像我，身子這麼差，連個兒子都生不出來……」說到這裡，朱氏又想起了心酸事。

媽呀，您不要這樣好不好？天天都在為沒有生出兒子而傷心煩惱。這萬惡的古代啊，她能生在現代真的很幸運，可是悲催的是，她怎麼莫名其妙地回到了這個有著諸多封建陋習的古代？

這時候，門吱呀的一聲響，是平兒從外面回來了。

宋嬤嬤看平兒兩手空空，不由得皺眉問：「奶奶的湯藥呢？」

平兒的臉上有幾分無奈，抬眼顧忌地看了看躺在床上的主子，一副欲言又止的樣子。

宋嬤嬤見她如此，催促道：「說呀！」

「今日廚房裡都在準備喜宴，根本就沒有地方也沒有人手給咱們奶奶熬藥。」平兒咬咬牙還是說了，知道主子肯定又會為了這幾句話而傷心難過。

聽到這話，朱氏的臉上當然又是淒然之色。

宋嬤嬤低頭發愁地自言自語道：「奶奶的身子還這麼虛弱，不吃藥怎麼行呢？」

「沒事，不就是短一天的湯藥嗎？明天再吃就是了，反正那苦藥湯子我也吃夠了。」朱氏的嘴角扯出一絲笑容，安慰著從娘家帶來的這兩個最貼心的人。

「奶奶就是好說話，所以薛家才不把奶奶放在眼裡。想當初您嫁進來的時候，這薛家都窮成什麼樣？就剩下這棟三進的宅子了。這些年還不是靠您的嫁妝維持著，要不然大爺這個從七品的官也謀不來的……」平兒在一旁嘟囔著。

看到朱氏低頭不語了，宋嬤嬤趕緊上前推了平兒一把。「就妳話多。」

平兒嘟囔著，不敢再言語，半晌後，朱氏才抬眼，用溫和的語氣對平兒道：「這些話以後不要說了，尤其是在外面。」

本來，朱氏是商家的女兒，家裡頗為殷實，而薛金文家雖然幾代書香門第，但是到他這一代早已經敗落。在大齊，商人雖然有錢，但是地位很低，讀書人就算再窮，也是被人尊敬的。八年前，朱氏跟著父親從江南來京城做生意，無意中邂逅了薛金文，她便不顧父兄的反對堅持要嫁給薛金文，父親無奈，只得準備了豐厚的嫁妝讓她嫁過來。憑著朱氏的嫁妝，薛家在城外置辦了幾百畝地和兩間鋪子維持生活，薛金文也無後顧之憂，用五年時間考了個舉人，並且在吏部謀了一個從七品小吏的職位。雖然如此，但薛家還是有著看不起商人的那種心態，對朱氏的父兄很不尊重，所以朱氏的父兄回到江南後便少有來往了。而薛家靠朱氏的嫁妝過日子的話語，在薛家也是禁止提起的，雖然這都是事實。

朱氏的語氣雖然溫和，但神情卻是不容置疑，平兒趕緊點頭。「是，奶奶。」

隨後，宋嬤嬤說：「奶奶，都過了滿月，咱們二姊還沒個名字呢！」以前薛柔的名字是薛金文親自取的，這次他這麼多日連面都不照了，而老太太更是沒有上她屋裡來，估計他們誰也不會上心給這個孩子取名字了。

低頭看了看懷裡白嫩嫩的小娃娃，朱氏那青蔥似的手指在她的臉上摩挲了片刻，然後幽幽地道：「就叫無憂吧，希望她以後能夠永遠都沒有憂愁。」不要像她一樣，有今日這樣慘澹的境地。

這時候，王怡已經吃完了奶，聽到她這一世娘親的話，心想——薛無憂，這一世她有名字了。隨後，無邊的睏意襲來，像以前的一個月一樣，她又開始了一天十幾、二十個鐘頭的長睡……

屋子裡的窗戶仍然緊閉著，到處都瀰漫著一抹湯藥的氣味，加上屋子裡很少有歡聲笑語，所以就更加讓人感覺氣悶了。

給我一點新鮮空氣好不好？這樣下去會憋死的。只能躺在床上的王怡在心裡吶喊著。

月子早已經過了，就算是有病，怕風，可是也要每天給屋子通風，呼吸新鮮空氣啊，這樣下去屋子裡的空氣越來越渾濁，對病人一點好處都沒有，更何況屋子裡還有一個新生兒。

「奶奶，藥來了。」平兒把一碗黑乎乎的湯藥端到朱氏的面前。

「嗯，不想喝。」一看到那個顏色，朱氏便皺了眉頭。

見朱氏不肯喝，宋嬤嬤趕緊伸手端過平兒手裡的藥碗，笑著哄道：「奶奶，不喝藥病怎麼會好呢？不為自己，您也要為二姊著想一下，您身體若是不好，她怎麼吃奶啊？」

宋嬤嬤的話非常管用，朱氏一聽，雖然這些天喝藥已經喝得反胃無比，但她還是勉為其難地喝了。

見朱氏把藥喝了，宋嬤嬤開心一笑。趕緊轉頭吩咐著平兒。「快去把奶奶的參湯端來。」

聽到這話，正在擦桌子的平兒一愣，停了擦拭的動作。見平兒杵在那裡不動，宋嬤嬤喊：「平兒，妳是死人啊？我的話沒聽到嗎？」

下一刻，平兒才站直身子，吞吞吐吐地回答：「我……我剛才已經去廚房問過了。老太太說……現在家道艱難，奶奶已經吃了一個多月的人參，身子也沒見好，所以吩咐以後不許再買了。」

聽到這話，宋嬤嬤一驚。顯然有些出乎意外，轉頭和朱氏對望了一眼，朱氏的臉上面無表情，眼眸中卻是一點神采也沒有了。

「怎麼可以這樣？大夫說奶奶要一天喝一碗參湯才是，她的身子需要進補的。」一向冷靜的宋嬤嬤這次也不那麼淡定了，說著就往外走。「我去找老太太去。」

「嬤嬤，不要去，我這身子喝不喝人參也好不了了。」這幾天，薛金文一直都沒有出現過，朱氏也越來越沈默寡言，她已經有些灰心喪志了。

「可是……」

宋嬤嬤還想說什麼，一旁的平兒搶白道：「宋嬤嬤，我看妳也別去了，去了也是碰一鼻子灰。哪是什麼家道艱難，那個女人一進門，就買了兩個丫頭伺候著，新房裡的家具和擺設比奶奶屋裡的一點都不差，哪像是做妾啊，簡直就像是明媒正……娶來的。」

「妳……去過他們的新房了？」本來朱氏一直都在隱忍著沒有問那個女人的事情，但是今日平兒的話讓她實在是忍不住了。

見奶奶問了，平兒只得低著頭回答：「奴婢怎麼會去那個女人的房間呢？奴婢……是聽廚房的兩個婆子說的。」

「這幾天……大爺……都在那邊吧？」這是她一直想問的，只是難以啟齒。自從自己懷孕後，都在纏綿病榻，怕影響了他休息，所以都讓他在書房睡。這幾日娶了新人，他只怕都在新房吧？

聽見奶奶問了，平兒不知道該怎麼回答，抬頭望望站在床前的宋嬤嬤。可是，宋嬤嬤還沒來得及對她使眼色，朱氏便搶先道：「妳是我從娘家帶來的丫頭，妳要說實話。」

這時候，平兒只得硬著頭皮回答：「聽說都留在新房裡。」她的聲音嗡嗡地像蚊子。

雖然是意料之中的事情，但是朱氏的臉色仍舊是沈了下來。一時間，屋內又靜悄悄的。此刻，躺在朱氏懷裡的王怡真是替自己這一世的娘親不值了，明擺著的事情還問什麼問啊？真是的，要是在現代早離婚分錢走人了。

就在這時候，屋外傳來一個小廝的聲音。「宋嬤嬤在嗎？」

聽到這聲音，宋嬤嬤趕緊道：「是興兒的聲音，我去看看。」說著，便趕緊走了出去。興兒是薛金文的跟班，和薛金文是形影不離的，他來了，肯定是薛金文有什麼事，好多天沒有看到夫君的朱氏，內心又提起了一點希望。

不一會兒後，宋嬤嬤就急急忙忙地跑進來。「奶奶，大爺說一會兒二奶……那個女人會過來拜見您，讓您準備一下。」

其實，按照規矩，新婚當天做妾的就應該給正妻磕頭敬茶的，只是朱氏病著，所以就一直拖著。

聽到這話，朱氏心中一慌，雖然她很好奇那個女人長什麼樣，但她也實在不願意面對那個女人，不過該面對的還是要面對的。下一刻，她便掙扎著從床上坐起來，撫著有些凌亂的髮髻道：「趕快給我梳妝。」無論如何，她要好好地裝扮裝扮，不能讓那個女人看到自己這副病模樣。

「平兒，趕快把奶奶那件大紅燙金的褙子找出來，對了，還有那條翠綠的裙子……」宋嬤嬤手忙腳亂地開始為朱氏梳妝。

大概半個時辰後，朱氏已經優雅地端坐在她房間的正堂上了。她所住的是三進院落最後面的三間正屋，最東邊是臥室，中間是一個小廳堂，西屋是大姊薛柔的房間。

「來了、來了！」站在門口的平兒瞥了一眼門簾縫外面，趕緊向裡面報告。

一刻後，只見一個身穿藍色比甲的小丫頭低頭進來稟告道：「大奶奶，我們二奶奶來給您請安了。」

聽到二奶奶這個詞，朱氏還是感覺有些刺耳，略微牽動了一下眉頭，道：「平兒，還不請進來？」

「是。」平兒一點頭，伸手撩開了門簾，對著外面的人說：「奶奶請……您進去。」她支吾了一下，並沒有說出讓自己主子感覺刺耳的那個詞。

隨後，一個身穿銀紅色褙子的窈窕身影走進來。下一刻，朱氏的眼睛便和一雙妖嬈的眼光在空中交會了。只見那人梳著墮馬髻，髮髻上插著幾支華麗的鑲嵌紅寶石的釵簪，眉目十分嫵媚，皮膚白皙，嘴唇嬌豔欲滴，更重要的是一股勢不可當的青春氣息直直地射過來，她最多也只不過十八、九歲。

看到來人，朱氏不禁心裡咯噔了一下，袖子裡的手不自覺地一攥。今日，她穿了一件大紅的褙子，梳了牡丹髻，上面插了一支鑲嵌珍珠的朝鳳金步搖，臉上搽了些胭脂以掩飾虛弱的氣色，整個人打扮得很優雅高貴，但是心裡覺得還是被來人的青春妖嬈給比了下去。她看了心裡都……更何況是血氣方剛的男人呢？

打量了朱氏兩眼，李金環便上前兩步，福了福身子，用甜甜的嗓音說：「金環拜見姊姊，知道姊姊身子不爽利，所以今日才來拜見，還望姊姊不要怪罪啊！」幾句話說得很大方，臉上一點也沒有新婚時那種小女兒的嬌羞，這也難怪，她可是每天都在肉鋪裡迎來送往呢！

見她只行了萬福禮，並沒有磕頭，朱氏的眉頭微微一皺，掃了一眼那雙精明凌厲的眼睛，扯了下嘴唇道：「妹妹哪裡話，是姊姊的身子不爭氣。」

「姊姊喝茶。」李金環笑著把茶碗送到朱氏的面前。

遲疑了一刻，朱氏接了茶碗，低頭象徵性地喝了一口。當看到李金環這般美貌時，她早已經心不在焉了，心裡竟然想的都是李金環和自己的夫君卿卿我我的畫面……

見朱氏喝了茶，李金環便轉頭毫無顧忌地打量著朱氏的屋子，眼光中已經蘊含著不敬了。

看到李金環這個樣子，宋嬤嬤和平兒很是氣憤。平兒想上前說什麼，被宋嬤嬤擋了一下，宋嬤嬤上前一步對李金環說：「按照規矩，妾室第一次給正妻請安要磕頭才是，您看來是忘了吧？」宋嬤嬤雖然笑著，但笑容卻是嚴肅的。

聽到宋嬤嬤的話，李金環轉身打量了一眼宋嬤嬤，扯著嘴角笑道：「這位就是姊姊的奶娘宋嬤嬤吧？姊姊呢一看就是良善人，我初來乍到不懂規矩，姊姊是不會怪我的吧？」李金環轉頭望著正坐在那裡想心事的朱氏。

「給二奶奶看座吧！」朱氏淡淡地道，就算自己覺得那幾個字刺耳又怎麼樣，她已經正式嫁進來了，是名正言順的二房奶奶。

宋嬤嬤一看主子一副失魂落魄的樣子，早就心疼了，也沒有心情再和這個女人爭什麼，就對著平兒使了個眼色。平兒年輕氣盛，但是不敢不照辦，便氣沖沖地搬了個繡墩往旁邊重重一放。

李金環當然看得出對方的不友善，不過她並不計較，而是徑直坐了下來，竟然還和朱氏扯起家常。

其間，李金環看到一個六、七歲的漂亮小丫頭正在打量著她，她衝薛柔笑道：「這是大姊柔兒吧？」

六、七歲的薛柔已經懂事了，她自然知道這些日子母親就是為了這個女人而傷心，眼中帶著厭惡的光芒掃了一眼李金環，便轉頭往自己屋裡去了，根本就不想和她說一句話。

「是咱們大小姐。」宋嬤嬤回答道。一句咱們的話說得很明顯，咱們都是奴才，大小姐和奶奶才是主子。

李金環自然知道宋嬤嬤話裡的意思，不過好像並不在意，繼續和朱氏閒聊。朱氏終究是沒有什麼精神打發她，宋嬤嬤想開口趕人，沒想到這個時候臥室中的二姊哭鬧起來。宋嬤嬤趕緊步入臥室抱起二姊，心想正好有藉口了。

「奶奶，二姊醒了。」宋嬤嬤抱著二姊從臥室裡走出來。

「呃……」

還沒等朱氏說話，李金環馬上站起來，湊到宋嬤嬤跟前望著她懷裡的二姊，笑道：「這就是姊姊剛生的二姊啊？唉唷，長得真是漂亮喜人哪。」

「妹妹過獎了。」朱氏客套了一句。

宋嬤嬤卻道：「那是當然，長得和奶奶一樣。」宋嬤嬤無形中誇讚著朱氏的容貌。

雖然宋嬤嬤的話裡帶刺，李金環並不在意，上前就從宋嬤嬤手裡抱起了二姊。「我來抱抱。」

「哎……」宋嬤嬤沒想到她會從自己手裡來搶孩子，低呼了一聲後，孩子卻是已經到了李金環的手上。

李金環抱著二姊，眼睛一直盯著二姊的小臉，臉上都帶著笑，可是話卻開始說得不對味了。「女孩麼，就得長得漂亮些，以後才可以嫁個好人家。要是男孩的話就不怕了，不管長什麼樣，以後也是要頂門立戶，繼承家業，傳承香火的。姊姊妳說是不？」言下之意已經很明顯了，她是在諷刺朱氏生的只是個女孩，就算再好也沒用。

朱氏自小被父兄捧在手心裡長大，從來不懂什麼勾心鬥角，就算是嫁進薛家，婆婆難伺候，她也只有聽命的分兒，哪裡會鬥這個嘴，雖然心裡氣得慌，但是張了張嘴，卻是什麼也還擊不了。更何況她現在身體虛弱，心靈受傷，根本就沒有心情和李金環鬥什麼嘴。而且她拚了八年沒有生出兒子也是事實，這話正好說到了她的痛處。

見奶奶被氣得說不上話來，一旁的平兒仰著頭冷冷地道：「那也要看生在什麼樣的人家啊？像您這樣美若天仙，不也是過來給咱們大爺做妾嗎？」

哪裡知道被這樣搶白李金環還是不生氣，只是瞟了一眼平兒，冷笑道：「總比一輩子做個丫鬟，以後再配個小廝要強多了吧？妾也是半個主子，生了兒子更是主子，丫鬟就不一樣了，就算是生了兒子也還是做奴才的分兒。」最後一句話拉得尤其長。

「妳……」平兒被李金環的話氣白了臉，想要回擊。

不想朱氏卻開了口。「平兒。」畢竟是第一次見面，總不能鬧個吵吵嚷嚷收場。

瞥了一眼坐在正堂上朱氏的窩囊樣，李金環是完全不放在眼裡了。「姊姊，妳屋裡這些人還真是得好好管教管教了，要不然姊姊的賢良名聲可生生是被她們弄壞了。」

「妳……」第一次見面，朱氏沒想到她一個妾就敢這樣頂撞自己，剛想訓斥幾句。不料，那李金環卻自己尖叫了一聲。

「唉唷！」

「二奶奶，您怎麼了？」隨李金環進來的丫頭紅杏上前緊張地問。

「她……她尿了我一身。」說著，李金環充滿嫌棄地把手中的二姊塞回給宋嬤嬤。

只見李金環那銀紅色的褙子上從衣襟處到腹部濕了好大一片，頓時剛才的那種張狂勁完全沒了，只剩下對身上衣服的惋惜。

一旁的紅杏趕緊用帕子給她擦拭。「二奶奶，奴婢幫您擦擦。」

「唉呀！這件衣服可是第一天上身，這料子很貴的……」李金環皺著眉頭盯著自己褙子上的尿跡，簡直是鬱悶死了。

平兒看到她樂極生悲，忍不住低聲噗哧一笑，連宋嬤嬤也忍俊不禁。

「真是晦氣！回去了。」斜眼看到眾人眼中的幸災樂禍，李金環氣急敗壞地轉身走了，後面的紅杏趕緊追上去。

李金環走後，平兒上前去一把拉下了門簾，啐道：「呸！什麼東西！」

「二奶奶……」

「呵呵……」

聽到懷裡傳來一陣嬰兒的笑聲，宋嬤嬤低頭一瞧，趕緊對朱氏道：「奶奶，二姊笑了。真是痛快，可是為您出了一口惡氣。」

此刻，在宋嬤嬤懷裡的王怡心裡真是美滋滋的，剛才她從睡夢中醒來，剛好聽到外面她們的對話，心想這個李金環也太放肆了，竟然這樣欺負人，她那個娘親也真是沒用，窩囊死了。沒辦法，只好由她出馬了。不過現在她什麼也做不了，只能尿那女人一身。這要是在現代，自己早就出手打死那個小三了，要先扒了她的衣服，再狠狠地揍她一頓。

朱氏一聽，掙扎著站起來，平兒趕緊上前攙扶著，走到宋嬤嬤跟前，低頭望了一眼正衝著她笑的二姊。只見那個小傢伙的眼睛亮晶晶的，彷彿會說話似的，朱氏摸著二姊的臉蛋，有氣無力地道：「我們無憂這麼小也知道護著娘了。」說話間，眼眸中對這個女兒彷彿寄予了很高的期望。

「娘，妹妹真行。」薛柔跑過來拉著朱氏的衣襟道，她也很想給娘出氣，可是她卻沒有這樣的本事。

聽到大女兒的話，朱氏低頭摸摸她的頭，誇讚道：「我們柔兒也乖，娘也一樣喜歡。」

「我們兩位小姐都是好的。」剛才憋了一肚子氣的平兒和宋嬤嬤笑道。

這方，李金環帶著紅杏和綠柳兩個丫頭從朱氏的房間裡出來，一路地罵。「一個病秧子加兩個賠錢貨也想壓老娘一頭？呸，什麼東西？看我以後怎麼收拾她們。」李金環是肉鋪老闆的女兒，雖然長得嬌俏，人也伶俐，但畢竟骨子裡都是市井裡的那一套，說話不裝的時候是很粗俗的。

「二奶奶別和她們一般見識，那位雖然是大的，但早就失寵了，您嫁進來都半個多月了，據說大爺連她的門檻都沒有踏過呢！」紅杏在一旁譏笑道。

李金環回頭望著不遠處的那三間房子，冷笑道：「哼，半個月算什麼？我讓她以後都守活寡。」說完，便轉頭扭著水蛇腰離去了。

又過了幾天，朱氏還是沒有盼到自己的夫君。

昏黃的燈火下，望著小炕桌上的白粥和幾樣小菜，她是味同嚼蠟。

見朱氏仍然沒有胃口，宋嬤嬤上前陪笑道：「奶奶，好歹吃點吧，二姊還等著您的奶水呢！」

聽到宋嬤嬤的話，朱氏遲疑了一下，終究還是搖了搖頭。「我實在是吃不下，撤了吧！」

以往朱氏不肯吃飯，不肯喝藥，宋嬤嬤都是用二姊這個理由來勸她，雖然不會起根本的作用，但是好歹她還會吃幾口，可是今日連這個理由都不管用了，宋嬤嬤一時間都不知道怎麼勸了。看了看朱氏有些呆滯的目光，宋嬤嬤知道今日勸也沒用了，索性便吩咐平兒。「平兒，撤了吧！」

「可是奶奶一點都沒吃呢！」平兒上前看了看小桌子上根本就沒有動的飯菜。宋嬤嬤只是向她擺了擺手，平兒只得上前收了飯菜。

此刻，躺在大床上的王怡不禁在心裡嘆了一口氣。唉……

知道朱氏心情不好，所以一旁的薛柔一直靜靜地待著，非常乖巧，就怕母親再生氣。而宋嬤嬤做事也是小心翼翼的，端著一碗人參湯上前道：「奶奶，飯不吃，參湯總要喝完了才是。」

朱氏轉頭掃了一眼她手裡的參湯。「是妳自己去買來的吧？」老太太的脾氣她清楚，對她這個媳婦可是一直說一不二的。

「是老奴自作主張了，拿了奶奶的體己銀子去藥鋪買了兩支人參。奶奶要怪就怪老奴吧！」雖然宋嬤嬤這麼說，其實她知道如果請示了朱氏，她肯定不會同意自己拿她的體己銀子再去買人參的。畢竟這麼多年來，她的陪嫁也花得差不多了，以後還有很長的日子要過，而且還有兩位小姐呢！

朱氏不由得心酸，拉住宋嬤嬤的手道：「妳都是為了我好，我怎麼會怪妳呢，我從小是吃妳的奶長大的，其實妳和我親娘也差不多。只是我的陪嫁所剩不多了，以後還有兩位姊兒，我這身子也就這樣，以後就不要浪費銀子了。」

朱氏的話讓宋嬤嬤的鼻子一酸，還是強忍著沒有掉下淚來，趕緊道：「奶奶，以後日子會越來越好的，趕快把參湯喝了，這麼金貴的東西可別浪費了。」

「嗯。」不忍讓宋嬤嬤難過，朱氏接過參湯，一仰頭，一碗參湯全部喝了下去。

見朱氏把一碗參湯全喝了，面上不禁一喜，接過朱氏手中的碗，剛想說什麼，不想平兒風風火火地跑了進來。「奶奶，大爺朝咱們屋子走來了。」

「什麼？」顯然，平兒的話讓朱氏沒有反應過來，畢竟已經這麼久了，她都等得有些絕望了。

「大爺過來看奶奶了。」望著呆愣的朱氏，平兒又重複了一遍。

「啊？我……我的頭髮是不是很亂？」朱氏聽明白了平兒的意思，坐直了身子，雙手慌亂地理著頭上的髮髻。

就在這時候，只聽外間門一響，一個沈穩的腳步聲走了進來。瞬間，屋子裡一片安靜。

這時候，王怡是清醒的，心想——是她那個陳世美父親來了嗎？不知道她這一世的娘親等待的這個男人究竟長得什麼樣？這樣傷一個女人的心。

「大爺。」薛金文走進朱氏的臥室，宋嬤嬤和平兒分別行了一個禮。

「奶奶可用過晚飯了？」這個男人的聲音聽起來倒是挺好聽的。

「奶奶這些天一直都吃不下。」宋嬤嬤實話實說。

薛金文眉頭輕輕一皺，眼睛朝床上的方向望去。此刻，朱氏的眼眸正好望過來。病中的朱氏戴著青色的抹額，頭上只插著一支銀釵，臉色有些黃，雙眼有些紅腫。畢竟夫妻多年，薛金文心中不禁升起一抹憐惜之情，況且他這些日子也是因為心中有所愧疚才未曾露面，所以別有一番情緒在心頭。

四目相對，朱氏心中的委屈和思念之情也都寫在了臉上，而丈夫眼眸中的那抹憐惜又讓她的心中萌發出一抹希望。雖然老夫老妻，但是這樣憐惜的目光仍然讓她有些臉紅，遂吩咐平兒道：「去給大爺沏一杯西湖龍井。」這是他最喜歡的茶葉，以前每天晚飯後都會喝上兩杯。

「是。」平兒會意，和宋嬤嬤都退了出去。

一時間，屋子裡只剩下薛金文夫妻和床上的小嬰兒。薛金文上前坐在了床前，溫柔地拉起朱氏的手，帶著一絲愧疚地說：「最近公務有些忙，也沒顧得上來看妳。身子可好些了？」

薛金文溫柔的話讓朱氏憋在心裡的眼淚直在眼眶中打轉。「還是老樣子，估計我是好不了了。」

薛金文的話卻讓就躺在他身邊的王怡有些反胃，睜開眼眸，在昏黃的燭光下打量了這個她所謂的父親一眼，只見是一個看起來不到三十歲，長得白白淨淨，氣質斯斯文文的男人。唉，樣子長得不錯，就是人品太爛，在妻子生產重病的時候還去娶小老婆。

「別說傻話，妳一定會好起來的。」妻子的話讓薛金文有些傷感，畢竟這麼多年來一起走過，朱氏也算是糟糠之妻。

感覺著丈夫那溫熱的手，朱氏深情地望著他，聲音中帶著幾分祈求。「如果你還念及咱們的夫妻之情，我走了，你一定要善待咱們的兩個孩子，雖然是兩個女娃兒，但好歹也是咱們的骨肉……」朱氏不可抑制地掉下了眼淚。

薛金文大概是讓朱氏的眼淚感動了，他瞧了一眼旁邊的二姊，溫柔地摟著朱氏的肩膀勸慰道：「瞧妳守著孩子胡說些什麼？妳不會有事的。妳得幫我把這兩個孩子撫養大，再給她們各自找一門好親事才好啊……」

接下來，朱氏依偎在丈夫的懷裡，極其滿足地享受著丈夫的寬慰，聽得一旁的王怡都感覺渾身酥麻酥麻的。

大概半個時辰後，薛金文喝了兩杯西湖龍井的時候，外面突然傳來幾個丫頭的嘈雜聲。見朱氏擰了眉頭，薛金文不悅地朝外面喊道：「怎麼回事？不知道奶奶正病著嗎？」聲音中的嚴厲不似剛才的溫柔。

「大爺，二奶奶給您準備好了洗澡水，問您什麼時候過去？」忽然，外面傳來一個丫頭的聲音。

聽到這話，朱氏臉上剛才的笑容淡去了，眼睛望著眼前的丈夫，等待他的回答。

這個李金環也太欺負人了吧，就算是搶人也沒有來人家屋裡搶的道理啊！唉，看來要上演二女爭一夫的戲碼了，不過她這個軟弱的娘親可不是人家的對手。王怡暗自為朱氏擔憂著。

大概薛金文也是處於兩難吧，畢竟那邊有一個青春貌美的小妾在等著他，而這邊又是多年的老妻，猶豫了一下，在看到朱氏那雙萬分不捨的眼眸後，本來心中存著愧疚的他作出了選擇，衝著外面喊道：「告訴二奶奶，我今晚在大奶奶這邊歇了。」

「可是……」外面的紅杏不死心，還想說什麼。

外面的平兒卻是馬上打斷她道：「妳沒聽到嗎？大爺說今晚在我們奶奶這裡歇了，妳再嚷嚷吵了主子們，可是沒有妳的好果子吃。」

見事情已經無法轉圜，紅杏冷哼了一聲，轉身氣沖沖地走了。

紅杏回到李金環那裡，一五一十地回了話，而且還添油加醋地說了幾句，李金環不禁柳眉倒豎。「那個病秧子真是自不量力，竟然敢跟我搶大爺？」

「大爺已經說今晚在那邊歇了，咱們總不好再去請吧？」紅杏感覺今晚大爺是不會過來了。

李金環低頭想了一下，然後抬起頭來冷笑道：「我原以為那個病秧子自顧不暇了，看來我還是要好好地和她鬥上一鬥，讓她知天命才是。」

「二奶奶，您還有辦法？」紅杏疑惑地問。

「銀耳蓮子羹熬好了嗎？」李金環答非所問。

「熬好了。」紅杏趕緊點頭，不解地望著李金環。

「準備兩碗，跟我走。」說著，李金環便站了起來。

「是。」紅杏不敢多問，趕緊叫著綠柳去準備了。

朱氏的房間裡燈火通明，宋嬤嬤和平兒忙著進進出出，一時間，彷彿一掃多日的陰霾之氣。

宋嬤嬤鋪好了床鋪後，平兒把一盆熱熱的洗腳水放在床前的腳踏上，穿著一身青色中衣的朱氏吩咐道：「妳們都下去吧！」他們夫妻好長時間沒有這樣單獨相處了，朱氏感覺彷彿回到了以前的新婚時期，讓她心生一抹緊張，不過這絲緊張是她一直在盼望的。

宋嬤嬤和平兒離開後，朱氏緩緩蹲在腳踏前，伸手就去幫薛金文脫鞋。薛金文一看妻子要給他洗腳，趕緊一把拉住她的手。「妳還病著呢，這點小事我自己來就好了。」

朱氏卻是堅持道：「我的身子我自己知道，我只想好好地伺候夫君，畢竟以後還不知道……」朱氏沒有再說下去。

她的話帶著一抹傷感，讓薛金文很不好受，所以便鬆開了她的手，不再阻攔。朱氏懷著滿腔的熱情，伸手剛要為薛金文脫下靴子，不想外面卻傳來一個丫頭的喊聲——

「大爺、大奶奶，老太太來了。」

這聲音很熟悉，是老太太身邊的丫頭燕兒，自從生產那天之後，老太太就不曾過來，怎麼今日都二更天了還來？薛金文和朱氏對視一眼，然後薛金文便抬腳趕緊迎了出去。

「娘，這麼晚了，您怎麼過來了？」薛金文攙扶著薛老太太走進朱氏的臥室。

「給娘請安。」朱氏對著薛老太太福了福身子。不想，在薛老太太身後還跟著一個人，就是二奶奶李金環，後面還有她的丫頭紅杏，朱氏不禁皺了皺眉頭。

薛老太太坐下後，眼眸在兒子和媳婦身上一掃，臉色不陰不晴地問：「你們做什麼呢？」

「呃，您媳婦剛要伺候兒子洗腳。」薛金文陪笑著回答。

薛老太太的話卻是讓朱氏有些不安，他們夫妻晚上在屋裡能做什麼呢？都到了這個時候了。

薛老太太的眼眸掃了一眼腳踏上的水盆，然後眼眸落到朱氏的身上。「妳的身子好些了？」

「還是老樣子。」朱氏回答。

似乎早就等她這一句話似的，薛老太太馬上接道：「既然是老樣子，那妳就該多養著才是，這些事情就交給別人去做好了，妳還逞強做什麼？」

一句別人讓朱氏的眼眸掃了一眼站在薛老太太身後的李金環，這個別人就是指她吧？

「我的身子……」

朱氏還沒來得及說話，李金環便含笑著上前道：「姊姊，您身子不好，這些粗重的活就留給金環好了，您得一心一意把病養好了才是。對了，我今晚燉了銀耳蓮子羹，特意給姊姊送過來了。」說著指了指紅杏手裡托盤中的一個湯盅。

李金環滿臉含笑，態度也算謙卑，一點也不像上次來時的張狂樣子，朱氏無言以對，只得道謝。「有勞妹妹了。」

這時候，薛老太太似乎有些不耐煩了，站起來道：「好了，時候不早了，金文明天還要去衙門呢！妳記得把銀耳蓮子羹喝了，不要辜負了金環的一番心意。金文你今晚就去金環屋裡歇著吧，她這個樣子怎麼能伺候你呢？」

薛老太太的話還算柔軟，但是語氣和臉色卻是不容置疑，大齊和古代任何一個朝代一樣崇尚孝道，薛金文也算是孝子，所以不敢違背，低頭稱是。一時間，李金環臉上都是得意的神色，而朱氏的臉上卻寫滿了淒風苦雨。

薛老太太一行人走後，屋子裡一片安靜，平兒憤憤不平起來。「老太太這是怎麼做婆婆的？怎麼可以幫著一個妾往正妻的屋子裡來搶人呢？」

「唉，老太太一向不喜歡咱們奶奶，這次可是找到幫手了。」宋嬤嬤嘆氣道。

她們婆媳之間的嫌隙還得從當初提親的時候說起，朱氏的父兄一開始不同意這門婚事，所以薛老太太親自上門提親的時候受了窩囊氣，雖然多年過去了，但是一直把這件事放在心裡，一有機會就會給朱氏一點顏色看看。那意思好像是在說——你們家不是瞧不起我們家嗎？妳嫁過來就得看我的臉色，有我在，妳一輩子也翻不了身。

目睹了整個事情經過的王怡不禁感嘆，她這個娘怎麼這麼倒楣啊，花心丈夫、惡婆婆和囂張小三都碰到了。

薛金文送老太太回去的路上，薛老太太不忘囑咐道：「金文，你怎麼這麼糊塗呢？我為什麼花這麼多銀子給你納妾？不就是指望你能快點給咱們薛家續上香火嗎？你都快要三十了，我的身子骨也一天不如一天，你是不是想讓我看不到孫子就去見你爹啊？」薛老太太的聲音最後都帶了哭腔。

薛金文不敢怠慢，一直點頭保證。「娘放心，兒子知道怎麼做的。」

「嗯。」聽到兒子的保證，薛老太太才點了點頭不言語了。

李金環得意地坐在梳妝檯前整理妝容，紅杏在她身後幫忙，並且不忘奉承道：「二奶奶，您可真有辦法，幾句話就把老太太說動，去把大爺給您搶了回來。」

聽到紅杏的話，李金環的嘴角滿意地上揚。「不是我有辦法，是老太太急著抱孫子，那個病秧子她是指望不上了。」

「二奶奶，您要是生個小少爺，那這薛家以後可就是您的天下了。」紅杏奉承著。
「總之，我好了，少不了妳的好處。」李金環許諾著。
自此之後，薛金文便再也沒有踏進過朱氏的門檻。

第二章

這日午後，晴空萬里，秋日裡湛藍的天空中飄著幾朵白雲。薛家最後面的院落靜悄悄的，朱氏和小姐們正在午睡，薛家的下人們很少到這邊來，宋嬤嬤和平兒站在牆角下小聲地說著話。

「宋嬤嬤，妳沒看到，現在那個女人的氣焰可高了，除了老太太誰都不放在眼裡。」平兒抱怨道。

「這個自然，現在她母憑子貴了，誰都知道老太太最盼的就是孫子了。」宋嬤嬤說。

「聽說老太太吩咐大爺去採買了好多名貴的補品呢，現在廚房裡也都是緊著給她做吃的喝的，奶奶的藥都讓我去催好幾次呢！」平兒皺著眉頭說。

宋嬤嬤低頭想了一下，然後對平兒道：「不如以後奶奶的藥咱們自己熬吧？往後天要冷了，咱們弄個小爐子，奶奶吃點什麼，咱們做著也順手方便些。」

「也只有這樣了。」平兒點點頭。

「對了，那邊有孕的消息先別告訴奶奶，我怕她知道了會受不了。」宋嬤嬤囑咐著。

「可是這種事也瞞不了多久的。」平兒為難地說。

「能瞞一天是一天吧！」宋嬤嬤無奈地道。

這日臨睡前，朱氏盯著宋嬤嬤好一會兒，終於低聲說了一句。「她的身子多少日子了？」

突然聽到這話，宋嬤嬤為朱氏掖被角的手一僵，有些疑惑地望著她。

「別瞞我了，我都知道了。」朱氏很平靜地說。

宋嬤嬤半天才反應過來，只得實話實說。「已經兩個月了。」

「兩個月了……」朱氏喃喃低語，在心裡盤算，看來一進門就懷上了。

見朱氏的臉上一點表情也沒有，宋嬤嬤趕緊勸道：「奶奶，這種事也是避免不了的，您還是看開點。」

「我看不開又能怎麼樣呢？」其實從那個女人一進門，她就知道遲早會有這麼一天，只是沒想到會這麼快。想當初她進門大半年才有孕的。

「奶奶，其實這也是個機會。那個女人有孕了，什麼狐媚手段也使不出來了。大爺也沒有天天再歇在那邊的道理。就算是她以後生個兒子，可到底也是個妾，您才是正妻，那孩子也得管您叫娘。現在最重要的還是抓住大爺的心，以後他能尊重您就行了。」宋嬤嬤一直說著，見朱氏沒有什麼反應，便直接提議道：「奶奶，不如明兒晚上請大爺過來用晚飯？你們也好敘敘感情？」

「嗯。」

經過上次，朱氏本來有些心冷了，宋嬤嬤的一番話又讓她的心活絡起來，遂點了點頭。

聽到朱氏答應了，宋嬤嬤歡心地說：「那我明日一早就去準備。」

第二日晚間，朱氏房間裡燈火通明，似乎連燭光都是溫馨的。八仙桌上擺滿了薛金文愛吃的菜，松鼠桂魚、蜜汁雞翅、螞蟻上樹、糖醋排骨，道道賞心悅目，還有一壺陳釀的花雕。要知道這桌子菜可是整整花掉了朱氏半個月的月例銀子讓宋嬤嬤特意準備的。

薛金文痛飲了兩杯，朱氏在一旁含笑相陪，挾了一塊排骨放到丈夫的碗裡。「這是你最愛吃的糖醋排骨。」

「妳也吃。」薛金文也挾了一塊放入朱氏的碗裡。

「謝謝夫君。」朱氏看到自己碗裡的排骨，心都要融化了。

吃了幾口之後，薛金文忽然抓住朱氏的手，帶著歉疚的眼神道：「金環有了身孕，這些日子也沒顧得上來看妳，真是委屈妳了。」

聽到這話，朱氏突然鼻子有點酸。不過仍然勉強笑道：「是我的肚子不爭氣，談不上委屈，只希望金環妹妹能夠給夫君延續香火。」

說到延續香火，薛金文的臉上充滿了希望。「我感覺金環這一胎肯定是個男孩，名字我都已經取好了，就叫薛義，妳看怎麼樣？」

自己的女兒好幾個月了，他都沒有想到取名字，人家的孩子還在肚子裡，連名字都取好了，朱氏不禁心中難過起來。不過還不敢讓丈夫看出來，趕緊點頭附和著。「是個好名字。」

聽到朱氏說好，薛金文更加高興，拍著手說：「那就是這個名字了。」說完就又痛飲了幾杯。

他們已經好久沒有這樣在一起吃過飯了，朱氏珍惜著每一刻的時光。甚至還違心地開始奉承丈夫，不知道從何時起她已經淪落到如此地步，記得剛剛成親的那幾年都是他哄著她的，兩個人過的可是恩恩愛愛蜜裡調油的日子，而現在彷彿那柔情密意已經一去不復返了。

伺候薛金文吃過飯後，兩個人正閒聊著，朱氏正在想今晚怎麼開口把他留下。不想外面卻是又傳來了紅杏的聲音。

「大爺，不好了，二奶奶摔倒了，您快去看看吧！」那聲音急切得很。

「什麼？」聽到這話，朱氏還沒有反應過來，薛金文已經騰地站起來，並且以箭一般的速度衝了出去，留下一臉錯愕的朱氏。

一刻後，平兒跑進來，埋怨道：「奶奶，您怎麼讓大爺走了呢？那個紅杏肯定是撒謊來著，哪裡有這麼巧，大爺一來，那個女人就摔跤的？」

「明知道是假的又怎麼樣？她現在的肚子是薛家最在意的，我怎麼能攔著他？再說就算我攔，也攔不住。」朱氏的表情裡帶著濃濃的無奈。

「唉，白費了一桌子好菜。」平兒氣得直跺腳。

「二奶奶，大爺來了。」站在門前張望的綠柳看到薛金文急匆匆地朝這邊走來，趕緊回屋報信。

李金環趕緊躺到床上去，皺著眉頭，手扶著腰直哼哼。

「怎麼了？摔到哪裡？」薛金文快步進來，眼睛上下緊張地打量著李金環。

「沒事，就是不小心摔了一跤，大爺不必擔心。」李金環見薛金文來了，心中充滿了喜悅，只是面上仍舊保持著受驚的樣子。

「趕快去請大夫。」薛金文不放心地吩咐著綠柳。

「不要，大爺，我真沒事。」李金環阻攔道。

「可是萬一真的有事可怎麼好？」薛金文緊張地盯著李金環的肚子。

「已經這麼晚了，萬一驚動了老太太又是一樁事，再說我的身子我自己知道，大爺不要擔心。」李金環勸說著。

聽到這話，薛金文一考慮也是。攬著李金環的肩膀道：「妳真是個賢慧的女子。」

「有大爺這一句話，金環死也值了。」李金環靠進薛金文的懷裡。

「說什麼傻話？妳還得給我生兒子呢！」薛金文寵溺地道。

李金環縮在薛金文的懷裡，眼角間滑過一抹得逞的神色……

自那日以後，李金環三天兩頭不是累著就是嚇著，總之把薛家是弄了個雞飛狗跳，讓薛老太太和薛金文的心是天天懸著。所以薛金文也就顧不了其他，每天從衙門回來就是守著李金環，朱氏自此很難再見到丈夫，有時候一、兩個月才打一個照面。她本是一個以丈夫為天的女人，遭受丈夫如此冷落，再加上身體的虛空，便只能纏綿病榻了。

秋去冬來，來年的初夏，李金環如願生了一個男孩，薛家上下更是把她捧到了天上，更是沒人管朱氏的死活了，也少有人理會薛家那兩個嫡出的小姐。薛家三進院子的最後端幾乎一天裡都沒有人來，只有宋嬤嬤和平兒進進出出，薛無憂在這樣的環境長大倒也是清靜。

轉眼間薛無憂已經周歲了，雖然剛剛學會走路，但卻異常的乖巧聽話，通常在一個地方一坐就是一、兩個時辰不哭不鬧不吃不喝。宋嬤嬤和平兒都以為這位二姊就算不傻也有些呆，卻是不敢和奶奶說。不過朱氏倒也察覺了些，只是自己身體有病也無暇顧及她。

薛家的婆子丫頭下人們有看到二姊的，卻是在私下裡議論二小姐是個傻子，要不然這麼小的孩子怎麼可能一、兩個時辰不哭不鬧？連吃喝也不知道要，等著大人吃飯一起吃？她們可是從來沒有見過這樣的孩子，除了天生的傻孩子。最後連薛家老太太也聽說了二姊是傻子的傳言，她本來就不喜歡朱氏，也不怎麼待見她生的那兩個丫頭片子，現在的心都在李金環生的小子身上，所以也懶得過問，除了供給吃喝以外就讓她們在後院自生自滅了。

更奇怪的是薛無憂唯一的玩具竟然是書，姊姊看過的書她每天都拿在手上翻看，如果把書拿走，她就會大哭大鬧，以至於最後宋嬤嬤和平兒就任由她拿著書玩了。當然誰也不會認為她真的能看懂那些書，只是以為天生呆傻的她就喜歡拿這個當玩具吧？

不過世上唯一不這麼認為的就是她的姊姊——薛柔。因為她每天都帶著妹妹玩，知道妹妹只是比一般的孩子聽話而已，絕對不是傻，也不呆。

薛柔可以說是一位女才子，平時喜歡寫字看書。薛家雖然現在境遇不是很好，但是祖上也是書香世家，尤其是在這三進宅子的西南角處有三間房子是專門用來藏書的，裡面的書可是應有盡有，等薛無憂大一點，姊姊就經常帶著她過來看書，小小年紀的她也會從書架上挑兩本來看。薛柔一看，妹妹挑的書不是醫書就是兵法或者地理、歷史之類的書，雖然她話都還說不利索，但是看起書來卻是能一看就兩個時辰，甚至都沒有人教過她認字。深深納罕之餘，薛柔盡心盡力地帶著妹妹，因為宋嬤嬤和平兒要照顧病重的母親，還要操心她們這些人的吃喝穿用，兩個懂事的孩子幾乎不用她們特別地照顧。

轉眼間，王怡來到這個世間九年了，可以說和她感情最深的就是姊姊薛柔了。這些年她在這個世界最大的收穫就是獲取了許多醫術和兵法上的知識。前世她是女軍醫，在本科主修的是中西醫結合，讀研究所的時候感覺中西醫結合有些局限，所以便主修外科了。剛剛開始工作不久便來到這個世界，正好薛家藏有許多醫書，九年來她可以說在醫學方面已經博古通今了，知道了許多古人治病的方法和藥材，再與自己以前學的知識一結合，真的是受益匪淺，只是一直沒有實踐的機會。

她還喜歡歷史和地理書，那是因為她想瞭解這個所謂的大齊到底是哪個朝代位於中國的哪裡？根據從書上和姊姊講的來看，大齊是一個中國歷史上沒有過的朝代，不過卻和中國歷史上的宋代十分相似，數年來和大齊對峙的是北方一支游牧民族建立的王朝──大燕，幾十年來兩國在邊境地帶時常有磨擦，但是兩個國家勢均力敵實力差不多，所以誰也不敢發動大規模的戰爭，只能南北對峙。

而現在的年號是德康，正是德康十年，據說大齊現在的君主才二十多歲，大齊皇帝德康登基後勤政愛民，是一個好皇帝，常常減免賦稅，百姓十分愛戴。不過封建王朝就是封建王朝，大齊的階級制度十分嚴明，尤其是嫡庶之別，且崇尚孝道，重農輕商，讀書人的地位也很高，由於也算是在亂世，所以也很重視武人。

這一段有姊姊陪伴的時間是她最快樂的日子，每天由姊姊帶著讀書、寫字。她的字得姊姊真傳，又臨摹名家，可以說真的很拿得出手了。本來在現代她的字也不錯，醫生麼，都會寫一手龍飛鳳舞的字。不過這樣的日子還是在姊姊十五歲及笄以後結束了，這年薛無憂九歲。

薛柔及笄後，已經掌管薛家家政多年的李金環不想讓她再在家裡吃白飯了，所以就想把她打發走，可是又不想倒賠上一筆嫁妝，正好這時候宮裡選拔宮女，薛柔素有才名，李金環就擅自作主給她報了名字。最後薛柔被一名女史選去做了服侍她的宮女，而李金環還額外得了一筆安家費，為此她可是得意了很長時間。

雖然朱氏心裡不願意，但畢竟皇命難違，朱氏一干人等只能在心裡惦念著薛柔，畢竟一入宮門深似海，再相見就不知道是何年何月了，而薛柔還會因此耽誤了大好年華。薛無憂雖然憤憤不平，但是她年紀尚小，並沒有什麼好辦法，只能含淚送走了姊姊。她一直都記得姊姊臨走的時候，拉著她的手說的話——

「無憂，世人都說妳傻呆，可是唯有姊姊知道妳不但不傻、不呆，而且是一個曠世奇才。以後妳一定要好好生活下去，一定要把握住自己的命運。幫我好好侍奉娘，我……恐怕這一生再也出不了那個門了。」

以後的日子薛無憂形孤影單，生活中除了看書、寫字，就是研究醫術，本來日子也過得平靜，直到有一天發生了一件事，她的生活中就又多了一件事——鍛鍊身體。

那是一個夏日黃昏，薛無憂一個人坐在院子的涼亭裡看著一本醫書，正看得入神之際，忽然跑進來兩個七、八歲的孩童，一個男孩，一個女孩，男孩長得尖嘴猴腮，女孩倒是長得白白淨淨，兩個人都穿著綢緞做的衣服，比她身上的粗布衣服可是好多了。薛無憂雖然很少見到他們，但是也知道他們就是李金環進門後生的一男一女，男孩叫薛義，女孩叫薛蓉，平時只在過年過節的時候才會看到他們。他們一個跋扈得像個小霸王，另一個嬌滴滴的，十分任性刁蠻，所以薛無憂很不喜歡他們，平時看到他們就當沒看到。今日他們怎麼破天荒跑到後院來了？肯定是照顧他們的婆子丫頭沒有看住吧？薛無憂遂低頭繼續看手中的書，根本沒打算理會他們。

薛義和薛蓉看薛無憂跟沒看到他們一樣，不覺有些氣惱，因為在薛家上自祖母下至下人們可都是寵著他們的。薛義和薛蓉便氣勢洶洶地走到涼亭裡，質問道：「妳沒看到我們嗎？」

薛無憂抬頭望望那兩個稚氣未脫的小孩子，心中一陣冷笑，雖然她才九歲的模樣，但是已經活了三十多年，跟他們真是沒有話說，遂低下頭繼續看書。

見薛無憂拿他們當空氣，一副不搭不理的樣子，一向刁蠻的薛蓉上前，一把就將薛無憂的書拿了過來，抬頭挑釁地對薛無憂道：「妳不是喜歡看書嗎？我讓妳看。」說著，竟然動手撕起書來。

「妳幹什麼？」看薛蓉竟然撕她的寶貝醫書，薛無憂不能再淡定了，上前搶過薛蓉手裡的書，無意地推了她一把，她竟然一下子就坐到地上。

「妳……妳敢推我？哥！」被推倒在地的薛蓉疼得直哭，手指著薛無憂喊著薛義。

看妹妹吃虧了，薛義上前便攔住了想要走的薛無憂的去路。「妳推了我妹妹還敢走？」

「推了又怎麼樣？」薛無憂也被氣炸了，她就沒看過這麼不講理的孩子。

「妳和妳娘都是賤胚子，都是找打的！」說著，薛義便上前伸手要打薛無憂。

薛無憂見狀立刻伸手還擊，他說自己也就罷了，幹麼還要扯上她的娘？隨後，薛無憂和薛義就扭打在一起。可是，薛無憂忘了，雖然她有成人的思想，但是她的身子畢竟是一個九歲的小孩，而且長得瘦瘦弱弱的，好像她使出全身的力氣，也占不了這個八歲長得胖胖的男孩的上風。

當薛無憂和薛義在地上扭打成一團的時候，薛蓉畢竟還小，雖然平時任性，但隨即便哭喊了起來。「打人了！快來人啊……」

薛蓉的哭喊聲立刻叫來了好多人，有宋嬤嬤、平兒，還有平時照顧薛義兄妹的婆子丫頭。當下人們把他們拉開的時候，薛義趁薛無憂沒有防備，竟然踹了她一腳，薛無憂立刻被激怒了，上前就用自己尖銳的指甲在他的臉上劃了一道，而這一下可不得了，薛義哭鬧開了。

這時候，聞訊趕來的李金環看到自己寶貝兒子臉上的血跡，不禁怒火中燒，立刻就像母老虎一樣衝著薛無憂而來。「妳個小蹄子，竟然對自己弟弟下這樣的狠手？」說著，上前就是一個巴掌打在薛無憂的臉上。

宋嬤嬤和平兒見狀，趕緊上前攔著，好言相勸。「二奶奶，只是小少爺和小姐們打架，二小姐也是一時失手才……」

一個巴掌打在臉上確實很疼，不過薛無憂不哭不鬧，甚至連眉頭都沒有皺一下，眼眸發狠地瞪了李金環一眼。看到薛義臉上的指甲印，心想她也不吃虧，他那個傷估計得好些日子才能好呢！

「我這個做姨娘的是在管教她，輪得到妳們這些奴才來說三道四嗎？閃開！今日我一定要好好教訓這個小蹄子！」李金環哪有把宋嬤嬤和平兒放在眼裡。

「二奶奶，您就高抬貴手，饒了二小姐這一次吧？」見小姐要吃虧，宋嬤嬤和平兒趕緊跪下向李金環求情。畢竟這些年來，李金環雖然是個妾，但是已經全部掌握了薛家的所有，雖然她們的主子是正室，但是她們早已經仰人鼻息，平時只是在一旁過著苟延殘喘的日子。

正鬧得不可開交之時，一個穿著墨綠色官袍的身影走了進來，帶著威嚴的聲音響起後，誰也不敢嚷嚷了。「怎麼回事？」

薛無憂抬頭看看，見是她那個喜新厭舊的父親來了，她有些不屑一顧，臉上仍舊沒有任何表情。畢竟，他竟然眼睜睜地任由自己的妾把自己的大女兒送進宮裡那樣的火坑而不阻攔，她真是有些看不起他了。

見薛金文來了，李金環趕緊推著薛義上前。「大爺，您回來得正好，您看看，二姊把薛義打成什麼樣了？」

掃了一眼兒子臉上的傷，薛金文的眼眸透出了一抹怒意，轉頭望望站在一旁的二女兒問：「無憂，這是怎麼回事？」

薛無憂沒有說話，而是彎腰從地上撿起了一本快被撕爛的書。

薛金文看了一眼那書，眉頭一皺。因為薛義最不喜歡讀書，而且毀壞書籍的事情以前也發生過，調皮的他被私塾裡的先生打過好幾次了，他這個父親真是臉上無光。所以便轉頭對兒子斥責道：「下次你要再敢毀壞書籍，就再打你一次。」

見薛金文不但不幫自己的兒子說話，還訓斥兒子，李金環氣壞地道：「大爺，明明是她打我們義兒……」

「閉嘴！都是讓妳給慣壞的。」薛金文埋怨著。

「哼！」李金環轉頭，拉著兒子氣沖沖地走了。

一時間，下人們也都散了，只留下薛金文、薛無憂、宋嬤嬤和平兒。

對這個父親，薛無憂幾乎是沒什麼記憶，因為一年當中他也不會和自己說上一、兩句話，本來他時常見不到她，再說家裡也流傳她是個傻子，他更不待見自己了，所以她也就在那裡傻站著，根本不想上前和她的父親說什麼話。

薛金文今日不知道怎麼了，上前伸手拿過薛無憂手裡的書，低頭一看，是一本醫書，沒有一定的基礎，這些都是晦澀難懂的東西，他不由奇怪地問：「妳看得懂嗎？」

對薛金文的話，薛無憂先是點了點頭，隨後又搖了搖頭。一時間，薛金文不禁有些好笑，他這個二女兒傻呆呆的，估計她也就是一時興起，隨便拿一本書玩玩而已，她怎麼懂這些呢？隨後便把書還給了薛無憂，然後轉身背著手往前院走了。

薛金文走後，宋嬤嬤和平兒趕緊上前幫忙拍了拍薛無憂身上的土，關切地問：「二小姐，您沒事吧？」

「沒事。」薛無憂微笑著搖搖頭，雖然臉頰有些火辣辣的，但是好歹她也給了那個小子一點教訓。

聽到薛無憂的話，宋嬤嬤眼神凝重地搖搖頭，心想——唉。還說她不傻？臉上被打得紅紅的，連眉頭都不皺一下，以後奶奶可怎麼指望她啊？

那件事後，李金環更加看薛無憂不順眼，做衣服、新鮮的吃食什麼的，幾乎更沒她的分兒了。不過薛無憂並不在乎，她知道自己還有一件事情必須做，那就是鍛鍊身體。在這萬惡的古代，女人必須有健壯的體魄，看看她的娘就知道了。以後的日子，她每天天沒亮就起來繞著院子跑步，晚上在自己的屋子裡練瑜伽。

時光荏苒，轉眼間薛無憂已經十六歲了。沈默寡言的她在薛家人眼裡，雖然不是十分的癡傻，但也絕對不是一個聰明伶俐的小姐。除了寫一手好字以外，琴、棋、畫、跳舞、女紅，甚至化妝打扮她幾乎都是一概不會，不過身體倒是挺健壯的，不像她娘朱氏那樣有副柔弱的身子，甚至淋雨她也不會著涼。一般傻人都是有一副好身板的，所以人們更加認為她是個呆子了。

這些年來，她一直都在悄悄地為朱氏調養身體，雖然朱氏仍然是虛弱的藥罐子，其實她的身體沒有什麼大毛病，只不過是身子在生產的時候落下的毛病以及這些年不能排解的煩惱而已，心病還需心藥醫，這就不是醫生的問題了。

為了能夠有更多的機會接觸外面的世界，每個月的初一、十五薛無憂都會親自去藥鋪給朱氏抓藥，一來二去之間，她和趙記藥鋪的老闆以及坐診先生都熟絡起來。一次偶然的機會，坐診的孫先生不在，她就幫忙開起了藥方，沒想到竟然藥到病除。孫先生在稍微測試她以後，感覺她是個行醫的材料，便向趙老闆推薦在自己休息的時候可以讓薛無憂來頂上。從那之後孫先生就逢初一和十五休息，正好這個日子來抓藥的薛無憂替他坐診。

薛無憂當然很樂意也很珍惜這個機會，一來她可以多一些實踐自己醫術的機會，二來還可以賺一點小錢給朱氏買補品。這些年來，薛家對朱氏完全不上心了，宋嬤嬤都是用朱氏的嫁妝給她買補品和名貴一點的藥材，可是坐吃山空，這麼多年了，朱氏也剩不到幾件首飾可以典當了。

當然，薛無憂坐診的時候是女扮男裝的，在這個社會女人是不能坐診行醫的，尤其薛家也算是書香門第，更是不能允許自家小姐出來拋頭露面，她只得讓趙老闆和孫先生替自己保密。

這天又逢十五，一大早，薛無憂照例帶著連翹揹著藥箱來到趙記藥鋪坐診，連翹原來是伺候薛柔的丫頭，薛柔進宮後便服侍薛無憂。連翹比薛無憂大三歲，也算是薛無憂童年最要好的玩伴，有了她，姊姊走後的日子她才不算太寂寞。

薛無憂一身灰色的布衫男裝打扮，連翹一身藍色的小廝穿的衣服，她們是從薛家後門偷偷溜出來的。住在算是和薛家隔絕的後院也就這一點好處，清靜不說，想出去的話也很方便，只要趁看門的婆子睡著，或是給她點好處就行了。

「王姑……王先生來了？」趙老闆見薛無憂來了，差點說漏了嘴。

薛無憂為了避免以後會給家裡帶來麻煩，所以就謊稱自己姓王，叫王怡，這是她前世的名字，也不算撒謊吧？

「是啊。」薛無憂衝趙老闆一笑，然後便坐在案桌前開始了一天的坐診。

別說，一開始薛無憂坐在這裡，來看病的人好多抱著懷疑的態度，因為她實在是太年輕了，看上去最多也才十六、七歲，雖然這小夥子看上去很穩重。但是坐過幾次診後，來看病的人都算是藥到病除，所以漸漸地人們也就開始信任她了，這讓薛無憂很高興，畢竟她開始一點點地實現自己的價值。

這天看了幾個病人之後，藥鋪裡便跑來一個平民打扮的年輕人，跑得渾身是汗，一進來，看了薛無憂一眼，便跑到趙老闆跟前，上氣不接下氣地道：「趙……趙老闆，孫……孫先生呢？」

「呃，今日孫先生回老家了，今日是我們這位王先生坐診。」趙老闆的手一指薛無憂坐的方向。

那年輕人掃了薛無憂一眼，很是為難地說：「趙老闆，我媳婦生孩子難產，請的接生婆沒轍了，我已經請了兩個大夫回去，可是都說沒救了。怎麼今日孫先生回老家了呢？」那年輕人急得兩隻手都不知道往哪裡放，額上都是豆大的汗珠。

「唉呀，那情況真是危急啊！」趙老闆一聽，臉上也凝重了起來。

薛無憂看了那年輕人一眼，知道他是看自己年輕不信任自己，可是難產可能會一屍兩命，所以，她也顧不上人家信不信任，起身走到那年輕人的面前，問：「你家住哪裡？我去幫你看看。」

「這……」畢竟眼前這位大夫實在太年輕了，還是個半大的孩子，那人很是猶豫。

薛無憂抬頭看了趙老闆一眼，趙老闆會意，趕緊推薦道：「王二，這位王先生雖然年紀輕，但醫術很好的，去給你媳婦看一下，萬一還有救呢！」

王二聽到這話，估計也是病急亂投醫了，點點頭，便急切地拉著薛無憂就走。薛無憂趕緊轉頭吩咐連翹拿著藥箱子。

王二的家離這裡大概二里路，七轉八轉的進了一個平民胡同，隨後便拐進一座有三間茅草屋的院子。一進來，裡面就傳來一個女人鬼哭狼嚎的聲音，讓人聽了都起雞皮疙瘩。

「娘，她怎麼樣了？接生婆呢？」王二跑進去，抓住一個五十餘歲的婦人急切地問。

「你媳婦怕是不好了，接生婆都跑了，說是一點骨縫都不開，人都疼昏過去好幾次了，這可怎麼好啊？」王二的娘急得不知如何是好了。

「媳婦……」一聽這話，王二撲到床前大哭起來。

薛無憂走到床前，一把拉開王二。「你趕快起來，讓我看看她是什麼情況。」

王二一聽，趕緊讓開。

薛無憂一看那孕婦的肚子好大，汗水早已經把頭髮和衣服都浸濕了，伸手撩開被子，檢查了她的下身，確實如剛才王二的娘所說，根本就不開骨縫。她便皺著眉頭脫口而出。「看來得剖腹生產了。」

「什麼剖腹生產？」王二和王二的娘大概第一次聽到這個詞。

薛無憂趕緊給他們解釋。「就是剖開肚子，把嬰兒取出來，然後再把肚子縫上。」說話的同時，她的腦子裡飛快地想著做剖腹生產所需要的器械和藥品。

「什麼？把肚子剖開？那人不就死了嗎？」王二和王二的娘瞪大了眼睛。等反應過來，便連連搖頭。「不行、不行！就是死了也得留個全屍啊……」

見他們像是看怪物似的看著她，薛無憂嚴肅地說：「你們到底想不想救人？如果想救的話，就按照我說的去做，也許還有一線生機，要不然你們就趕快去準備後事吧！不過我告訴你們，現在可是一屍兩命。」

聽到這話，王二和王二的娘你看看我、我看看你，根本就拿不定注意。這時候，躺在床上疼得死去活來的王二媳婦，突然用虛弱的語氣說：「娘、夫君，我願意試一試。」她的眼神裡都是對生命的嚮往。

王二的娘到底上了年紀，知道得多些，她也曾經聽說過生孩子不開骨縫的女人，到頭來大人和孩子都保不住，想想反正最壞不過如此，也只能死馬當活馬醫了。所以便點頭道：「要不就讓這位先生試一試吧！」

聽到他們答應了，薛無憂馬上吩咐道：「現在你們要都聽我的安排。大嬸，將這把刀，還有這塊紗布、這支針都放在鍋裡煮。不要問我為什麼，現在時間就是生命，我們必須馬上做好準備。」她從藥箱裡拿出一把銀製帶手柄的刀、一根繡花針和一卷紗布。

「我這就去。」王二的娘趕緊去了。

「王二，你趕快去藥鋪抓這個藥，回來馬上熬煮。」寫了兩張藥單，薛無憂快速地遞給王二。

「好。」王二接過單子，飛一樣地跑了出去。

手術用的器械需要消毒，在現代是高壓消毒，這個時代只能用水煮沸來高溫消毒了。手術需要用麻藥，這個時代只能用有麻醉效果的中藥來代替。再來就是消炎藥，這個很重要，如果傷口感染，這個時代不能打點滴，沒有針劑，所以手術後一定要喝有消炎作用的湯藥。閉著眼睛在心裡考慮完這些問題後，她便吩咐連翹可以準備手術了。

連翹和薛無憂相處了這麼久，薛無憂教了她許多醫學常識，她也是一個天資聰明的人，很快就掌握了這些本領，現在連翹已經是薛無憂的得力助手了。

屋內最基本的消毒完成後，薛無憂開始了手術的最後準備，雖然在現代剖腹生產手術只需要幾分鐘就可以縫合傷口，但是在古代沒有有效的急救設備和技術，她心裡還是緊張得很，只能告訴自己要謹慎再謹慎。

刀和針都消毒好了，給產婦也服下麻醉藥，怕藥效不夠，又用銀針扎了產婦的麻醉穴，隨後就可以動手術了。轉頭望了一眼站在旁邊不知所措的王三和王二娘，薛無憂道：「你們都出去。」她知道他們沒有什麼見識，一會兒看到血淋淋的場面肯定會被嚇瘋的，到時候怕會影響手術進程。

「可……」他們顯然不放心。

「你們趕快去準備一會兒嬰兒出來需要的衣物。」薛無憂找了一個理由。

「好、好！」連連點頭後，他們趕緊出去準備了。

深呼吸一下後，薛無憂和連翹對望了一眼，然後她便拿起準備好的刀子，朝產婦那雪白的肚子劃去……

以前薛無憂給動物做過手術，連翹也是在一旁打下手，沒想到這麼快她就給人動手術了。好像以前再大的手術都沒有今日來得緊張，雖然緊張，但是她拿手術刀的手卻一點都沒有抖過……

大概十分鐘後，屋子裡就響起了一個響亮的嬰兒哭聲。薛無憂吩咐連翹處理一下嬰兒，便開始縫合傷口。這個時代沒有縫合線，而且事出突然，她也沒有準備，所以只能用頭髮來當縫合線。

當連翹把嬰兒抱出產婦臥室的時候，王二和王二的娘簡直高興得傻掉了，他們還以為這次大人和孩子都難保了，心情沈重得只能抱著試一試的想法。當看到那啼哭的嬰兒時，他們嘴裡念叨的都是菩薩保佑的話。

由於沒有任何的助手，薛無憂只能一層一層地自己縫合傷口，額上都是汗水，連翹在一旁不停地為她擦拭。當所有的一切都完成的時候，她已經足足站了兩個時辰，腿和腳都已經麻了。

「趕快給她喝消炎和止血的湯藥。」薛無憂坐在椅子上喘著粗氣道，雖然身體不錯，但是剛才精神高度集中，她耗費了很多體力。

「是。」連翹趕緊給剛剛一點一點恢復知覺的產婦灌下濃濃的湯藥。

「我的……孩子呢？我……還活著嗎？」產婦一醒來，便要找自己的孩子。

「在這裡、在這裡！妳和孩子都平安！」王二和王二的娘抱著小男嬰站在床邊喜極而泣。

「我的孩子。」看到自己的孩子，王二媳婦激動得話都說不出來了。

「活菩薩啊！王先生真是太謝謝您了，您可是我們一家的救命恩人。」王二上前跪倒在椅子前磕著響頭。

「快起來。」薛無憂可不習慣讓人這樣對自己膜拜。

「不行，您得受我三個響頭才可以。」王二不聽那一套，執意要磕頭。

「現在孩子保住了，你媳婦還不一定，還要再觀察。」薛無憂只得實話實說。

「您說什麼？我媳婦她……」一聽這話，王二馬上就慌了。

見他這麼緊張，怕自己嚇著王二，薛無憂趕緊道：「只要兩天之內你媳婦不發燒，傷口不感染，就沒事了。所以你一定要按時給她吃藥，把孩子放到別屋，讓她好好休息，注意這間屋子一定要保持潔淨。」她一下子囑咐了好多，王二都一一地記下來。

又過了幾個時辰，一直守到日落時分，王二媳婦沒有發生什麼狀況，怕家裡人擔心，薛無憂交代了幾句，說明天一早再過來，才帶著連翹離開王二家。

一夜輾轉難眠，薛無憂就怕王二媳婦發燒傷口感染，第二天天沒亮，她就起來拉著連翹去了王二家。

仔細地檢查了王二媳婦的傷口，薛無憂的神色終於放鬆下來，轉頭告訴王二和王二娘，病人已經脫離了危險。王二母子兩個聽到這話不禁喜出望外，連連稱讚無憂是個神醫。聽到久違的誇讚，薛無憂有些輕飄飄的了，畢竟這樣的誇讚已經有十六年沒聽到過。她輕輕地笑道：「不過還是要當心，得過七天病人才可以下床，記住一個月內絕對不能幹重活，過兩天我會再來看看的。」說著薛無憂就要告辭了。

臨走前，王二的娘抓了一隻雞非要薛無憂帶上，說是家裡窮，付不起太多的診費，薛無憂本不想收，但是看到他們真誠的臉，再加上這隻老母雞正好可以給朱氏補身子，所以也就接了。

路上，連翹提著老母雞道：「二小姐，什麼時候咱們可以給達官貴人看個病啊，診費給咱們一個金元寶，就可以給大奶奶買上好的燕窩了。」

「不久的將來。」薛無憂笑望著前方的路。

回到薛家以後，薛無憂高興地讓連翹把老母雞遞給宋嬤嬤，吩咐她給朱氏熬湯喝。

宋嬤嬤瞅了瞅連翹手裡肥肥的老母雞，擔憂地問：「妳們哪裡來的母雞？不會是偷人家的吧？」

「宋嬤嬤，妳說什麼呢？這是我和二小姐幫人家……幹活得的報酬。」薛無憂會看病的事情沒有人知道，連翹趕緊改了口。

「給人家幹什麼活啊？」宋嬤嬤還是不放心地問。她知道二小姐每逢初一、十五都會去給朱氏抓藥，而且一去通常就是一天，她以為是二小姐和連翹貪玩，所以也就沒有追究。畢竟在這個家裡，能讓二小姐快樂的事情實在是太少了。

「呃，是幫趙記藥鋪的老闆幹活，他們家在曬藥材，人手不夠，我和小姐就去了。」連翹扯謊道。

聽到這話，宋嬤嬤皺著眉頭說：「二小姐畢竟也是小姐，怎麼能去幹那種活計呢？要是被人家認出來可怎麼好？」薛家是書香門第，家教還是很嚴的，只是都覺得二小姐呆，而且在家裡又不受寵，所以才沒人注意到她，但這若傳出去也是一樁事。

「宋嬤嬤，妳看我們穿這一身誰會認出來啊？再說我們只是初一和十五給奶奶抓藥的時候去而已。妳看我們還能拿回隻雞來給奶奶補身子呢！」連翹低頭指著自己身上小廝的衣服辯解著。

聽著她們的對話，薛無憂沒有說什麼，轉身進屋子去看朱氏。

朱氏半靠在床頭，一副病容，看到二女兒進來，用溫和的語氣道：「妳也這麼大了，以後抓藥要早去早回，省得讓我擔心。」

「我知道了，娘。」看著朱氏哀哀悽悽的樣子，薛無憂多少有些心酸。已經十六年了，難道娘這一生就這樣過了嗎？心裡有些不好受，便沒有再多說什麼，轉身回了自己的房間。

薛無憂一直都是沈默寡言的樣子，所以朱氏也不奇怪，自己仍然躺在床頭，依舊感覺氣悶，這也難怪，天天躺在屋子裡，身體和心情都不好，何況一躺就是這麼多年。

收拾完了母雞，宋嬤嬤進來，和朱氏回稟了母雞的事情。

朱氏臉上稍稍有些安慰，輕聲道：「雖然無憂不言不語，但還是知道心疼我這個娘的。」

「母女連心，這是自然的。」宋嬤嬤連連附和著。

下一刻，朱氏突然又皺了眉頭，擔憂地道：「只是她這呆呆的樣子，以後嫁出去，在婆家可怎麼立足啊？可別像我一樣。」女兒是娘的心頭肉，說到女兒的歸宿，朱氏心裡七上八下的。

「奶奶不說倒還忘了，二姊已經十六歲，這也該是到訂親的時候。咱們得為二姊謀劃謀劃才是啊。」雖然這麼說，可是宋嬤嬤知道二小姐不比大小姐，可以說是個無才無貌的。薛柔遺傳了朱氏的美貌，可是薛無憂就長得平凡無奇，雖然也不算醜，但到底也只是中上之姿，而且不愛說話，一點伶俐的勁頭都沒有，除了一手字什麼都不會，連最基本的女紅也不懂，嫁到哪一家也很難得到婆婆和丈夫的寵愛。

「我這副病身子已經好多年不出門了，況且咱們娘家又不在京城，認識的人又少，怎麼替她謀劃呢？」朱氏自責地道。

「奶奶說得也是。」宋嬤嬤也有些發愁。

過了一會兒，朱氏突然道：「過些日子我寫封信給宮裡的柔兒送去，看看她有沒有好想法。」薛柔自從進宮後，一直都託人捎俸祿回來給朱氏看病，前兩年更是趕上皇恩浩蕩回來探家過一次，已經是二十來歲的大姑娘，越發出挑標致了，只是在那個地方，真是浪費了大好的青春年華。

「是呀，我怎麼沒想到呢？上次大小姐帶話回來說現在在杜司記的手下，頗得賞識，說不定大小姐認識一些富貴人家，可以幫二小姐找個好人家呢！」宋嬤嬤頓時茅塞頓開。

「富貴不富貴倒不要緊，只要是個厚道人家，能好好地待二姊，我這輩子也就心安了。」無憂是朱氏在心中最後的惦記了，天天這樣苟延殘喘的日子她真的是過夠了。

聽見朱氏又說這樣的喪氣話，宋嬤嬤心裡頗為不安，知道已經勸了十六年，耳朵都能磨出繭子，好多事情她自己想不開，別人真是一點辦法也沒有，只好悄悄地退了下去。

第三章

隨後幾天，無憂都抽空偷偷溜出去看王二媳婦，沒想到她恢復得非常好，七天後就下地了，看到薛無憂就給她磕頭，謝謝她的救命之恩。薛無憂終於也算吁了一口氣，在這個落後的時代，她成功地完成一例剖宮產手術。

轉眼又到了初一這天，薛無憂一大早就帶著連翹來到趙記藥鋪。

「二小姐，怎麼來這麼多看病的人？」連翹望著前方好奇地問。

薛無憂一抬頭，果不其然，雖然時候還早，但是趙記藥鋪裡已經擠了十多個人，看樣子都是來看病的。雖然趙記藥鋪生意不錯，也從來沒有一大早就來這麼多人看病的，正好奇之際，趙老闆看到薛無憂，馬上笑著跑出來迎接道：「王先生，您可來了，您看好多人等著讓您看病呢！」

「您說什麼？都是等我給看病的？」趙老闆的話讓薛無憂有些吃驚地望著前面那一堆人。

「是啊、是啊！您給王二媳婦看好病之後，您的名聲可是在這兩條街傳開了。都說您是華佗再世呢，這不今日都是慕名而來的，您快去看病吧，對了，忘了告訴您，從今日起您的診金也翻倍了。」趙老闆臉上堆著的都是笑。這也難怪，來看病的人多，在他藥鋪裡抓藥的人也就多了，現在薛無憂可是成了他的財神爺了。

「二小姐，診金翻倍了。」後面跟著的連翹在薛無憂的耳邊小聲強調著。

這真是個好消息，要知道她現在用的銀針都是向孫先生借的，她早就想打一副銀針想很久了。畢竟自己的醫術讓人肯定還是很高興的，薛無憂邁步進了藥鋪，坐在案桌前，開始一個接著一個地詢問病人的病情……

臨近中午的時候，那十幾個病人已經都被打發走了，剛伸手揉了一下有些痠痛的肩膀，忽然看到藥鋪外面來了一匹高頭大馬，馬上坐著一位四十餘歲、穿著暗紅色綢袍的中年男子，後面跟著一頂兩人抬的藍布轎子，轎子旁邊跟著一個十七、八歲的丫頭，一看就知道是個富貴人家。

隨後，馬和轎子都停在藥鋪門口，趙老闆一見生意來了，趕緊上前招呼。「唉呀，這不是李員外嗎？哪陣風把您給吹來了？」

「聽說你這裡來了一位神醫，逢初一和十五看病，所以帶老娘來看看。」李員外說著便下了馬，那個十七、八歲的丫鬟撩開轎簾，攙出了一位大概六十多歲、已經是滿頭銀髮的老太太來。

趙老闆見狀趕緊上前行了個禮，笑道：「見過老太太，不知道老太太哪裡不舒坦啊？」

「總是頭昏眼花，看了幾個大夫，開了好幾個方子都不見好，本不想來的，我這兒子說你這裡來了神醫，非要過來看看。」說著，李老太太便被兒子攙扶著走進了藥鋪。

「老太太快坐，這就是王神醫。」趙老闆用袖子熱情地擦了一把病人坐的椅子，然後把薛無憂介紹給李員外和李老太太。

李老太太打量了一眼薛無憂，遂有些不大信任起來。「你就是這幾天傳的、把人的肚子剖開取出嬰兒的神醫？」這幾天，這個傳聞可是在這幾條街上傳開了。

薛無憂知道她和前面的人一樣覺得她太年輕了，又不說大夫還是越老越吃香，和吃青春飯的可不一樣，她遂笑咪咪地道：「老太太，讓我替您號號脈，看看我說得對不對？」

看得出李老太太還有些猶豫，李員外也沒料到這個所謂的神醫竟然是個毛頭小子，不過已經來了，只好在一旁勸母親道：「娘，就讓他看一下，看得不對咱們馬上就走。」

「嗯，看不對不給錢的。」李老太太加了一句後，便把手腕伸了過來。

聽到這個老太太像小孩的一句話，薛無憂一笑。伸出手，認真地診了下脈後，薛無憂抬頭問：「是不是早晨最容易頭昏眼花？而且有時候會頭皮發麻，嚴重的時候會噁心嘔吐？」

「是啊、是啊！」一聽薛無憂全說對，李老太太馬上點頭。

這就對了，這都是高血壓高血脂的症狀。薛無憂端詳一下這位老太太，皮膚白皙，身材肥胖，一看就是養尊處優的類型，一般窮苦的老太太是不會得這種病的。薛無憂說：「給您開一個方子，回去每天早晚泡茶喝就好了。」

待薛無憂寫完方子之後，李員外伸手拿過來一看，只見上面寫了幾味中藥——葛根、山藥、決明子、菊花、山楂、三七。他不由得眉頭一皺。「早晚泡茶喝？就這麼簡單？」

「嗯。」薛無憂望著對方懷疑的態度，點了點頭，繼續說：「記住一天要走五百步，吃飯要清淡，不要著急上火。如果見好，等十五再來抓藥順便付今日的診金就好了。」意思很簡單，治不好的話是不收診金的。

「要是見好，你過來付雙倍的診金。」李老太太轉頭對自己的兒子吩咐道。

「是，娘。」李員外趕緊點頭。

李員外走後，趙老闆跑過來，小聲說：「這位李員外可是附近的富戶，他家老太太隔三差五地就要看大夫，不是這裡疼就是那裡難受，給看好了賞錢是很多的，妳以後要多上心。」

「嗯。」薛無憂笑著點了點頭。

這一天收入是平時的五倍不止，看來在古代也有廣告效應，雖然只收了那個王二一隻雞，但是這個廣告效應宣傳的可不是一、兩次診費可以比的。這樣下去她很快就能打造一副自己的銀針了。

到十五這天，趙記藥鋪裡和上次一樣等候了不少專程來找薛無憂看病的人。臨近晌午時，病人都看完病回家了，一個穿藍布衣服富家小廝模樣的小夥子走了進來，把一塊銀子放在薛無憂面前的方桌上。

「王先生，這是我家李員外給您送來的雙倍診金，我家老太太吃了您的藥感覺好多了，就是那幾味中藥泡茶喝的味道有些不好，還有就是晚上喝多了老是尿多。嘿嘿……」那小廝最後手摸著後腦勺不好意思地說。

低頭思索了一下，薛無憂抬頭道：「不如這樣，我把藥製成丸劑，吃起來會方便得多，你七天以後到這裡來取就行了。」

「那多謝了，我七日後再來。」小廝千恩萬謝地走了。

「二小姐，趙老闆說得沒錯，這塊銀子比雙倍的診金還要多上一、兩倍呢！」連翹一邊說一邊掂量著手裡的銀子。

而薛無憂現在心裡卻有了一個想法。丸劑？如果把這種治療高血壓和高血脂的藥製成丸劑，然後放在藥鋪裡賣，是不是有些賺頭？

生意人就是生意人，趙老闆這時候也從櫃檯裡走出來，對薛無憂笑道：「不如妳那個丸劑多製一些，我放在櫃檯上幫妳賣，我提供原料，妳提供手藝，利潤咱們五五分成，妳看怎麼樣？」

薛無憂當然是求之不得，馬上應允道：「就按趙老闆所說的辦。我剛才算了一下，這種丸劑我製成十粒一盒，一盒就賣五十文錢吧！以後如果有症狀和李老太太一樣的病人，您賣給對方這個藥就好了。」

「一盒五十文？這麼貴？會有人買嗎？」趙老闆一聽皺了眉頭。

薛無憂笑道：「那位李老太太的病是富貴病，一般窮苦人家是不會得的。只要能治病，我想那富貴人家也不在乎多花幾文錢的。」高血壓高血脂都是平時吃得太好，又缺少運動所致。一般的窮苦人家飯都吃不飽，大都營養不良，哪裡會用這樣的藥呢？富人麼，不賺他們的錢賺誰的錢？

「對、對，還是妳想的周到。」趙老闆馬上恍然大悟。

不過轉念一想，萬一如果有窮人得了高血壓的話，這藥又這麼貴，那該怎麼辦？本著醫者父母心的想法，薛無憂又加了一句。「趙老闆，如果真有貧苦人家的人得了這種病，你就按照我原來的那個方子，拿那幾味藥材讓他們回家泡水喝好了，都是一樣的效果。」

「好、好。」趙老闆連連答應。

這天傍晚回去的路上，連翹拍了拍腰上的荷包，笑道：「二小姐，您已經攢了二十多兩銀子，已經足夠去打一副銀針，不如明天咱們就去銀樓打吧？」連翹知道小姐最大的願望就是能有一副自己的銀針。

「還是再等等吧！」薛無憂回答。因為她知道朱氏已經沒有幾件首飾可以典當，她和娘的月例銀子本來就少得可憐，還時常被那個李金環剋扣，而且她們的衣物用具好多都得自己拿銀子補貼，這些銀子說不定就能派上什麼用場，還是等等再說吧，反正她可以先借孫先生的銀針用。

為了能多賺點銀子，這天晚上，薛無憂和連翹就悄悄地在屋子裡開始製藥丸。雖然會散發草藥味，但是朱氏這些年來一直都在吃藥，後院從未沒有過熬藥的味道，所以也沒人懷疑什麼。說是七天，她和連翹只花三天就製好五十盒藥丸，製成之後她便吩咐連翹趕緊給趙記藥鋪送去。

一連幾天，薛無憂心裡總是在想那些藥到底好不好賣？如果好賣的話，她可以再做些別的，反正一個月裡只有兩天去坐診，她在家裡可是有大把的時間，如果多做幾種又好賣的話，那麼一個月也可以賺不少，眼看著天就要冷了，今年能夠給朱氏屋裡所有的人都添件像樣的棉服了。

烏雞白鳳丸、玫瑰排毒養顏丸、驢膠補血丸？到底要做哪一種呢？還是一次每種都做一點？這天，薛無憂正坐在屋裡考慮做哪一種丸藥送到趙記藥鋪去賣，連翹卻是心急火燎地推門跑了進來。

「二小姐，不……好了！」連翹急得連話都說不俐落了。

「瞧妳慌張的，出什麼事了？」薛無憂仍一如既往的恬淡，也許是有了前世二十七年的經歷，她對什麼事情都是雲淡風輕的，不明就裡的人只當她是個呆子。

「剛才芳兒偷偷跑來告訴我，說二奶奶正哄著老太太說要給您議親呢！」連翹緊張地回答。

薛無憂剛剛生下不久，平兒就嫁給了跟在薛金文身邊的興兒，隨後幾年就生了一男一女，男的叫旺兒，今年十五歲了，是薛家做粗活的小廝，女的叫芳兒，今年才十二歲，在薛老太太屋裡做粗使丫頭。旺兒和芳兒都算是朱氏身邊的人，所以李金環不待見，自然也不會分什麼好活給他們。不過這些年來還多虧了興兒的幫襯，薛家或者外面有什麼大小事情的都是他偷偷過來說一聲，所以雖然朱氏和她的人幾乎和前面沒什麼來往，但是薛家的事情都還是知道的。

聽了這話，薛無憂一皺眉頭，問：「知道議的是哪一家嗎？」

「這個芳兒沒聽到，您知道她只是個粗使丫頭，根本進不了老太太的屋，不過我已經讓她再去打聽了。」連翹趕緊說。

低頭想了一下，薛無憂吩咐道：「妳再去告訴芳兒，這件事先別讓奶奶知道，我怕她會擔心，白著急。」

「知道了。」連翹趕緊轉身去了。

連翹走後，薛無憂陷入了沈思。她在這一世已經十六歲，是到了該訂親的時候，大齊的女子一般十七、八歲就都嫁人了。她本來也想過這件事，只是感覺她這個祖母不疼、爹爹不親的人應該沒人想著她才對。沒想到李金環卻想到了，看來她一定是沒打什麼好主意，她是該想想對策了。

接下來的日子，薛無憂全心全意地做著烏雞白鳳丸和玫瑰排毒養顏丸，彷彿給她議親的事情她根本就沒有聽說一樣。連翹雖然很著急，但是看到自家小姐就跟沒事人一樣，她真不知道二小姐葫蘆裡賣的是什麼藥，畢竟在古代女人這輩子最大的事情就是嫁人生子。

直到二更天的更鼓響起的時候，薛金文才從外面會友回來。

「大爺，您回來了？」等候多時的李金環上前接過薛金文脫下來的外衣。

「嗯。」看樣子薛金文喝得不少，有些醉醺醺地走到床前，半躺在枕頭上。

李金環趕緊吩咐丫頭們。「紅杏，趕快去把醒酒湯拿來，綠柳，去打洗腳水。」

「是。」紅杏和綠柳趕緊應聲去了。

李金環上前坐在薛金文身邊，一雙白皙的手為他揉捏著肩膀，笑道：「你又去會什麼朋友了？怎麼這麼晚才回來？婆婆這幾天都問了，說你怎麼老是不在家裡用晚飯。」

「唉，妳以為我想這麼天天出去應酬嗎？早出晚歸的不說，又要搭不少銀子，還要看人家臉色。」薛金文一說這個就是滿腹的牢騷。

「大爺，升遷的事怎麼樣了？」這時候，紅杏端著醒酒湯進來，李金環接過，親手為薛金文奉上。

薛金文接過醒酒湯，低頭喝了幾口，然後又把碗遞回給李金環。「我的那幾個朋友職位太低，也就只能幫我探個消息、搭個橋罷了，要想謀個好職位，還是要聽尚書大人的。」

前幾日，薛金文聽朋友說吏部有幾位大人告老還鄉了，空缺了幾個職位，說是要從吏部下面的官員裡提撥幾人。得了消息的他趕緊找朋友打聽消息疏通，可是跑了幾天，還是一點眉目都沒有，不禁心情有些煩躁。畢竟在這個從七品的職位上他可是幹了十幾年，一直都沒有升遷過，原來年輕的清高都已經被磨平，現在都成了一個鬱鬱不得志的中年人。

「那咱們就給尚書大人送點禮？」李金環提議道。

這時候，綠柳進來把一盆熱氣騰騰的洗腳水放在床前的腳踏上，李氏擺擺手示意紅杏和綠柳都下去，自己親自蹲下來，伺候薛金文洗腳。

「像我這樣在吏部的小官一抓一大把，平時也跟尚書大人沒什麼來往，估計連人家的府上都進不去。再說去了拿什麼當禮物？便宜的人家看不上，貴的咱們也送不起。」薛金文無奈地道。

「那這次這麼好的機會就白白錯過了？」李氏的心裡十分惋惜，也有些不平起來，想當初自己嫁過來做妾就是想以後能當個官夫人，可是她嫁過來時薛金文是個從七品，到現在快二十年了還是個從七品。家裡雖然也有一群婆子丫頭伺候，可是畢竟也只算是個小康之家，離她原來的夢想可是差遠了，而且名分上還是個做小的。

「只能聽天由命了。」薛金文無奈地道。

伺候薛金文洗漱完了，見他躺在枕頭上閉目養神，李氏乘機在枕邊上說：「對了，今日平安街上的吳家託媒人來給二姊說親了。」

一聽這話，薛金文一下子想起二姊今年已經十六歲，是到了該說親的年紀。遂問道：「哪個吳家？」

「就是家裡開平安客棧的吳家，膝下就只有這一位少爺，今年十八歲，在平安街上數他家的生意最好了，據說城外還有莊子，家裡殷實得很，二姊嫁過去要享福了。」李氏把吳家吹得千好萬好。

「平安客棧？我好像聽說他家的少爺有些傻啊。」薛金文絞盡腦汁回憶著。

「不傻的，就是心眼有點實。你也知道咱們二姊不也有些呆嗎？人家家裡這般殷實，要不是少爺稍微……心眼有些實，也不會託人來說咱們二姊啊。她連個女紅烹飪都不會，長得也平常，你說要是錯過了這吳家，二姊還能找什麼樣的婆家啊？這嫁過去可就是做少奶奶的，以後家裡這麼大的產業，是吃不窮喝不窮的，而且是吳家託人來說的親，肯定對咱們家也是滿意的。」李氏巧舌如簧地在枕頭邊上和薛金文嘮叨著。

「老太太是什麼意思？」薛金文稍稍皺了下眉頭。

「老太太也感覺好，就等著你答應了，人家吳家就派人來相看二姊了。」李氏趕緊回答。

「畢竟是一輩子的事情，妳派人去打聽一下那吳家少爺，只要不是個實傻子就好。」李氏的話還是讓薛金文耳根軟了，畢竟他那個呆呆的女兒他是知道的，確實是有些拿不出手，好人家誰會願意娶這樣的女子做媳婦啊。

「知道。大奶奶長年有病，只能是我這個做二娘的來替她打算了。唉，你說這個家裡裡外外都是我一個人，我都快要長白頭髮了。」李氏不忘表功訴苦。

「我都知道，這些年妳辛苦了。」有些疲憊的薛金文拍了拍李氏的手。

「大爺知道就好。」李氏低眸一笑，極具溫柔地在薛金文的耳邊說了一句，然後替他蓋上被子。

不多時，屋子裡就響起了勻稱的低鼾聲。李氏得意地上揚著下巴，心裡盤算著那一百兩銀子馬上就可以到手了。這吳家的婚事李氏是聽娘家兄弟說的，說是吳家有一個傻兒子，想說一門親事，可是雖然吳家有些錢財，但兒子畢竟是個傻子，沒有哪家閨女願意的，所以便放話出來誰要是說成了他家的親事，便給一百兩銀子的好處。李氏聽了，便打起了薛家二小姐的主意。這個丫頭她本來就看不順眼，早就想把她打發了，省得在家裡吃白食，正好有這樣一箭雙鵰的機會，她當然不會放過。所以便讓娘家兄弟拿了薛無憂的庚帖過去，吳家找人一算，說是天作之合，非常上心。這不，李氏這兩天是哄完了薛老太太又哄薛金文，到底是讓八字有一撇了。

轉眼又到初一，薛無憂和連翹帶著這些日子以來在家裡辛苦做的烏雞白鳳丸和玫瑰養顏排毒丸來到趙記藥鋪。

「妳可來了，上次妳放在這裡的藥丸差不多快賣完，馬上就缺貨了，妳回去趕緊多做些送來。」一到藥鋪，趙老闆便從櫃檯裡跑出來道。

「賣得這麼好？」一聽這話，薛無憂多日的擔憂一掃而空，她還以為會不好賣呢！

「那個李員外家自己就買了二十盒，現在認的就那麼幾個人，以後人多了，肯定會需要更多貨的。」趙老闆眉開眼笑地道。

「我在家裡又做了一些給女人吃的補品，烏雞白鳳丸和玫瑰養顏排毒丸，你看看銷路怎麼樣吧！」薛無憂讓連翹把手裡的兩個大包袱放在櫃檯上。

「只要打著妳的名號，肯定是沒有問題的。妳看看今日來找妳看病的人有多少？這兩條街的人現在都叫妳『聖手小王』呢！呵呵……」趙老闆的手指了指已經在藥鋪裡排隊等候的七、八個病人。

聖手小王？呵呵……沒想到她這麼快就有名號了，交代讓連翹給趙老闆丸藥和對清帳目，她便走到桌前開始一天的問診……

黃昏時分，薛無憂帶著連翹往薛家的方向趕。

「二小姐，今日的診金再加上上次賣丸藥的錢一共有五、六兩銀子呢！」連翹興奮地道。

她一個月的月例銀子也只不過二兩，朱氏有五兩，這些銀子最多也就夠給朱氏買藥，要是買個補品啥的根本不夠。現在朱氏和她屋裡有五個人，再加上興兒、芳兒和旺兒，一共八個人，如果每人做一件像樣的棉衣，大概需要十來兩銀子，朱氏的棉衣做好一點，再加上二兩就夠了。在心裡盤算完了，薛無憂笑道：「過兩天拿出十兩銀子給每人做一套棉衣。」

「真的？那太好了！」已經三年沒有做過新棉衣，她的棉衣都小了。

「王姑娘。」

正走著，突然身後有人叫自己，薛無憂轉頭一望，只見是在趙記藥鋪坐診的孫先生，趕緊迎上去問：「孫先生，有什麼事嗎？」

聽到薛無憂的問話，孫先生只是抿嘴一笑，一副欲言又止的樣子，好像頗難說出口。

連翹嘴巴快，在一旁插嘴說：「孫先生，您有什麼事情就說嘛，您看天都快黑了，我家小姐急著回家呢！」

「孫先生，其實我也算您半個徒弟，有什麼話直說無妨。」這位孫先生的醫術雖然一般，但是在和病人打交道上，還是教了她不少，而且還把自己的銀針借她使用，又極力推薦自己在初一、十五替他應診，所以薛無憂在心裡還是很感激的。

皺了下眉頭，孫先生終於說出口了。「王姑娘，妳要是想在趙記長期坐診的話……妳就提前給我個信兒，妳說讓人家硬生生地給辭了，總……總歸是不太好的。」

聽到這話，薛無憂終於明白了，這孫先生是怕自己搶了他的飯碗啊。她不禁在心底有些好笑，她可是從來沒有這個想法，就算有，形勢也不允許啊，她不能每天都跑出來的，所以趕緊笑著解釋道：「孫先生，您誤會了。您說我一個女兒家也就一個月能出來兩天坐診賺點銀子，閒的時候做個藥丸放在趙記賣賣而已。再說您在趙記做了這麼久，好多病人都信任您，趙老闆更不會辭退您的。」

「妳……說的是真的？」孫先生聽到這話不禁喜出望外，家裡的一家老小可是就指著他這份工作吃飯呢！

「嗯。」薛無憂點點頭，然後又說：「孫先生，其實我手裡還有幾張做藥的秘方，可是有好多種藥我在家裡不方便配，您看您有沒有興趣？」說著便從懷裡掏出兩張藥方遞給孫先生。

孫先生伸手接過來，低頭一看，低聲唸道：「驢膠補血丸、鱉精丸……」隨後眼中便放出吃驚的光彩，抬頭訝異地說：「王姑娘，這些都是秘方，妳就這麼放心交給我？」

「咱們接觸這麼久了，我當然相信孫先生的為人。」這個孫先生雖然為人膽小怕事，卻是一個忠厚老實的人。

聽薛無憂這麼一說，孫先生馬上拍著胸脯說：「好，那我回去就照這方子做一些放到趙記藥鋪上賣，利潤咱們五五分成，妳看怎麼樣？」

「就按照您說的辦。」薛無憂點點頭。

回來的路上，連翹不禁惋惜地道：「二小姐，您怎麼把那幾個獨門秘方都交給孫先生了呢？其實咱們可以自己做呀，這樣又被人分走五成的利潤，再說萬一他把方子據為己有，做成了藥去別的藥鋪賣，那可怎麼辦呢？」

聽了連翹的話，薛無憂淡然一笑。「驢膠補血丸和鱉精丸首先這個取材就很麻煩，而且工序複雜，咱們兩個做非得累趴下不可。咱們現在出兩張方子就可以拿到百分之五十的利潤何樂而不為？就算是他要把方子據為己有，那也欠咱們一個人情不是？這種方子我還有很多，咱們自己根本就做不來，不如讓他拿去賺些銀子養家餬口，再說我始終欠人家一份情。」

「二小姐，您現在真是妙手仁心了。」連翹打趣著。

說笑間，掌燈時分，薛無憂和連翹已經回到了薛家。

第四章

剛邁進朱氏的房間，就感覺氣氛有些不對。只見宋嬤嬤和平兒垂手站著，一臉的凝重，再看看坐在床上的朱氏，正拿著帕子抹眼淚。看到這一幕，薛無憂不禁皺了眉頭，心想——出什麼事了？

「娘，您怎麼哭了？」薛無憂上前半跪在腳踏上，抬眼望著垂淚的母親。

抹了把眼淚，朱氏勉強扯了扯嘴角，伸手摸著薛無憂那濃黑的頭髮，道：「二姊回來了？」

見朱氏強顏歡笑，薛無憂轉頭問宋嬤嬤。「宋嬤嬤，到底怎麼回事？」

「唉。」宋嬤嬤不語，只是嘆了一口氣。

「平兒，妳說。」薛無憂只好轉頭問平兒。

平兒見狀，只得支吾地回答：「晌午時候我家那口子聽說老太太給您議親了，所以就跑過來報信，他打聽到……」說到這裡就說不下去了。十幾年來平兒年輕時候的莽撞性格也改了不少，隨著成親生子年齡漸漸大了，性格也慢慢穩重起來。

聽到這裡，薛無憂當然明白肯定是那個議親的對象不好吧？「妳實話實說就好了，我受得住。」

平兒轉頭望了朱氏一眼，繼續道：「興兒打聽到那吳家的少爺幾乎就是個傻子。」

傻子？這也太……一開始想給她議親，肯定不是什麼太好的人家，不過倒沒想到那李氏竟然如此壞心，還有薛老太太和她那個爹難道就讓李氏這樣胡鬧下去？

「奶奶氣不過，剛剛去求老太太了，可是老太太卻是油鹽不進，非要說那個吳家少爺不傻，就是心眼有點實，所以奶奶就被氣回來了。大爺這兩天去城郊公幹，都不回來，這可如何是好？明天吳家就要來相看二小姐了，如果相中的話，到時就會下定了。那是剛才老太太派人送來的您明天見客的衣服。」平兒的手指了一下屋子中央的八仙桌上。

薛無憂轉頭望去，只見八仙桌上放著一套很體面的衣服，一件玫紅色繡著梅花的褙子，一條白綾百褶裙外加一套銀色鑲珍珠的首飾，看到這些，她不禁冷然一笑。這些年來，她這個祖母就是過年的時候也沒有送過一套衣服來，這次肯下這樣的本錢，看來是被李氏忽悠迷糊了。那個李氏肯定也不會白操心，這裡面應該會有什麼好處吧？

「我的兒，妳怎麼這麼命苦呢？妳怎麼比妳姊姊還命苦呢？就算是一世都不嫁人，總比嫁個傻子強啊……」朱氏撫著薛無憂的臉落淚道。

「肯定是那個李氏使的壞，難道就讓她一手遮天嗎？」連翹聽到這裡可是氣憤極了。

「現在老太太被她哄得團團轉，大爺耳根子軟，又不大管家裡的事，這可怎麼辦啊？」宋嬤嬤皺著眉頭道。

「明天吳家不是來相看二小姐嗎？不如咱們就不去，讓他們相看不著。」平兒在一旁想著主意。

「那怎麼行？老太太的話不聽，以後就別想在這個家裡生活下去了，說不定還會拿家法來懲罰二小姐的。」宋嬤嬤搖搖頭，否定了平兒的想法。

大家都一籌莫展，薛無憂臉上卻沒有為難之色，反而含笑勸慰著母親道：「娘，各人自有天命，事情說不定還能轉圜，您不要太擔心了。」

她這個女兒自小就是這樣，對什麼都看得淡淡的，所以都認為她呆。朱氏只以為她年紀還小，肯定是不知道自己已經處於要跳火坑的情況了。內心更是為她發愁，她這個樣子比軟弱的自己還不如，以後嫁了人可怎麼生活啊？

大夥兒都還在朱氏的屋子裡長吁短嘆，薛無憂卻是逕自回自己房間去休息，只有連翹知道二小姐肯定有她的想法，沒有多言。

第二天一早，薛無憂把昨兒薛老太太命人送來的衣服和首飾都穿戴好，來到朱氏的房間裡。

抬頭打量了自己的女兒一眼，只見薛無憂身上穿著玫紅色褙子，裡面套著青色束領小襖，下身是白綾裙子，頭上梳著的垂鬟分肖髻，髮髻上斜插著兩支鑲嵌著珍珠的銀簪子，臉頰上似乎還稍稍搽了一點胭脂，整個人清清爽爽中透著一抹俏麗，和以往的她簡直大不相同。這就是三分長相七分打扮吧？平時總是一身青色布衣的薛無憂素面朝天，頭上頂多是插一支或玉或銀的簪子，簡直比大戶人家的丫頭打扮還不如，今日這一打扮，誰說她長得不好看來著？雖然不是傾國傾城的美女，但也是一名耐看的麗人。

「無憂，妳這是……」朱氏很不解地望著女兒，她今日是怎麼了？打扮得這樣扎眼，難道還怕人家相看不上她嗎？

「娘，萬般皆是命，人不能和命鬥對不對？一切就聽從天命吧！」薛無憂氣定神閒地回答朱氏，彷彿她說的根本就不是自己的命運。

「是啊，都是命啊，娘要是能生出兒子，妳和妳姊姊也不會淪落到這步田地。」朱氏又開始抹眼淚。

正說話間，只聽外面傳來一個女孩的聲音。「二小姐，老太太讓您快去前廳呢！吳家的人已經到了。」

聽到這話，眾人的臉色更加凝重，薛無憂對朱氏說了一聲，便在眾人擔憂的目光中走出屋子，和薛老太太的丫頭燕兒一起往前院走去。

當薛無憂帶著連翹邁步走進前廳大門的時候，只見前廳裡坐著三個人，分別是正座上的薛老太太，主客座位上坐著一位四十餘歲，穿戴很是華麗的婦人，陪坐在她身側的自然是她的二娘李氏。那位客人身後還站著兩個婆子，老太太的身後站著她的另一個大丫頭春菊，李氏的丫頭紅杏和綠柳正忙著上茶上點心。總之，前廳裡此刻是談笑風生的。

薛無憂一進門，那位吳家來相看的人就把目光落在她的身上，上上下下可是看了個仔細。無憂很討厭這樣的目光，邁著蓮步上前福了福身子。「給祖母請安，給二娘請安。」

「二姊，這是吳家公子的孀娘，吳二夫人，趕快見過。」薛老太太蒼老的聲音不容有異議。

雖然很討厭，但是基本的禮數還是不能免。薛無憂照樣福了福身子，柔聲道：「見過吳夫人。」

「好、好。」吳二夫人趕緊把手中的茶碗放下，滿面笑容地上前，一把拉住了無憂的手。轉頭對薛老太太道：「老太太，瞧您把孫女調教得簡直就像水蔥似的，讓人移不開眼睛呢！」

薛老太太和李氏剛剛一看到薛無憂也是眼前一亮，平時很不起眼的小丫頭，這一打扮起來可真像是換了個人似的，雖然比不上她娘和姊姊那般美貌，但是也別有一番韻味。

「今年多大了？平時都喜歡做些什麼？」吳二夫人一直拉著薛無憂的手沒有放開，眼睛也是直盯著她。

薛無憂知道對方是相中她的長相了，現在問自己話，只是考考她，看智商有沒有問題吧？也是，如果一個傻子再找一個傻子，那會不會再生出一個小傻子來？隨後，她便半垂著頭回答：「十六歲了，平時就喜歡看看書寫寫字。」

「老太太，到底你們家是書香門第，連小姐都這樣喜歡讀書。」那吳二夫人一聽，便轉頭望著薛老太太奉承著。

「這孩子手笨，也就是會寫幾個字，什麼女紅烹飪之類的她是一竅不通。」薛老太太聽著是自謙，其實也是事先告訴對方自家孫女的這些缺點，省得以後嫁過去說三道四。

此刻，薛無憂已經悄無痕跡地抽回自己的手，冷眼望著那幾個人來回地客套。過了一刻，薛老太太便對無憂說：「妳娘還病著，妳趕快回去陪她吧！」

在大齊，雖然民間可以派媒人或是家裡人來互相相看對方的公子小姐，可是未出閣的小姐也就是出來打個照面，讓對方大致看一下容貌舉止，斷然沒有長時間陪客的道理。

「二小姐，這個鐲子還是我家嫂子從娘家陪嫁過來的，妳這白嫩嫩的手戴上肯定好看。」吳二夫人在無憂還沒有起身告辭之前，便把一個金鐲子戴到她的手上。大齊的規矩，如果相看的姑娘男方滿意，要留下一樣見面禮以示相準了，如果不滿意就寒暄幾句起身告辭。如果女方願意，就備上一份回禮，如果不願意，當然也就什麼都沒有了。

低頭望望手腕上的金鐲子，無憂知道對方是相看上了，而眼角餘光看到祖母和李氏臉上都露出笑容，李氏趕緊吩咐丫頭道：「趕快去把回禮拿過來。」看來，這門親事就這樣准了。

「二小姐……」見自家小姐沒有發表任何意見，在她身後的連翹著急了，小聲地喚著她，這門親事如果定了，可就不能反悔了。

而無憂卻好像根本就沒有聽見，躬身對著吳二夫人和祖母福了福身子道：「無憂告退了。」

在吳二夫人的笑容裡，無憂轉身朝大門走去。連翹見事已至此，無奈地趕緊跟了過去。

就當無憂走到高高的門檻前，還沒來得及邁出左腳的時候，她突然眼睛往上一翻，腳下一軟，便栽倒在地上。

「二小姐。」跟在身後的連翹見狀低呼一聲，慌得都不知道怎麼辦了？

聽到連翹的聲音，在座的眾人往門口的方向一看，只見剛才還好好的無憂躺在地上，不禁都大驚失色。薛老太太趕緊扶著身旁的燕兒快步往門口走去，李氏和吳二夫人也都好奇地跑了過去。來到無憂身側，低頭一望，只見地上的人口吐白沫，渾身抽搐，連臉龐都變了形，都愣在當場，不知道該怎麼辦？

連翹雖然奇怪自家小姐好得很，怎麼會突然抽起風來？和二小姐在一起這麼多年，多少也知道一些急救的方法，她趕緊把無憂抱在懷裡，將自己的帕子塞進無憂的嘴巴裡，生怕她會因為抽風而把自己的舌頭咬斷了。

「二小姐，您這是怎麼了？」抱著無憂，感覺她渾身的抽搐是實實在在的，根本就不是裝的，連翹最後一絲疑慮打消，便帶著哭腔喊了起來。

吳二夫人見狀，不禁皺了眉頭，而且看這二小姐身旁的丫頭好像很知道怎麼辦，應該不是第一次發病的吧？所以便有些惱怒地轉頭問李氏。「薛二奶奶，妳家小姐原來有隱疾啊？」

事出突然，李氏也沒有料到，所以趕緊解釋。「沒……沒有，她的身體一直都很好的。」是啊，從小到大，好像就沒聽到她得什麼病，自己的三姊還時常受涼什麼的呢！

「還沒有？妳看看人都抽成什麼樣子了？有什麼都說到明面上，你們薛家這樣不是騙婚嗎？」吳二夫人心底已經帶了氣。

「哎，妳說話怎麼這麼難聽？什麼騙婚？妳以為我們不知道你們家少爺是個傻子啊？」李氏向來是個跋扈的人，怎麼能允許別人這麼教訓她。

「我……我家姪子是心眼實，可是我們也並沒有瞞著啊，是你們家自己願意的呀，我說你們也算個書香門第，怎麼願意把女兒嫁給我那姪子，原來是這麼回事。」吳二夫人得理不饒人。

「妳……」李氏還想說什麼。

這時候，薛老太太在一旁火了，訓斥道：「還在這裡拌什麼嘴？還不快派人去請大夫？」薛老太太雖然不喜歡朱氏，連帶著也不喜歡她生的女兒，但是到底也是自己的孫女，看她抽搐成這個樣子，心裡也落忍，而且聽剛才李氏和那個吳二夫人的對話，便對李氏起了懷疑。看來那個吳少爺並不是心眼有些實那麼簡單，李氏肯定是哄騙了自己，所以心下便有些不高興。

在薛老太太面前，李氏不敢造次，趕緊邁出門檻喊人請大夫去了。

吳二夫人的眼睛掃了一眼無憂手上的金鐲子，然後對薛老太太笑道：「老太太，這要是別的物件也就算了，可那鐲子是我家嫂子的陪嫁，是留給未來兒媳婦的，您看這……」

「既然親事不成，我家自然沒有留妳家東西的道理。」薛老太太的臉上冷若冰霜。

聽到這話，連翹當然是求之不得，趕緊從自家小姐的手上摘下那金鐲子，遞給薛老太太的丫頭燕兒，燕兒又遞給那吳二夫人帶來的婆子。

吳二夫人掃了一眼那鐲子，便皮笑肉不笑地對薛老太太道：「老太太，打擾了，我們告辭了。」

「恕不遠送。」薛老太太咬著牙說了一句。

吳二夫人走到前廳的大門前，低頭看了一眼幾乎已經不抽搐的無憂，輕輕地嘆了一口氣，眼眸中露出一抹可惜之色。像是在自言自語地道：「好好一位小姐，可惜了。」說完，就帶著身後兩個婆子離開了薛家。

一間簡樸而乾淨的房間裡，青色的幔帳散著，無憂靜靜地躺在裡面，她的手腕伸在外面，一位五十開外留著長長鬍鬚的大夫正在為她把脈。薛老太太坐在一旁的椅子上，身旁站著聞訊而來的朱氏、李氏，以及宋嬤嬤、連翹等。

等到那大夫號完了脈，薛老太太馬上問：「先生，我孫女得的是什麼病？」

那大夫皺了下眉頭，然後一隻手捋著鬍子，慢吞吞地道：「小姐脈象平和，看不出有什麼毛病。」

「可是剛才她怎麼口吐白沫，渾身抽搐不止？」想到剛才的狀況，薛老太太就心有餘悸，薛家怎麼能揹上個騙婚的名聲呢？

「大夫，她以前從來沒有這樣過，到底是怎麼回事啊？」被平兒扶著的朱氏著急地問。

「據妳們剛才所說，小姐得的應該是羊角風。」大夫皺著眉頭回答。

「羊角風？」朱氏一聽，腳下一軟，幸好有平兒扶著。羊角風這種病她聽說過，一發作起來渾身抽搐，口吐白沫，據說幾乎是治不了的病。而且一個大姑娘家得這種病，以後可怎麼嫁得出去？

「給她搬個繡墩坐下。」薛老太太瞥了一眼她那身子不爭氣的兒媳。

「那大夫能治得好嗎？」薛老太太問。

大夫據實回答道：「羊角風這種病因為發作得不定時，很難治療，只能讓病人不要受到驚嚇和刺激，希望以後發作得少就是了。」

「這麼說是治不了了？」朱氏一聽便開始流淚。

此刻，躺在帳子裡的無憂卻是悄悄一笑。羊角風就是現代的癲癇，這種病不發作的時候連腦電波都檢測不出來，古代的大夫根本就診斷不了。而且在現代癲癇都很難治療，別說是在這醫療技術落後的古代了。估計那位吳二夫人回去肯定會大肆宣揚她有病的事，這下是沒人敢娶她了，以後再也不會來人給她說媒了吧？

「我開個方子，平時給她調理一下，也許有用。」那大夫無奈地道。

那大夫開了方子後，拿了診金便離開了。薛老太太的眉頭緊鎖，低頭想了一下，然後對連翹道：「妳好生伺候小姐。金環，如若二姊再不舒服，記得請個大夫過來看看。」

了。

「是。」連翹和李氏趕緊點頭。

「都回去吧，讓二姊好好休息。」隨後，薛老太太便命眾人散去，她自己也扶著丫頭走

待送走了眾人，連翹合上門，趕緊跑過來，撩起帳子掛在銅製的鈎子上，急切地問躺在床上的無憂。「二小姐，您的病是真的還是假的？」過了這麼半天，連翹感覺事情有些蹊蹺，可是連請來的大夫都說不出個所以然來，她自己也沒有主意了。

「都是它的功勞。」說著，無憂拿出一根銀針，一雙靈動的眼睛望著連翹。

眼睛掃過無憂手中的那根銀針，連翹伸手拿過那根銀針，低頭思索道：「二小姐，剛才您不會是把這根銀針刺在抽穴上吧？」

「孺子可教也。」無憂下一刻便坐起來，臉上充滿了過關的喜悅。

想想前因後果，連翹恍然大悟。「怪不得就您不著急，原來您是打這個主意？您沒看到二奶奶今日那副氣急敗壞的模樣，而且還挨了那個吳二夫人一頓數落呢！」

「哼，是她偷雞不著蝕把米，我估計她還得花些力氣善後吧？」無憂冷笑道。

「我聽旺兒說是她娘家兄弟保的這樁媒，吳家的人肯定不相信二奶奶不知道您有病的事，這下鬧個騙婚，看她丟不丟人。不過二小姐，雖然這個計策好，但是也賠上了您的名聲，以後您有病的事要是傳出去，誰還敢來提親啊？」連翹轉念說道。

「最好一輩子都不要有人來提親，我可不想嫁人。」這是無憂的真實想法。想想這萬惡

的古代，不說盲婚啞嫁也差不多，還不知道會碰到一個什麼樣的人。而且規矩多，到了婆家受婆婆氣，受大姑小姑氣，要是個稍微富貴的人家還要和一幫妾室同房丫頭們爭風吃醋，那簡直就是生活在水深火熱之中啊，她才不要蹚這個渾水，還是在這薛家默默地生活好。現在看病製藥賺銀子的生活可是過得很開心，她要努力擴大戰果才是，說不定以後還可以開一間製藥廠什麼的。

聽到小姐的話，連翹有些吃驚，不過轉而笑著捋自己胸前的髮辮說：「要說也是，那些臭男人有什麼好的？就會讓女人傷心。」

「好像妳經歷過似的？」無憂打趣著連翹。她比自己大三歲，今年已經十九歲，她的年紀也不小了，哪個少女不懷春？難道她一點都不想嫁人嗎？

「還要經歷過嗎？大奶奶不就是最好的例子？」連翹不平地道。

聽到這話，無憂沈默了。是啊。朱氏這一生真的是很可憐，她沒出生前的事情她不知道，不過據說跟大爺也是恩恩愛愛地過了幾年，因為一直生不出兒子，所以才失了寵。這一過就是十六、七年形單影隻的日子，真是難熬啊！

見自己的話似乎說多了，連翹趕緊起身說：「我去看看二小姐的藥好了沒有？」說著，便趕緊走出去。

這方，朱氏由平兒扶著回到自己的房間裡，不禁又是一番長吁短嘆。

「宋嬤嬤，妳說這可怎麼好？無憂怎麼會突然得了羊角風呢？這以後可怎麼嫁人啊？」

朱氏愁眉苦臉地向宋嬤嬤嘮叨著。

宋嬤嬤只能好言相勸。「奶奶，您別著急，二姊的身體一向好得很，估計這次只是偶然吧，可能是昨兒聽說要議親的事情被嚇壞了，過一陣子就會好了。不過眼前這一關算是過了，至少不用嫁給那個吳家的傻子。」

「唉，沒想到我的兩個女兒都是這般命苦。」朱氏又開始抹眼淚。

「奶奶，萬事都往好處想。您不是還擔心二姊嗎？二姊至少能在身邊多陪您幾年，咱們好生給她調養著，這病一定會好的。」宋嬤嬤勸著。

「也只能如此了。」朱氏無奈地點了點頭……

「媒人的錢也讓咱們出？」聽到對面兄弟的話，李氏驚叫道。

坐在對面的男子三十來歲，穿一件暗紅色的綢袍，長得尖嘴猴腮，一看就是個刻薄貪婪的人。他就是李氏的娘家兄弟，自從李氏掌家之後，就替薛家掌管京城的一間鋪子，收租的季節去城外幫薛家收租子，所以常常在薛家出入，都叫他舅老爺。

「現在人家不是抓住了咱們騙婚的這個把柄嗎？姊姊妳也是，怎麼二姊有病妳連我也不告訴一聲？害得我現在實在是沒有臉見朋友了。」李金貴一邊埋怨著自家姊姊，一邊伸手從果盤裡拿了一個蘋果，低頭就咬了一口。

吳家是精明的生意人，都不是善茬，這次議親的事情弄成這個樣子，吳家當然不會出媒人的錢了。李氏也不想把事情鬧大，畢竟這件事薛老太太已經對她有看法了，便只好點頭答應道：「不就是五兩銀子嗎？一會兒你拿著銀子給人家就是了。」

聽到這話，李金貴嘿嘿一笑。「姊姊，五兩不夠，還得要十五兩，一共得二十兩。」望著弟弟伸出的兩根手指頭，李氏瞪大了眼睛。「你說什麼？還要十五兩？這五兩銀子都得拿我的私房錢貼補，你知道我和義哥兒、蓉姊兒一個月也還沒有十兩銀子的月例。」李氏是愛錢如命的，這次好處沒有拿到，反而讓她還得自己貼銀子，當然是早就一臉的不高興了。

「姊姊，妳知道這件事都是我的幾個朋友在裡面穿針引線的，這次的事情弄成這樣，妳弟弟我在朋友面前很是沒臉的，我怎麼著也得給人家買些禮物送去賠罪，還要去館子裡擺上一桌不是？要不然以後妳弟弟我可怎麼在朋友面前混啊？姊姊……」李金貴拉著姊姊的衣袖訴著苦。

瞥了一眼弟弟的可憐相，心裡終究不忍，再說他也是為自己辦事，現在事情砸了，也怨不得他。李氏只得開了櫥櫃，從自己的私房銀子裡拿了兩個銀元寶出來，放在桌上，狠狠心道：「趕快拿走吧！」

看到桌上的兩個銀元寶，李金貴見錢眼開，趕緊伸手把銀子放進自己的懷裡，臉上仍舊笑嘻嘻地道：「多謝姊姊，那我趕快去辦事了。」

「走吧！走吧！」李氏懊惱地擺了擺手，李金貴腿腳飛快地走了。

李金貴走後，李氏的手撫著自己的胸口，真是悶死了。這下倒好，不但一百兩銀子的好處沒有拿到，她現在自己又賠進了二十兩，公中賠了一套衣服和一套首飾。而且自己的婆婆現在對她還有看法，大爺雖然沒有說什麼，但是眼神裡似乎也有不悅的樣子，她這次可真是搬起石頭砸了自己的腳，所以好多天都是悶悶不樂的。

第五章

初一一大早，無憂和連翹帶著做好的丸藥來到趙記藥鋪。

遠遠的就看到有一輛紅木馬車，馬車的四周都是用絲綢包裹的，一看就是大戶人家的馬車，馬車旁站著一個二十多歲穿藍布衣服的小廝，離馬車幾步遠的柱子上還拴著一匹青色的高頭大馬。

「二小姐，您看那馬車好氣派，不是來專程找您看病的吧？」連翹在一旁說笑道。

「我哪有這麼大的名聲？」無憂搖頭笑笑，她也就是在這兩條街的平頭百姓中間有點名氣罷了。

「那可不一定，沒聽趙老闆說嗎？現在都叫您什麼『聖手小王』。」連翹吹捧著自家小姐。

說話間，無憂和連翹已經走進了藥鋪，分別把身上揹著的藥放在櫃檯上。轉頭一看，只見今日孫先生已經坐在桌前問診看病了，無憂不禁眉頭一皺，今日是初一啊，她沒有記錯日子啊？

正在疑惑間，趙老闆從內堂快步走出來，迎上無憂道：「妳可來了，那個安康丸前兩天就沒有了，一直斷貨呢！急死我了。」

「我又做了幾十盒來。對了，怎麼今日孫先生來坐診了？」無憂納悶地問。

「妳的運氣來了，看到門口那輛馬車沒有？是一戶官宦人家專程來請妳給他家老夫人看病的。前些日子他們買了兩盒安康丸回去，說是老夫人吃了很有效，前兩天就來請妳去他們府上，可是妳只有初一、十五才來應診，這不今日一早人家就來人請妳了，現在已經在內堂等候妳老半天。我看妳去一趟一時半會兒的也完不了事，所以就臨時告訴孫先生今日不要休息了。」趙老闆解釋道。

「還真是來請您看病的，看我沒說錯吧！」連翹在一旁快人快語。

聽到這話，無憂抿嘴一笑。「還是趙老闆想得周到。」

「我這就去把人請出來，妳趕快跟他去，記得一定要好好地給人家看，我看這戶人家來頭不小，看好了賞錢說不定是妳在家裡忙活一個月的。」囑咐完後，趙老闆就去內堂請人了。

不多時，趙老闆就從內堂請出來一位大概四十餘歲，穿一件青色綢緞長衫的男子來。那男子國字臉，兩道濃眉，神態不卑不亢，眼眸很有神，氣質不是一般的平頭百姓可比。那人看到無憂，先是打量了一下，然後帶著三分笑，道：「這位就是聖手小王先生吧？我家老夫人吃了您的安康丸很是見效，所以特意讓我來請您去家裡給她看病。」

「聖手不敢當，請您帶路吧！」無憂很大方地說。

那人剛走一步，轉頭望望櫃檯上排著的一摞藥，他轉頭問趙老闆：「這是安康丸吧？上次拿的兩盒都吃完了，這些我都要了。」

「二十盒您都要了？」聽到那人的話，趙老闆瞪大了眼睛。

「這藥總是斷貨，還是多買一點放在家裡安心。」那人點頭。

「那我馬上給您包好。」趙老闆一聽趕緊動手。

聽到他們的對話，一旁的無憂皺了下眉頭，然後上前制止。「等一下。」

趙老闆馬上停了手，那人也好奇地望著無憂，開口問：「小王先生，有什麼問題嗎？」難道這些藥還不賣嗎？

看著他詫異的表情，無憂笑笑，道：「這些藥丸夠一個人吃快一年了，這個藥丸放這麼長時間終歸不好，再說您要是把這些都買走了，這十天半個月的再有人需要可就沒有了。不如您一次拿五盒回去，下次再要的話提前告訴趙老闆一聲，我可以給您單獨做，這樣您和需要的人都方便，您看怎麼樣？」

聽到無憂的話，那人深深地看了無憂一眼，然後讚許地點頭道：「還是小王先生想得周到，就這麼辦吧！趙老闆，就拿五盒。」

「好，您稍等。」趙老闆趕緊指示夥計把藥包起來。

隨後，無憂和連翹便揹著藥箱出門，坐上那輛豪華的馬車。

一匹青色的高頭大馬在那人的駕馭下在前面奔跑，後面跟著那輛都是用絲綢包裹的馬車。連翹一直往窗子外面看著風景，一邊看一邊說笑。「二小姐，您看這馬車真是豪華，這車簾都是用絲綢做成的，咱們的衣裳還都是粗布呢！馬車裡還有準備點心和茶水。您說這家人到底是什麼來頭？」

低頭掃了一眼那用上好瓷器做成的茶壺、還有精緻漆器做成的食盒，無憂微微笑道：「非富即貴吧！」

大概在馬車上顛簸了半個時辰，馬車從東城一直來到西城，東城住的都是平民百姓居多，而西城住的不是達官就是貴人，尤其是在這條寬闊、都用青磚鋪路的西城大街，兩邊都是高門大戶，無憂也就偶爾在去城外上香的時候路過，薛家在這邊並沒有什麼親戚朋友。從車窗裡往外看，這條路上連行走的馬車都很寬敞豪華，看來這家人還真不是一般人。

就在她們說話間，馬車緩緩地停靠在一座很高大的宅子前。車簾被撩起，駕車的小廝在車子下面擺了一個小板凳，連翹揹著藥箱先下來，隨後伸手扶著無憂也下了車。站好之後，抬頭一望，只見擺著兩個石獅子的府邸有一道大門和兩扇側門，門前還站著幾個穿著藍布衣服的小廝，他們的衣服和這個駕車的小廝都是一樣的，看來這家的家僕還真不少。

「小王先生請。」那位騎著高頭大馬的男子過來朝無憂做了一個請的動作。

「好。」無憂點了下頭，便跟著那人步上臺階，其間悄悄地仰頭望一眼，只見大門正中央的黑色匾額上用金字寫著「秦府」兩個字。

此刻，寬闊的正門是關閉的，只開著右邊的側門，那人先行步入側門，無憂和連翹跟著走進去，只聽到看門的幾個小廝看見那人都是畢恭畢敬的，而且口口聲聲稱其為瑞大爺，心想——這個人主子不像主子，奴才不像奴才，不知道是這家的什麼人？因為像這樣的人家斷沒有讓主子來請大夫的道理，可是由奴才的話中感覺這個人的排場也太大了點吧？大概是這家最有體面的下人吧？

那瑞大爺一路帶著無憂和連翹穿過一個很寬敞的前廳，然後是一座內堂，再然後又路過一座不小的花園，最後步入一處很寬敞的庭院，庭院正中是一座帶著噴泉的假山，正有潺潺的泉水流到一旁用鵝卵石砌成的池塘裡，池塘裡群紅色的錦鯉悠遊其中。庭院裡還站著足足有七、八個大小丫頭，個個都長得眉清目秀，穿戴竟然不比一般人家的小姐差。看到這些，無憂不禁輕輕蹙了下眉頭，心想——這個秦府到底是什麼人家？最少也得是個二、三品的大官吧？在現依都相當於副總理等級了吧？

瑞大爺走到正房的大紅色門簾前，一個穿著深紅色比甲的大丫頭走過來道：「瑞大爺，老夫人的舊疾犯了。」

「是肚子疼的老毛病？」瑞大爺一聽，神色有些緊張。

「嗯，大爺已經回來了，還請了宮裡的太醫過來。」那大丫頭回答。

聽到這話，瑞大爺遲疑了一下，然後便轉頭對無憂道：「你們跟我來。」說著，那大丫頭便為他們掀開門簾，無憂和連翹趕緊跟著進去。

轉過一道繡著富貴牡丹的紫檀框屏風，瑞大爺便止步了，無憂看到前面廂房前站了好幾個人，個個神色凝重，而且依稀聽到有一道低低的呻吟聲。瑞大爺轉頭對無憂道：「小王先生，您在這裡等一下，我去稟告一聲。」

「好。」無憂點點頭，望著瑞大爺邁步來到廂房前，然後低首小心地走了進去。

等待的時候，環顧一下四周，只見地面是黑色能照人的大理石面，四周的牆壁上懸掛著名人字畫，牆角處是清一色紫檀製家具，擺放著各式的瓷器、玉器和幾盆精緻的盆景，雖然她不是很懂，但是能看得出件件都是珍品，同時也對這家人的身分產生了懷疑，應該不僅僅是當官那麼簡單吧？難道是皇親國戚？

正在瞎想著，忽然從廂房裡傳出一道似乎帶著有些煩躁的男音。「去帳房領賞錢打發走吧，今日老夫人看不了病了。」這位就是他們口中的大爺嗎？

「唉唷！疼死了……」隨後，廂房裡又傳出一道痛苦的哀號，聽聲音是位蒼老的婦人，大概就是他們口中的老夫人吧？這位老人到底得的是什麼病？怎麼如此痛苦？

正在疑惑之際，瑞大爺走了出來，有些抱歉地對無憂說：「小王先生，實在對不住，今日老夫人的老毛病犯了，不能讓您瞧病了，我們大爺給您雙倍的出診費，不如您改日再來吧？」

其實剛才他們那位大爺的話她都聽到了，所以笑笑說：「無妨，替我謝過大爺了。」說完，無憂和連翹就轉身往外走。

「唉唷！疼死我……」

「老夫人？您怎麼了？不好了！老夫人昏過去了！」還沒走兩步，背後就傳來一個驚恐的女音，隨後就聽到廂房裡亂作一團。

這時候，無憂止了步，低頭一想，便迅速地轉身朝廂房的門走去。

「小王先生……」顯然無憂的動作讓瑞大爺和連翹都有些意外，瑞大爺想阻止，但是那人影已經走進廂房了。

無憂本來想走，但聽到那老人的呻吟聲實在於心不忍，便不計後果的闖進了廂房。

廂房的炕上躺著一位穿金戴銀的老太太，一旁站著一位二十五、六歲的男子和一名十八、九歲的女子，正由一名大夫模樣的人在為其把脈，炕上則有兩個丫頭正在服侍著老太太。無憂見狀，立刻上前，按住那老太太的人中，對其進行救治。

那位年輕男子一看到有人闖進來很詫異，等到反應過來，馬上上前問：「你是什麼人？誰讓你進來的？秦瑞！」

這時候，秦瑞已經跟進來了，趕緊低頭回稟道：「大爺，這位……就是請來的小王大夫。」

隨後，只聽房間裡響起了一聲低吟，丫頭們驚叫。「大爺，老夫人醒了。」

被喊作大爺的人和那個十八、九歲的姑娘趕緊上前，眼睛盯著秦老夫人的臉，輕聲問：「祖母，您感覺怎麼樣？」

「疼……」秦老夫人咬牙說了一個字。

「哪裡疼？」無憂這個時候已經開始把她的脈了。

「這裡。」秦老夫人的手顫抖地指了指腰下面。

「是這裡嗎？」無憂的手按了一下秦老夫人腹部的右下方。

「疼……」秦老夫人喊了一聲。

隨後，無憂皺了下眉頭，然後放下秦老夫人讓丫頭扶著，抬頭對老太太的孫子道：「是急性闌尾炎。」

說話間，無憂才打量了一下眼前的人。他大概二十五、六歲，身材修長，穿一身白色帶暗紋的袍子，長著一雙很好看的丹鳳眼，面色白皙，雖然眉宇緊蹙，面色凝重，但是仍然能夠看出他那溫潤如玉的氣質，這絕對是她來到這個世界上看到過最美的帥哥了，只是好像對方給她的感覺是一個文人，少了一股硬漢的氣質。

知道他是大夫，所以秦顯剛才並沒有阻攔，讓無憂為祖母診病。

在一旁已經算是束手無策的周太醫聽到對方一下子就判斷出秦老夫人的病，不禁對這個年紀輕輕的小夥子十分敬佩，馬上接道：「這病秦老夫人已經發作過好幾次，但是從沒有像今日這般疼，以前吃幾服藥就好了，剛剛吃了一服藥，可是一點也沒有好轉。」

又端詳了一下秦老夫人的面色，無憂很果斷地說：「這次湯藥已經不起作用了。」

「那怎麼辦？」秦顯著急地問。周太醫的醫術在太醫院也算翹楚，而且一直都為秦老夫人看病，這次他也沒有辦法，秦顯知道肯定很嚴重了。

無憂知道手術這個詞他們肯定沒聽說過，所以在心中思忖了一下他們能夠聽懂的話。

「只能把闌尾切除掉。」

「你說什麼？切掉闌尾？那豈不是要把肚子切開？」秦顯對這個建議當然是抱持懷疑態度，這也難怪，因為在這個年代簡直就是前所未聞。

「把肚子切開？那人不得死了？」那位十八、九歲的姑娘驚呼道。

不過，周太醫到底見多識廣，捋著鬍子道：「按理來說應該是可行的，可是誰也沒有試過啊。再說這要先解決麻醉和止血的問題。」說完後搖搖頭，感覺當今世上沒有人能夠完成這樣的治療方法。

見他們對自己所說的方法猶豫不決，無憂只好說：「你們最好早一點拿主意，因為老夫人的病再耽擱下去就會變成穿孔，到那時候神仙來了也沒有救。」

秦顯沒有說話，而是把眼光望向周太醫，周太醫又捋了下鬍子，點頭道：「到那個時候就無力回天了。」

見周太醫也這麼說，秦顯皺著眉頭問：「那還有多少時間？」

無憂朝外面看看天色，現在也就上午九點多，所以轉頭回答：「大概傍晚吧！」

「可是祖父去泰州公幹，至少也要兩天後才能回來啊。」秦玉發愁地說。祖父不在，他們兄妹倆要決定這麼大的事情的確是有些拿不定主意。

隨後，屋子裡沈寂了片刻，秦顯低頭想了一下，然後抬頭望望炕上的祖母，便走到無憂的面前，直視著她的眼睛，問：「你有多大的把握？」

「六成。」本來在現代這種闌尾炎切除手術是小兒科，沒有特殊情況的話成功率是百分之百的。可是古代的醫療條件太差了，首先感染就十分可怕，再說這位老太太大概也有七十來歲了，抵抗力差，成功率就更降低了一些。

「才六成？」秦玉喊道。

「可是如果不切除的話，那就必死無疑。」無憂回視著秦顯的那雙丹鳳眼。

「大哥，怎麼辦啊？」秦玉焦急地上前拉著秦顯的袖子。

和無憂的眼眸對視了片刻後，秦顯的拳頭在袖子裡一握，眼神帶著極其信任地對無憂道：「那我就把祖母交給你了。」

這一刻，無憂感受到眼前這個人的信任，頓時她就感覺自己的肩膀有千斤重，隨後她眼神堅定地點了點頭。「我會盡全力的。」

「有什麼我可以幫忙的嗎？」秦顯問。

「你需要給我幾個手腳麻利的丫鬟供我差遣。」無憂接過連翹手中的藥箱，放在屋內中央的圓桌上，打開蓋子，從裡面一樣一樣地拿出需要用的東西。

「這個沒問題，把老太太的八個大丫頭都叫進來。」秦顯吩咐著，秦瑞趕緊去辦。

「妳們兩個將這把刀、銀針、紗布、腸線統統拿去放在大鍋裡煮，一定要煮足半個時辰。妳們兩個把炕都收拾乾淨，幫老太太將身子擦洗乾淨，換上中衣就好。妳們兩個拿這兩帖藥方趕緊去抓藥並熬好，記住要多熬一些。妳們兩個站在門口待命。連翹，準備手術。」

一口氣吩咐完所有的事情，無憂和連翹開始準備動手術。

大概不到一個時辰之後，連翹把用來麻醉的中藥給秦老夫人喝下去，無憂又用銀針扎了秦老夫人的麻穴，伸手拿過那已被消毒過的自己訂製的手術刀，這一刻，屋內所有的人都屏住了呼吸，眾人的眼睛都盯著無憂手中那把映著寒光的匕首模樣的刀。

無憂環顧了一下屋子裡的人道：「連翹留下，其餘的人都出去。」

秦顯一揮手，秦瑞和丫頭等人都出去了，只留下秦顯、秦玉和周太醫，秦顯目光堅定地道：「讓我留下來吧！」

秦顯畢竟是秦老夫人嫡親的孫子，再說這樣的手術他根本就沒有見過，他擔心也是正常的，無憂便點了點頭。

「我也要留下來陪祖母。」見大哥不走，秦玉堅持道。

「我也留下來吧，也許能幫得上忙。」周太醫是個大夫，當然不想錯過他以前只在醫書上看到有記載的醫治病人的方法。

見他們都堅持，而且各人都有堅持的理由，無憂點了點頭，然後便開始手術。

用自製的酒精棉球消毒後，無憂便執手術刀劃開秦老夫人腹部的右下方，很快闌尾就翹了出來，她立刻迅速地切除闌尾，並把闌尾扔到一旁連翹端著的托盤裡。

「啊……」看到一片血肉模糊，秦玉到底只是一位嬌弱的小姐，眼睛一翻，身子便往旁邊倒去，幸好有秦顯扶住了她。

斜看了一眼被嚇得昏倒的秦玉，無憂轉頭一邊繼續動手術一邊說：「扶她出去。」

扶著妹妹的秦顯，盯著正嫻熟地處理傷口的無憂，深深地看了兩眼，心中不禁對她的冷靜和膽大欽佩不已，畢竟她的樣子看起來也只不過十六、七歲，卻能夠有這樣的技藝。這種醫治病人的方法是連男人也不敢實行的，這不僅需要過人的技藝，而且還要沈著、冷靜、膽大、心細。收回目光後，秦顯扶著妹妹出了廂房，把她交給丫鬟照顧，然後轉身又進了廂房。

在秦顯和周太醫的注視下，經過大半個時辰後，無憂終於完成了表皮的縫合，長長的吁了一口氣後，把剩下的收尾工作交給了連翹。然後她坐在圓桌前的繡墩上休息。畢竟這種心神合一的工作還是很耗費體力的，尤其是在這落後的古代，必須要時刻防備任何意外的發生。

看完無憂一整套的手術經過後，周太醫讚嘆之餘，不禁好奇地問：「小王先生，聽說你還為病人有過剖腹取嬰的診治？」這是剛才預備手術之前他聽秦瑞說的，當時就深深地震撼了。

「是的。」無憂一邊擦拭著額上的汗珠一邊點頭。

如果沒有讓他看到無憂進行這個闌尾切除手術，周太醫是怎麼也不會相信這位小王先生真的會剖腹取嬰。隨後，他便帶著無比的疑惑和好奇，問道：「小王先生，老夫從醫三十年，只從古代醫書上看到過打開病人的頭顱取腫瘤而已，而且這種技藝早已失傳，不知道你小小年紀是從哪裡學來的這套本領？」

「啊……」周太醫的話讓無憂有些支吾，不過好在她事先還是有所準備的，所以便笑著回答：「我也是機緣湊巧，幾年前認識了一位道姑，是她傳授我一些醫術，其中就包括這種外科手術。」當初她上軍醫大的時候，導師是一位五十多歲的女博士，以嚴格要求學生而著稱，背後學生們都叫她滅絕師太。她也算沒有說謊吧？

「外科手術？」這個詞周太醫當然沒有聽說過。

「呃，就是需要用刀劃開病人的某處進行診治的意思。」無憂趕緊解釋。

「不知道這位道姑法號是什麼？現在在哪裡清修？」周太醫繼續追問。

「這個……我是我師傅的關門弟子，她老人家囑咐我不能把她的行蹤和法號告訴別人的。」無憂只好如此說，因為要是再說多了，說不定會穿幫。看到周太醫那失望的眼神，她只好深表歉意地說：「不好意思啊，周太醫。」

「世外高人都是如此的，老夫今日真是受益匪淺啊。」今日的診治真的給周太醫很震撼的感覺。

無憂在和周太醫說話的時候，秦顯一直都在盯著無憂看，彷彿他已經察覺了什麼。接下來，無憂又囑咐連翹在秦老夫人醒後給她喝消炎的湯藥，又時刻在一旁觀察著秦老夫人的情況。終於，在接近黃昏的時候，秦老夫人醒了，也沒有什麼異常，無憂走到廂房外告辭道：

「天要黑了，我得回家了。」

「可是妳剛才不是說病人要在十二個時辰之內不發燒、傷口不化膿才算沒事嗎？不如妳在我府上留一夜……妳可以在另外的廂房休息，這裡有我和丫頭守著，萬一有情況的話我們再叫妳？」顯然秦顯是不放心的，萬一有情況，也好及時處理。

秦顯的話讓無憂有些猶豫，因為她一晚上不回家，朱氏她們肯定會擔心的，可是秦老夫人畢竟年紀大了，也許難免有意外的情況。低頭想了一下，無憂便轉頭對連翹使了個眼色道：「妳先回去，我明日這個時候再回去。」

「是。」連翹會意地點了點頭。

「請秦公子派一輛馬車送她回去。」無憂要求道。

「這個沒問題。」聽到無憂肯留下來，秦顯臉上露出一絲喜悅，然後轉頭叫外面的秦瑞趕快派人送連翹回去。

晚間，秦顯預備了酒席款待無憂和周太醫，周太醫因為今日還要當值，所以沒有留下來吃晚飯，飯桌旁只有秦顯和無憂兩個人。

望著飯桌上擺了足足有二、三十道色香味俱全的菜品，無憂笑道：「這麼多菜就我們兩個怎麼吃得了？」

「不知道妳愛吃什麼，所以就多準備了一些。」秦顯微笑著回答。

這時候，一個大丫頭執酒壺上前，先為秦顯倒了一杯酒，又走到無憂跟前想倒酒，無憂剛想推辭，不料秦顯卻擺手道：「小王先生不喝酒。」那大丫頭聞言便把酒壺放在圓桌上，接著後退了幾步。

聽到秦顯說自己不喝酒，無憂有些詫異地望著秦顯。因為看得出對方是很真誠待客的，要不然也不會準備這麼多菜餚，而且態度也很謙卑，但是為什麼說她不喝酒呢？

正在疑惑之際，秦顯的目光射過來，意味深長地說一句。「我應該稱呼小王姑娘吧？」

「啊？」對方的話讓無憂立刻傻掉，心想——他看出來自己是個女的了？無憂不禁面頰一紅。

低頭望了望自己身上那件男人的青布衫，無憂心想——在趙記看了快半年的診，沒有人發現自己是個女的呀，怎麼對面這個人一下子就發現了呢？

見無憂有些詫異，秦顯笑道：「我真沒想到一個小丫頭竟然有這樣的醫術和膽識。」

「誰是小丫頭啊？」她可是已經活了四十多歲，比他大了約二十歲。不過這句話只能在心裡說。

「對不起，是我太莽撞了。」一見對方不高興了，秦顯趕緊道歉。

「呃，沒有，我只是為了行醫方便些才女扮男裝的，其實並不是想刻意隱瞞。」她在心裡道：實在是這個社會太不給女人機會了。

「在大齊很少有女人行醫的。」秦顯聽了點點頭。

「可以吃了嗎？」肚子已經餓得咕嚕叫的無憂，盯著桌子上那些精美的菜餚問，她可沒有心情和他說話了，這些美食已吸引了她全部的注意力。

「當然。」秦顯又點了點頭。

無憂便拿起筷子開始揀自己喜歡的挾。這家人做的菜真不是蓋的，太好吃了。來到這個世界後，這一頓可以說是她有生以來吃得最開心的一次。在薛家平時的飯菜都算簡單，唯有過節過年的時候才會豐盛一些，但是也沒有幾十道菜擺滿桌子的時候，今日她還真是沒有白來。

望著眼前鼓著腮幫子用膳的無憂，秦顯愣了一下，然後抿嘴一笑，大概自己也有了好心情和食慾，端起酒杯開始自斟自飲，只感覺眼前這個女扮男裝的小丫頭真是很讓人好奇。她認真的時候那麼專注，嚴肅的時候一點都不苟言笑，吃起東西來卻是如此可愛，雖然他也見識過好多女子，卻從來沒有看過她這樣的類型。

一頓飯的工夫很快就過去了，吃得肚子鼓鼓的無憂被一個叫紅蓮的大丫頭帶到替她準備的房間。為了方便起見，無憂被安排住西廂房，也就是在秦老夫人住的東廂房的對面。

走進被幾盞燈照得燈火通明的西廂房內，無憂掃了一眼這個房間，和東邊一樣也有一個很大的炕，炕上的被子已經鋪好，都是上好的緞子面。小炕桌上放著各式的點心和茶水，室內的家具都是清一色的黃花梨木。桌上擺著一座黃金打造的自鳴鐘，自鳴鐘前面擺的是一柄和田白玉鑲金的玉如意，兩邊是一對青色的觀音瓶，一只瓶子裡插了幾枝富貴竹，另一只插著大概剛剛剪下來的菊花，一朵一朵的黃色菊花都有碗口那麼大，一看就是很珍稀的品種，也是，這樣的人家好像什麼都是稀有的。這裡可比他們薛家要排場多了。坐在炕邊上，無憂開始有些擔心連翹回去是否能幫她把謊圓過去。

這時候，剛剛出去的紅蓮端了一個黃色的銅盆進來，裡面的水還冒著熱氣。只見她蹲下，放在自己身旁的腳踏上，笑著就要去脫無憂的鞋子。「小王先生，讓奴婢來伺候您洗腳吧？」

讓別人給洗腳，尤其是這麼漂亮的大姑娘她可不習慣。下一刻，無憂趕緊腿一抬，自己一邊脫鞋，一邊拒絕道：「不用、不用，我自己來就好了。」

紅蓮見狀，並不勉強，而是走到小炕桌前，拿過一把榛子笑道：「那我給您包點榛子吃？」

「好。」一面對紅蓮的熱情，無憂點頭答應了。趁著洗腳的空檔，無憂開始有意無意地打聽起這家人來。畢竟看一天的病，還留宿在主人家裡，她現在除了知道這家人姓秦以外，其餘還什麼都不知道呢！

「紅蓮，秦家這麼大的排場，是不是有人在朝廷裡做大官啊？」無憂裝作什麼都不懂的樣子。

聽到無憂的話，紅蓮噗哧一笑。「您不會不知道咱們府上的老爺是當今的左丞相吧？」

「左丞相？」這是當今大齊朝廷左丞相秦思源的府邸？這可是相當於現代的國務院總理了。

見無憂一臉驚詫的樣子，紅蓮笑道：「您今日診治的是咱們家老夫人，咱們大爺官拜大理寺卿，承襲忠烈侯的爵位，剛才昏倒的是咱們大小姐，是先帝爺親封的玉郡主呢！」

這位左丞相秦思源家的事她知道一些，據說秦家在大齊有百年的基業，祖上是百年前為大齊國主打下江山的開國功臣。先帝那一朝更是把皇室最受寵愛的昭陽公主下嫁給了左丞相的兒子，據說婚後夫妻恩愛，琴瑟和鳴，在當時也算是一段佳話。只是左丞相的兒子短命，病死後昭陽公主鬱鬱寡歡，不到兩年的時間留下一雙兒女也香消玉殞了。昭陽公主的兒子就是秦顯，也就是他們口中的大爺，而那位玉郡主就是秦顯的妹妹秦玉了。無憂真是沒想到竟然會來到如此烜赫的人家看病，並且還動了手術，想想不禁有些後怕，要是萬一有事，那她這條小命也算交代了。

隨後，和紅蓮一邊聊家常一邊吃著她遞過來的榛子。從紅蓮的嘴裡知道這位公主的侯爺兒子秦顯，他現在卻是孤身一人，妻子在四年前難產死了，留下了一個四歲大的女兒，之後就一直沒有再續弦。想想剛才那位溫文爾雅的公子，無憂還真是在心裡感到一陣惋惜。又問了瑞大爺是什麼人，原來他是秦家的管家，怪不得這個人看起來說主人不是主人，說奴才不是奴才呢，原來是大管家，丞相府的大管家比個七品縣令還要厲害吧？說了一會兒，直到無憂洗腳水冷了，紅蓮才遞了條毛巾過來，自己彎腰把洗腳水端出去了。

紅蓮走後，無憂發了一會兒呆，便吹滅燭火，躺在大炕上睡意全無，她有認床的習慣，估計今晚是別想睡了，所以望著窗子外面透過來的星光，腦子裡胡思亂想著。想想那位玉郡主至少也有十八、九歲了吧？這樣的年齡在大齊可是早就出嫁了，怎麼現在還待字閨中呢？

更何況是他們這樣的人家，大概是眼界太高了吧？記得那位玉郡主長得確實很漂亮，又有這樣的家世……

不知道躺了多久，無憂似乎已經迷迷糊糊地似睡非睡的時候，只聽外面傳來一陣急促的敲門聲，還夾雜著似乎是紅蓮的聲音。「小王先生，不好了！老夫人發燒了，趕快起來啊……」

聽到「發燒」兩個字，意識有些迷糊的無憂騰地一下便坐了起來。什麼？發燒了？糟了！幸好她是和衣而眠的，趕緊翻身下炕，踩上鞋子，跑了兩步便上前開了門。只見外面已經燈火通明，站在門外的紅蓮急切地望著她。

「除了發燒還有別的症狀嗎？」無憂一邊問，一邊走出了西廂房的門，徑直往東廂房行去。

「老夫人喊傷口疼。」紅蓮回答。

「那是正常的。」麻藥的藥效已經過了，現在傷口當然會疼。

跨進東廂房的門檻，只見秦顯面色凝重地站在炕邊，另外有兩個大丫頭坐在炕上伺候著秦老夫人。顧不上打招呼，無憂快步走到炕前，先用手摸了一下秦老夫人的額頭，憑她的經驗大概有三十八度多，再檢查她的傷口，只見傷口有些紅腫，應該是傷口發炎了。

「怎麼樣？」看她檢查完了，秦顯才急切地問。

「傷口發炎了，需要立即服藥和打針。」說完，無憂轉身走到圓桌前，從藥箱裡拿出一根透明的自製針管，這支針管是她花了足足十兩銀子訂做，用水晶雕刻而成的針管，再拿出一個小瓷瓶，揭開蓋子，從裡面倒出一些白色粉末狀的物體，融入針管裡的液體中，隨後拿了一塊藥棉轉身走到炕前，對已經有意識的秦老夫人道：「老夫人，我得給您打一針，稍微有一點疼。」

躺在炕上的秦老夫人，眼睛看到那支大大的繡花針，不禁露出驚恐之色。「你要用針扎我？你這個庸醫，先把我的肚子割開口子，現在我疼得要死，又要拿針來扎我？顯兒，你趕快把他給我轟出去！」燒得渾身難受的秦老夫人動怒了。

「這是什麼東西啊？」聽到祖母的咒罵，秦顯看到無憂手中拿的東西也有些錯愕。

「這是針劑，老夫人的傷口發炎了，必須馬上消炎，要不然後果很嚴重。」無憂知道應該能對秦顯說明白，這位老太太肯定不相信自己，再說她也不會懂自己說的話。

秦顯雖然不明白這又是什麼治療方法，但是這位小王大夫的醫術他是知道的，病已經看到這個程度，肯定得繼續聽大夫的，只有上前好言相勸。「祖母，不打這個針的話，您的傷口是不會好的，您就讓小王大夫打一針吧！」

「我不要打……」虛弱的秦老夫人死命地搖頭。

見狀，無憂知道沒有多少時間跟她周旋，和秦顯對望了一眼，兩個人會意，無憂便爬上炕去，拉下秦老夫人的褲子，一把將針頭扎在她的屁股上。只聽秦老夫人唉唷一聲，然後便開始咒罵，無憂當作沒聽到，立刻把針管裡的液體推進秦老夫人的身體裡，隨後便迅速地拔出了針頭。

「你這個黃毛小子，竟然敢如此對待我？給我拉出去打板子！」秦老夫人動怒了。也是，換作平時誰敢在她頭上動土啊？全秦府除了左丞相就是她為尊了。

這樣的病人在前世無憂也不是沒遇到過，所以只淡然一笑，然後吩咐紅蓮道：「把湯藥拿來餵老夫人喝下去。」

「是。」紅蓮轉頭去拿湯藥了。

可是，秦老夫人卻是嚷嚷著不肯吃湯藥。「太苦了，我不吃，不吃……」幾個丫頭都拿她沒有辦法，即使秦顯跪在地上求，秦老夫人就是不為所動，大概還在生氣吧？

見狀，無憂只有上前很嚴肅地說：「老夫人，知道您不喝下湯藥有什麼後果嗎？」

秦老夫人把眼睛望向別處，她心裡還有氣，根本就不想看到他。

見秦老夫人不言語，無憂也不生氣，繼續道：「您的傷口已經發炎了，現在如果不把炎症去除，那麼您的傷口就會化膿，然後腐爛，您願意讓您的肉都爛掉嗎？」

「……」顯然，秦老夫人有些害怕無憂說的話了，不過仍然生氣，不說話。

見秦老夫人的眼神中已經有妥協的光芒，無憂繼續說：「雖然您現在痛苦一點，但是您的舊疾已經根治，以後您再也不會犯什麼老毛病了，這就是長痛不如短痛的道理。」

「你說什麼？我的老毛病以後再也不會犯了？」要知道闌尾炎這個毛病已經跟了她幾十年，幾乎每隔兩年就會發作一次，一發作就讓她疼得死去活來，她真是受夠了。

「如果再犯，我任憑老夫人處置。」無憂信誓旦旦地道。

聽到這話，秦老夫人臉上的神色有些緩和，好像考慮了一下，然後便像小孩子似的說了一句。「如果我的老毛病再犯了，我就剃光你的頭髮送你當和尚去。」

此話一說出口，屋子裡的所有人都笑了，無憂也哭笑不得，不過好在秦老夫人還是勉為其難地喝下湯藥。

這一晚，無憂一直守著秦老夫人到第二天天亮，燒終於是退了，秦顯等人才放下心。一直到第二天快傍晚的時候，秦老夫人沒有任何異狀，無憂知道她已經度過了危險期，繼續服藥的話應該也不會有什麼大問題了。臨走的時候，秦顯遞來一張銀票。

無憂接過來低頭一看，不禁驚詫道：「五百兩？」

「這是給妳的診金。」秦顯臉上平淡如水。

「可是這也太多了。」五百兩銀子可不是小數目，已經可以在京城買一幢十幾間的宅子了。

「這是我秦家的一點心意，妳知道這個闌尾……炎已經折磨我祖母幾十年了，好多大夫來了都是治標不治本，這次我秦家要好好感謝妳才是。」闌尾炎這個詞在古代還真是挺稀奇的。

見秦顯很真誠，再說她也確實很需要這筆對她來說數目龐大的銀子，所以便笑著把銀票摺好放進懷裡。「那我就恭敬不如從命了。這樣以後老夫人的安康丸我都無償奉送，每個月我都按時送過來。」她已經為秦老夫人把過脈，她確實是有高血壓，安康丸對她的病很有效，以後應該要長期服藥的。

「那以後就有勞妳每個月來給我祖母把平安脈。」秦顯笑道。

「一定。」無憂點了點頭。

隨後，管家秦瑞便親自送無憂出丞相府，並派馬車把無憂送回去。

第六章

回到薛家，天色已黑，各屋都已經掌了燈。

「二小姐，您可回來了。秦老夫人怎麼樣，傷口沒有感染吧？」無憂一摸回自己屋子，眼尖的連翹就跟了進來。

「昨晚有些發燒，給她打了消炎針，已經沒事了。」無憂一邊把身上的男子衣服脫下來，換上在家的女兒家衣裳，一邊回答。

換好衣裳後，坐在圓桌前喝了兩口茶後，無憂問：「沒有人問我的行蹤吧？」

「放心吧，我都給圓謊過去，就說您這兩天不舒服在屋子裡躺著。奶奶不出屋子自然不知道，這兩天宋嬤嬤和平兒姑姑忙著上街去買做棉服的料子，所以也沒有顧得上注意您。」連翹笑著回答。

「那就好。」滿意地點了點頭後，無憂拿出一張摺起的紙遞給連翹。

連翹好奇地拿過來，一看是一張銀票，當她攤開那銀票，在燈火下看清楚上面的數字時，不禁驚詫地喊道：「五百兩？」要知道五百兩不是一筆小數目，一個小康人家的女人一輩子也攢不了這些銀子。

看到連翹驚奇的目光，無憂嘴角得意地上揚著。「只不過五百兩罷了，瞧妳那大驚小怪的樣子。」

「二小姐，您哪來的這麼多銀子？是不是秦家給您的診金啊？」連翹再也想不起來誰會給她家小姐這麼大一筆銀子。

「嗯。」無憂點點頭。

「這丞相府就是丞相府，就是大手筆。」連翹高興地拿著銀票看了又看。

「妳也知道那是秦丞相的府邸？」無憂詫異地問。

「我是聽送我回來的馬夫說的，嚇了我一大跳呢，怎麼也想不到是丞相家啊，二小姐，這次我們是不是走運了？」連翹滿臉希望地問。

「算是吧！」無憂卻是淡定地喝著茶，似乎在想著什麼。

「二小姐，這麼一大筆銀子，咱們是不是存在錢莊吃利息啊？五百兩的話一年也有幾十兩銀子的利呢！」連翹合算著。

可是無憂卻抬頭，眼睛望著一竄一竄的燭火說：「我要讓錢生錢，五百兩變一千兩，一千兩再變兩千兩，最後變作成千上萬的銀子。」

「二小姐，您是在說胡話吧？」連翹拿著銀票望著似乎在說傻話的無憂。

「連翹，叫二小姐到奶奶屋裡吃飯了。」這時候，外面傳來平兒的聲音。

聽到連翹的話，無憂轉過頭來用手指戳了一下她的腦門。起身笑道：「把銀票收好，走了，吃飯去了。」說完，便大搖大擺地走出房門，留下一臉錯愕的連翹。

從十幾年前朱氏臥病在床開始，飯菜就送到她屋裡來吃，這些年一直都沒有改變，所以無憂自然也是跟著母親在她屋裡吃飯。坐在外間的羅漢床上，小几上擺放著一葷一素兩道菜，朱氏和無憂的面前放著兩碗白粥。

背靠在軟枕上的朱氏，關切地望著女兒問：「連翹說妳這兩天不舒服，怎麼樣？好些沒有？」自從上次女兒犯病後，她就一直憂心女兒的身體。

「娘放心，我已經好了。」無憂回答。

聽到女兒的話，朱氏點了點頭，這時，宋嬤嬤拿著一塊銀紅色的綢子過來道：「二姊，這是我今日和平兒去綢緞莊裡買來的料子，這一塊我看很適合您，顯得膚白，就用這塊料子給您做一件棉褙子，您看怎麼樣？」

望了望那塊銀紅色帶暗紋的料子，無憂感覺是很亮的顏色，在寒冷的冬天穿上應該會很好看吧？所以便點了點頭。「宋嬤嬤妳拿主意好了。」

「倒是我們託了二姊的福，今年每人都有一件新棉袍穿了。」宋嬤嬤一笑，臉上的褶子更加深刻。

「只是一件棉服罷了。」無憂笑道，心想——以後她要讓跟著她和朱氏受苦的這些人都穿金戴銀，讓她們都過起人上人的生活。

「對了，無憂，妳每個月去那趙記藥鋪幫忙兩天，就能賺這麼多銀子回來嗎？」朱氏知道無憂和連翹每個月都去趙記藥鋪幫忙，但是她每個月拿十幾二十兩銀子回來貼補自己吃藥吃補品，現在又給自己身邊所有人都做新的綢緞棉衣，她這個做娘的真是有些擔心。

聽朱氏一問，無憂心想——是時候要對她透露一些自己看病的事情了，現在她在外的名聲漸漸大起來，估計要瞞也不可能一直瞞下去，便有所保留地回答：「最近幾個月我都在趙記藥鋪幫忙看病，而且還做了一些藥丸拿過去代賣，沒想到我的藥丸賣得還挺好的，所以會多賺一些銀子回來。」

「什麼看病？還做藥丸？」朱氏一聽就著急了。「別說妳一個女孩家怎麼能拋頭露面行醫，妳會看病嗎？妳給人家看錯了怎麼辦？還做藥丸，藥也是可以隨便做的？萬一吃死了人妳要見官的！」

見朱氏著急上火了，無憂趕緊解釋。「娘，您別著急，別說我從小就看您生病吃藥久病成醫的話，我可是從小就看家裡收藏的醫書的，而且每次去抓藥也都是看藥鋪裡的先生怎麼看病開藥，那先生都考過我，人家也不可能讓不會看病的人去看病的，那不是砸自己的買賣嗎？」

「妳真的會看？」女兒的話朱氏還是有些懷疑。

這時候，連翹趕緊幫自家小姐說話。「奶奶，二小姐說得沒錯，二小姐現在的醫術啊真是了不得，已經給秦……已經看好了許多疑難雜症呢，現在找小姐看病的人都排好長的隊呢！」連翹一激動，差點把給秦老夫人看病的事情都說出來，幸好反應快，趕緊改了口。

感覺她們說得也有道理，所以朱氏的臉色也緩和了些，並且轉念一想，她這個女兒現在有羊角風的名聲算是傳出去了，肯定是那吳家人到處宣揚的吧？她是嫁不到什麼好人家，也是應該有一些安身立命的本事才可以，畢竟自己這副病身子根本就幫不上她。所以隨後，她便囑咐道：「以後看病要小心一點，別把人家看壞了，再就是別太張揚，讓妳祖母和爹知道了肯定要惹風波的。」

「知道了。」看朱氏沒有再反對後，無憂笑著答應了。

第二日一早，無憂便帶著連翹出了門。

站在去趙記藥鋪的必經之路上好一會兒了，連翹忍不住問：「二小姐，咱們在這裡等誰啊？」

「孫先生。」無憂回答。

「孫先生？等他做什麼啊？喔，我知道了，您是不是要問他，您給他的藥方子製的藥賣得怎麼樣啊？」連翹笑問。

「一會兒妳就知道了。」無憂淡淡一笑。

不一會兒工夫，只見前面走來一個人影，看身形應該就是孫先生。當孫先生看清楚無憂在等他的時候，他趕緊跑過來，從懷裡掏出一張銀票遞給無憂道：「小王姑娘啊，這些日子沒看到妳，也不知道妳家住哪裡，那個驢膠補血丸還有那個鱉精丸我已經製好一批，放在趙記藥鋪裡賣了不少，這是第一批的利潤，一共是二十兩，妳的十兩，我怕揣在口袋裡丟了，所以就給妳換成了銀票。」

無憂一聽，接過銀票，低頭一看數目沒錯，便對上孫先生的眼眸道：「孫先生，您說這藥這麼好賣，我們就一雙手，一天能做多少藥啊？」

孫先生一聽這話，眼眸中立刻放射出光芒。「這正是我想對妳說的，我想咱們得找個地方，雇上幾個人做才可以，只有藥做多了，利潤才會多。妳的藥真的不愁賣，而且光供給趙記藥鋪一家也太可惜了。」

「所以我想和您一塊做這筆生意，我手裡還有許多秘方，我想肯定也都是好賣的藥，咱們應該擴大生產，利潤仍然老規矩，我們五五分成。」孫先生的話也說到無憂心坎裡去了。

「好是好，可是我沒有那麼多的本錢啊，最少要租一間宅子，雇上五、六個人，而且都得有點做藥的技術才可以，還有就是要進一批藥材，置辦製藥的器具，這些估計都要不少銀子才能做得起來。做成了藥，還要壓一些本錢，畢竟代賣的藥都是一批頂一批的銀子。」孫先生低頭向無憂算著帳。

「您看這些夠不夠？」無憂把一張銀票遞給了孫先生。

孫先生低頭一看，不禁驚呼。「五百兩？」

「您說夠不夠？」無憂繼續問。

「夠了，夠了。」孫先生連連點頭。

「那您就拿著這些銀子去操辦吧！」無憂道。

聽到對方這麼信任自己，孫先生很是無措。「把這麼多銀子給我，妳就不怕我拿著銀子跑了嗎？」

無憂一笑。「那您就是個傻瓜了。這個生意做好了，以後每年我們每人都有幾千兩銀子的賺頭，您現在就得這麼區區五百兩，而且還要背負一個不仁不義的名聲，還得東躲西藏，您說您划不划算？再說，孫先生的為人我是最信任的。」

無憂的一席話，讓孫先生既受用又有了能賺到更多銀子的希望，所以信誓旦旦地道：「妳放心，買賣包在我身上，我這就去看地方。」

望著孫先生匆匆離去的背影，連翹拍手笑道：「二小姐，咱們是不是快發財了？」

「是啊，趕快走啦，一會兒都趕不上早飯了。」無憂朝她沒好氣地一笑，然後轉身走人。

轉眼到了滴水成冰的季節，這天夜裡，各房屋裡的燈都熄了，只聽外面的北風呼呼地颳著窗子。屋子裡雖然點著炭火，還是感覺很冷，無憂縮在被子裡，剛剛要進入夢鄉，不想外面卻傳來一陣陣的嘈雜聲。睡得迷迷糊糊的無憂皺了皺眉頭，閉著眼睛側耳傾聽，好像有馬的嘶叫聲，還有哀號聲，再就是女人的哭聲，還有男人的咆哮聲……

本想翻個身子繼續睡，無奈外面的聲音還在吵鬧，無憂揉了揉眼睛，往窗子處一瞧，好像外面還有燈火亮了，看來是有人起來了。這下，無憂睡意全消了，坐起身子，抓過自己的棉披風便下了床，打開門出去，只見宋嬤嬤、平兒和連翹都已經披著棉衣站在廊簷下了。

「出什麼事了？怎麼前院跟在殺雞一樣？」宋嬤嬤伸長脖子望著前院的方向。

「我去把興兒叫來問問。」說著，平兒便一邊繫著棉衣上的盤扣，一邊往前院走去。

宋嬤嬤回頭看看無憂也出來了，趕緊轉身把她往屋子裡推，嘴裡嘮叨著。「唉呀，您怎麼也出來了？夜裡風冷，小心著涼了。」

「娘也醒了，我去她屋裡看看。」無憂看到朱氏房間裡的燈也亮著。反正這一折騰，她已經沒有一點睏意了。隨後，宋嬤嬤、無憂和連翹一起進了朱氏的屋子。

朱氏靠在床頭上，宋嬤嬤在床邊給她捏著腿，無憂和連翹坐在炭火前的小凳子上烤手，幾個人一邊說著話，一邊都在等平兒回來講講前院到底發生什麼事了。

「妳說前院在鬧什麼？」朱氏皺著眉頭問。

「誰知道呢，反正我隱約聽到大爺的聲音，也許是哪個奴才犯了錯在教訓吧？」宋嬤嬤在一旁猜測著。

「大爺的脾氣這兩年好像越來越差了。」這幾年逢年過節的在一起過，朱氏感覺薛金文的脾氣比原來煩躁許多。這也難怪，這些年仕途上一直都不如意，二十年來一直都沒有升遷過，是男人都會鬱悶吧？

「是啊。」宋嬤嬤點了點頭。

這時候，外面的門一響，一陣腳步聲傳來，只見是平兒帶著興兒走進來。興兒沒有進裡屋，只是跪在門口道：「興兒給大奶奶請安。」

「大冷的天，起來說話。」朱氏說著向宋嬤嬤看了一眼，宋嬤嬤拿一個小凳子給興兒坐在門口處。

平兒走進來，站在床邊回道：「奶奶，剛才大爺喝醉了酒回來，不知怎麼著碰到了義哥兒，義哥兒的學業很是糟糕，學裡的先生都告了好幾次狀，今兒大爺也是不高興，看到義哥兒就來了一股邪火，借著酒勁就把義哥兒給打了。」

「打了？打得嚴重嗎？」薛金文膝下就這一個兒子，從老太太到李氏都慣著，是個要星星不給月亮的主兒，從小到大只有慣著的分，哪裡挨過打啊。

「是拿馬鞭子打的，說是挺嚴重的，連夜去請大夫了。要不是老太太聽見了攔著，估計打得還更厲害。」平兒回答。

聽到這話，屋裡一片安靜，因為那個義哥兒平時實在是不得人心，所以大夥兒都有些幸災樂禍的意思。

宋嬤嬤撇撇嘴說：「奶奶，要我說大爺是得好好教訓教訓那義哥兒了，都十五了，不好好上學不說，還淨跟他那個舅舅學些雞鳴狗盜的事。別說還指著他以後光耀門楣，不給薛家丟人就不錯了。」

想想薛金文那個人平時也算溫和，把兒子打成這個樣子，肯定也是有什麼原因吧？再者他又是個孝子，深更半夜的弄出這麼大的動靜也不怕驚動了老太太嗎？所以，朱氏抬頭問坐在門口的興兒。「興兒，大爺最近是不是有不順心的事？」

興兒趕緊回答：「回奶奶的話，您算說對了，最近大爺因為衙門的事情可是煩死了。前些日子吏部有幾個老爺告老還鄉，空了幾個位置出來，大爺找了幾個朋友擺了幾桌酒席想通融一下，看是否能補上缺，可是都沒能成。這不，現在就剩下最後一個六品主事的位置空著，本來大爺也不想了，可是今兒聽說吏部的崔老爺已經被內定頂上這個缺，您知道崔老爺和咱們大爺一直都是明裡爭暗裡鬥的，您沒看到崔老爺見到咱家大爺那個得意勁啊。唉，奴才都有些受不了了，更何況心氣高的大爺呢！」

聽到這話，朱氏一直沈默不語，低頭想著什麼。一旁的宋嬤嬤道：「這也難怪，聽說那個崔老爺的妹子嫁給了刑部尚書的庶子，只要尚書老爺搭個話就是了，這也不是什麼大事。」

「大爺就是氣這個來著，想想大爺如果不是在仕途上一點助力都沒有，也不至於……」說到這裡興兒沒再說下去。

他們的話無憂一直都在旁邊聽著，她的雙手伸在炭火上面烤火，一句也沒有插嘴，平時她也是如此，所以大家也不奇怪，只不過她卻走了心，也許這是一個機會。

快四更天時，眾人才在朱氏的房裡散了，無憂重新鑽入已經冰涼的被窩，說了一句。

「連翹，明日是不是該去秦府，給秦老夫人把脈送藥了？」

給無憂掖好了被角，連翹想了一下，回答：「是到日子了。」

「明天一早把藥預備好，妳跟我走一趟吧！」無憂吩咐。

「是。」連翹應聲後走了出去。

一夜無話後，第二天早飯過後，無憂和連翹便從後門溜出去，雇一輛馬車直奔秦府。下了馬車，無憂和揹著藥箱的連翹便上了臺階進入秦府。門口的小廝都已經和他們很熟了，並且管家秦瑞早就吩咐，如果小王先生來，不用通報直接請進來。一路來到秦老夫人住的院落，無憂和連翹站在廊簷下等候，早已有丫頭進去稟告了。

不一會兒工夫，只見紅蓮跑出來，熱情地笑道：「小王先生，老夫人已經等候多時了，趕快進去吧！」一邊說一邊撩起綢子面的棉門簾。

朝紅蓮點了下頭，無憂便帶著連翹走進去，進了東廂房，只見秦老夫人正坐在炕上和一地的丫頭們說笑，炕上還坐著秦顯的妹子玉郡主。無憂趕緊低頭作揖道：「小王給老夫人請安，給郡主請安。」

秦老夫人往地上一看，趕緊伸手對丫頭道：「趕快給小王先生看座，上好茶來。」一個丫頭趕緊拿了一個繡墩給無憂，無憂很大方地坐了下來。

「我吃過了早飯就等著你來呢！我那個安康丸快吃完了，你別說我現在的頭一點都不暈了，這些天都聽你的話，沒事就到處遛達，飯也比原來吃的多了些，就連出恭也比原來暢快多了……」一看到無憂，秦老夫人就巴拉巴拉地說了好多。

自從上次秦老夫人的老毛病被徹底治好後，她就改變了對無憂的看法，無憂來了幾次給她診脈，無憂的話她簡直就像是聽聖旨一樣照辦，別說身子確實是比原來好多了，人也精神許多了。

聽完秦老夫人的絮叨，無憂笑著從身後的連翹手裡接過幾盒藥丸，笑道：「這是一個月用量的安康丸，老夫人一定要按時吃。還有這個蘆薈丸是我新為老夫人製的，對通便很有好處，如果再有不順暢的時候，吃上兩粒就很有效果。」

一個丫頭趕緊接了，秦老夫人一聽很是高興。「小王先生，你這樣的醫術在民間行醫太可惜了，不如我讓我家老爺把你舉薦進太醫院怎麼樣？」

聽到這話，無憂一愣，坐在小炕桌另一側的玉郡主不禁搗著嘴巴一笑。無憂抬頭一望，只見玉郡主的一雙美目正似笑非笑地望著自己，她不禁心想——她怎麼用這樣的眼神望著自己？難道已知自己是個女兒身了？

「妳這個孩子，笑什麼？都十九了還這樣沒頭沒腦的。」秦老夫人轉頭笑著白了孫女一眼。

「祖母，孫女是想小王先生要想進太醫院，恐怕早就進了，哪裡還用您讓祖父去舉薦嘛。」玉郡主小孩家似的起身走到秦老夫人跟前，坐在炕下的腳踏上，頭撒嬌地枕在祖母的膝上。

秦老夫人慈祥地撫著孫女的頭髮，看得出十分寵愛這個嬌俏的孫女。笑道：「小王先生，難道你不想入朝為官，光宗耀祖？」

無憂只好拱手道：「多謝老夫人的一片美意，只是小王一來年紀小，二來平時閒散慣了，不適合做官什麼的，還請老夫人見諒。」

「這是人各有志，不過你現在畢竟年紀還小，等以後如果有這個意願的話，儘管來找老身就是了。」秦老夫人看得出對小王是十分賞識信任的。

「謝老夫人。」無憂道。

又閒談了大概有半個時辰，秦老夫人才放無憂出來，自然又賞賜了不少東西，無憂推辭不過，只好讓連翹接了，並且感謝不已。出了秦老夫人的院子，無憂便止住腳步，望了望左邊是一個很大的花園，這是她來時的路，右邊不遠處是青磚綠瓦的又一座庭院，心想——秦府實在很大，秦顯到底住在哪裡？看看天色已經臨近晌午，是不是早就該下朝了？

正想著怎樣能夠找到秦顯，背後突然有個人拍了她的肩膀。

被嚇了一跳的無憂轉頭一望，只見是那活潑可愛的玉郡主，她趕緊低頭行禮道：「玉郡主。」

可是，秦玉卻走到她的面前，揹著手說：「好了，妳別在我面前裝神弄鬼了，妳的底細大哥全告訴我了。」

聽對方這麼一說，無憂知道秦顯已經告訴她自己是女兒身了，所以低頭笑著解釋道：「我也只是因為行醫方便才……」

「才女扮男裝的對不對？下次妳也帶著我女扮男裝出去逛逛好不好？」對於女扮男裝，看得出玉郡主是十分感興趣。

「這個……郡主您是金枝玉葉，怎麼能和我這樣的鄉間女子一樣到處亂跑呢？」她可是不敢帶著郡主到處亂走，萬一有個閃失，她也擔當不起。

看無憂在搪塞她，玉郡主沒有把這個話題繼續下去，而是左右望了望，上前小聲地問：「妳剛才東張西望的做什麼？」

「我……」無憂被問得說不上話來。總不能說是想找秦顯吧？可她畢竟是名女子，一個女人找一個男人在這個時代還是很忌諱的。可若不說，她確實是找秦顯有事。

「妳想找我大哥對不對？」沒等無憂說上話，玉郡主便笑著接了一句。

「這……」無憂的臉不知道為什麼紅了。

「跟我來。」看她一副臉紅的樣子，玉郡主不再多說，轉身帶著無憂和連翹朝一個方向走去。

第七章

轉過一座大花園，穿過一道迴廊，只見正面是一座假山，假山後面是一座青磚綠瓦五間高大的房屋。來到臺階下，秦玉轉身對無憂笑道：「這就是我大哥住的地方，他現在剛下朝。」說完，她便步上臺階，伸手推開房門。

見此，無憂轉頭對身後的連翹道：「妳在這裡等我。」說完，便跟了上去。

踏入門檻，只見屋內十分寬敞，佈置得非常雅致，清一色都是竹子做的家具，掛著龍飛鳳舞的毛筆字，有幾件玉製的擺設。除了清幽以外，絲毫看不出有任何的奢靡之氣，和秦顯的身分很是不搭，倒好像是一位住在世外桃源的文人。環顧了一下整個房間，卻不見秦顯的蹤影。

「大哥？大哥？」秦玉站在屋子中央一連喊了兩聲。

「來了。」只聽像是從書架後面傳出了一聲男音，隨後，聽到一陣輕輕的腳步聲，轉頭一望擺滿書的書架後面，好像有一個人影繞過書架走了出來。

換下官服穿著一身白色暗紋家常袍服的秦顯從內室一出來，秦玉便上前拉住大哥的袖子，笑道：「大哥，有人找你。」

「誰找我？」秦顯好奇地一抬頭，看到無憂站在門口，不禁一愣。

看到秦顯的表情，無憂低首福了福身子。「秦大人。」不過倒是感覺怪怪的，因為眼前的兩個人都知道她是女兒身，現在她卻是一身男裝打扮。

片刻後，秦顯方收回在無憂身上的目光，笑道：「正好我剛泡了一壺好茶，坐下來品一品吧！」

還沒等無憂說話，秦玉便笑道：「大哥，我可是沒空和你喝什麼茶，我急著去安定侯府呢！」

聽到妹妹的話，秦顯假裝恍然大悟的樣子。「對了，威武大將軍要回來了，妳是該去安定侯府上走動走動。」

秦顯的幾句話立時就讓秦玉紅了臉，不好意思地鬆開他的袖子，跺了下腳，說了一句。「不理你了。」說完便扭頭朝外面走去。

「呵呵……」看到妹妹的樣子，秦顯望著她的背影不禁開懷一笑。

站在一旁的無憂不禁心想——威武大將軍？安定侯？想必也是極其尊貴的官宦人家吧？看樣子那威武大將軍一定是這位玉郡主的心上人吧？難怪她十九歲了還沒有出嫁，難道是一直都在等這位威武大將軍嗎？

隨後，秦顯伸手做了一個請坐的動作，無憂笑笑，便坐在一張竹製的桌子前，秦顯提起紫砂茶壺為無憂先倒了一杯茶水。

「謝謝。」無憂端起紫砂茶碗，先在鼻端前聞了聞，然後送到嘴邊抿了一下，道：「這茶真香。」

「這茶是明前龍井，水是晨曦時採集的露水。」秦顯微微笑道。

「那我今日可是有口福了。」無憂笑著又小口地品著紫砂茶碗的茶水，清香的茶水中帶著一抹微微的苦，苦中夾雜著一絲淡淡的清香，確實和她以往喝的茶水大不一樣，不禁暗暗讚嘆這丞相府連茶水都這般講究。

一杯茶水下肚後，秦顯又為無憂倒上另一杯茶，然後開口問：「說吧，找我什麼事情？」

秦顯的話說得很隨意，彷彿他們是多年的朋友一般，讓無憂感覺很是親切，不過即便如此，她想說的話還是有些說不出口。「我……」

「很難以啟齒嗎？」看到無憂侷促的眼神，秦顯挑了下眉。

「確實是讓我難以啟齒，我……有一個不情之請想麻煩秦大人。」無憂硬著頭皮說了出來。

「我在聽。」秦顯很認真地望著無憂。

看到對方很認真地聽著，無憂立刻有了些信心，坐直了身子，開口道：「我爹爹是吏部的一個從七品小官，最近聽說吏部有一個六品主事的空缺，我想讓秦大人幫忙……」說到這裡，無憂的臉已經很紅了，為自己的父親向病人家屬跑官要官這是不是有違醫德啊？

看到無憂訕訕的模樣，秦顯一笑，說道：「妳爹爹叫薛金文吧？」

「你怎麼知道？」無憂目瞪口呆地盯著望著自己笑的秦顯。她對外都說自己姓王的，而且連趙記老闆都不知道她的真實身分。

秦顯喝了一口茶，才回答：「妳忘了是我們秦府的馬車送妳回家的吧？」

一聽這話，無憂立刻就明白了。那天為秦老夫人治病時，確實是秦家的馬車送她和連翹回家的，不過都是送她們到後門，沒想到就這一點蛛絲馬跡，人家就知道了自己的真實身分。下一刻，遂抬頭道：「那你也知道我的身分和名字了？」

「嗯。」秦顯點點頭。

「那我就不多說了，你看……這個忙秦大人能幫嗎？」無憂這個人不愛兜圈子，是很直爽的性格。

「吏部尚書魏大人和我們秦府是世交，我想我親自去一趟的話，應該不是問題。」秦顯的眼神中帶著肯定的光芒。

聽到這話，無憂簡直高興極了。「真的？事成之後算我欠你一個人情，以後你有任何事我一定竭盡全力。」

「妳救了我祖母一命，我已經欠妳的人情了。」秦顯望著無憂說。

「那怎麼能算？我是大夫，秦老夫人是病人，治病救人本就是我的分內之事，再說你不也給我診金了嗎？咱們一碼歸一碼才對。」無憂很認真地說。

看到她認真的表情，秦顯感覺別看這個小丫頭歲數不大，倒還挺有原則，遂點了點頭。

「那隨妳。」

「對了，如果有人問起，您能不能說我外祖父朱家和您府上是遠親？」無憂要求道。

聽到這話，秦顯有些好奇，不明所以地望著無憂。

無憂趕緊解釋。「因為我爹並不知道我在外行醫的事情，讓他知道了，也許我就再也出不來了。」天哪，他不會認為自己在和他攀親戚吧？畢竟人家可是宰相侯爵之家。

「好。」秦顯很痛快地答應，倒是無憂感覺自己要求是不是太多了？

又坐了一盞茶的工夫，無憂才從秦顯的房間出來，謝絕了他的相送。

一路回到薛家，傍晚時無憂便去請示薛老太太，說第二天和母親要去走一趟親戚。因為義哥兒挨打，屁股上的傷要躺上半個月才能好，所以薛老太太連日身上精神都不太好，只是應了沒有問其他。無憂高興地回到朱氏房裡，說明天一早就帶她們出去玩一次，已經回稟了老太太就說去走親戚。本來朱氏也沒有什麼心情出去，無奈無憂一直請求，宋嬤嬤和平兒也好久沒有正經地出門過，所以也一直附和，最後朱氏終於答應了。

第二日一早，無憂和宋嬤嬤扶著朱氏，帶著平兒以及連翹出了薛家大門，早已經有一輛寬大的四輪馬車在門口等候。

這日五人都穿上新做的綢緞棉服，朱氏和無憂外面還各自披上一件領子鑲有狐狸毛的軟緞披風，手裡拿著景泰藍的手爐，頭上戴著幾支鑲著寶石的釵簪，一副官宦或者富家太太小姐的架勢。其實這些也幾乎是她們所有能拿得出的體面行頭了。

李氏房裡的紅杏看到朱氏一干人等坐著一輛高大的四輪馬車出門了，便趕緊回李氏的房裡稟告。「二奶奶，您沒看到大奶奶和二小姐穿戴的那個華麗啊，不知要去哪家走親戚？連雇的馬車都是又大又好的。」

坐在梳妝檯前梳妝的李氏，不禁鼻子裡哼出一股冷氣。「哼，那個朱氏幾年幾年的不出門，今兒這是想起什麼來了？再說她是個南蠻子，在京城根本就沒有什麼親戚，肯定是打著走親戚的名頭出去遊玩了。這麼多年了，她那點嫁妝也快折騰沒了，現在還有錢雇什麼四輪大車？」

「她注定這輩子是讓奶奶壓一頭了。大女兒進了宮給個女官端茶倒水的，這二女兒還有羊角風，這輩子怕是也不好嫁出去了。」紅杏在一旁奉承道。

「還說呢，這輩子嫁不出去，還不是在家裡吃一輩子的閒飯？她吃的可都是將來咱們義哥兒的。」說到這兒，李氏就一臉的憤恨。

「二奶奶您別著急，等咱們義哥兒當了家，您不是想怎麼樣就怎麼樣嘛。」紅杏從首飾盒裡拿了一支簪子，在李氏的髮髻上比劃著。

「那是。」李氏得意地揚著下巴一笑。

「二奶奶、二奶奶！」這時候，綠柳突然跑了進來。

「怎麼了？慌慌張張的？」李氏白了綠柳一眼。

「二奶奶快去……看看吧，義哥兒嫌搽藥疼，正大喊大叫呢！」綠柳氣喘吁吁地回道。

「這個冤家！」說著，李氏顧不得頭髮還沒梳好，便起身急切地跑了出去……

朱氏一行人上了馬車後，馬車便緩緩啟動直奔西城而去。

坐在顛簸的馬車上，朱氏抬眼望著車窗外面的景色，不禁感慨道：「好像已經很久很久沒有出來過，這人和景都不一樣了。」

「奶奶，您就該多出來走動走動，您這都三年沒出過門了。」平兒把一個手爐塞進朱氏的手裡。

「就是，多出來走動走動，精氣神也好啊。二姊，咱們去哪裡啊？」宋嬤嬤在一旁問著無憂。

「京城還是西城最熱鬧，那邊店鋪裡的東西才好，咱們就去西城的綢緞莊啊、首飾鋪的去看看。」無憂回答。

「那得花多少銀子？咱們還是隨便逛逛就好了，妳賺那幾兩銀子也不容易，不要亂花了。」朱氏皺著眉頭說。

「娘，今日總之都聽我的就對了，咱們就把這一袋銀子花完就好了。」無憂一看連翹，只見連翹拿出一只青色的錦囊，裡面鼓鼓的裝的都是銀子。

宋嬤嬤一見，伸手接過那袋銀子在手裡一掂，驚叫。「唉呀！這大概得有百十兩銀子吧？」

「宋嬤嬤好眼力，正好一百兩。」連翹笑道。

「我的媽呀，這次咱們可是能好好樂一樂了，不過那也花不了啊！」一天花掉這麼多銀子，就是在朱氏沒有出嫁的時候也絕無僅有啊。

說笑著，半個時辰後，馬車就進入西城，連著在幾家綢布莊買了好幾疋各色的綢緞，又轉了兩家首飾店為朱氏挑了好幾件首飾，再去京城有名的糕點店等買了許多各色的吃食。

轉完這些便已到晌午了，無憂讓馬夫趕著馬車去京城最有名的飯館——天然居。這是一家足足有三層樓的飯館，一樓是大廳，二樓三樓都是雅間，廚子當然也是一流的，這裡的菜式別處都嚐不到，招待的當然也都是非富即貴的客人，因為這裡的菜式和酒水是很貴的。朱氏記得當年還和父兄來過兩次，自從嫁入薛家便節儉度日再也沒有來過了。

無憂點了三樓一個臨窗的雅間，點了六道平時吃不到的菜餚，並且還點了一壺酒水。宋嬤嬤、平兒、連翹一邊說笑，一邊看著雅間精緻的裝潢和外面熙熙攘攘的大街。

雖說宋嬤嬤等都是下人，但是這些年也是一起甘苦與共過來的，所以朱氏和無憂都讓她們一同坐下吃。起初她們還拘束，一會兒便沒什麼不自在了，畢竟這些年來也不是親人勝似親人了，要不是她們的不離不棄，朱氏和無憂如今還不知會落到怎樣的田地。

不一會兒後，小二便接連上了好幾道菜——蔥燒木耳、油燜大蝦、佛跳牆、松鼠桂魚、蛋黃春卷、溜腰花。看到這麼多菜，連翹的口水都要流出來了。「二小姐，我還從來沒有上過館子呢，以前只在路邊攤吃過。」

「以後妳會經常來的。」看到連翹饞壞的樣子，無憂抿嘴一笑。

「奶奶，有佛跳牆呢！以前您在娘家時最愛吃的。」宋嬤嬤用筷子為朱氏布菜。

「是啊，那個時候什麼都不知道，每天就想著什麼好吃，什麼好玩，穿什麼好看。」朱氏的眼眸中泛起一抹光芒，似乎在回憶著以前的往事。

見朱氏眼中彷彿閃爍著沒有過的光芒，無憂趕緊挾了一口菜放在朱氏的碗中，朱氏見狀，衝著女兒慈祥地一笑，然後便低頭開始吃起來。

不多時，忽然窗外一陣嘈雜，並且傳來鑼鼓之聲，好像還有許多人的腳步聲和馬叫聲。

「怎麼回事？這麼吵？」平兒抬頭道。

隨後，眾人一起朝窗外望去，只見遠處街道上有一群騎著高大駿馬的人朝這邊而來，後面跟著敲鑼打鼓的一干人，街道兩邊好多人爭相觀望，一時間好不熱鬧。

「怎麼這麼熱鬧？」連翹一邊吃一邊問。

這時候，來上茶水的小二朝外面一看，便笑道：「這是威武大將軍勝利還朝在遊街呢！」

「威武大將軍？」無憂聽到這個名號感覺挺熟的，在哪裡聽過？

「就是安定侯府的二爺沈鈞沈大將軍，鎮守邊關三年多了，這次燕國的軍隊在邊境挑釁尋事，搶走了百姓的許多牛羊和財物，就是年輕的女孩、小媳婦他們都搶，威武大將軍果斷出師，不但奪回了被搶走的財物和人，還把對方幾萬大軍幾乎全部消滅。皇上頒旨讓沈大將軍披紅花遊街以示褒獎呢！」店小二一邊倒茶水一邊說著。

安定侯府？呃，她想起來了，這位沈大將軍就是玉郡主口中的威武大將軍吧？難道這個沈鈞就是玉郡主的心上人？

帶著幾分好奇，無憂抬頭往窗外一望，這個時候遊街的隊伍已經快走到天然居酒樓了。

只見遊街隊伍為首的一匹青色高頭大馬上，穩穩當當地坐著一位身披銀色鎧甲，頭戴同色頭盔，胸前繫著大紅花的英武男子。他劍眉星目，眉宇間透著一抹逼人的英氣，不薄不厚的嘴唇散發著無比的堅毅。冬日和煦的陽光照在他的盔甲上，反射出無數道灼灼的光芒，讓人有些睜不開眼睛。

看到這個人，無憂有一時的失神，難怪玉郡主十九歲還未出閣，原來就是在等他，不得不說她的眼光很不錯。

「沒想到這威武大將軍如此年輕。」朱氏看了一眼外面說。

「是啊，最多也就是二十四、五歲的樣子，自古英雄出少年嘛。」宋嬤嬤在一旁笑道。

「要說也是身世好，出身安定侯府，據說其府上還有一位姑奶奶在宮裡做娘娘，這位威武大將軍也是國舅爺呢！」一旁的平兒笑道。

「妳怎麼知道的？」朱氏問。

「興兒陪大爺出去的時候也會聽說一些事情，他回來也會跟我提一、兩句的。」平兒回道。

吃過飯後，又在西城逛了逛，朱氏一行人才坐上馬車打道回府，臨近傍晚的時候，四輪大車才在薛家大門外停了下來。

第八章

下了馬車，無憂扶著朱氏先行，宋嬤嬤和平兒從馬車上搬下今日採買的東西時，一看怎麼多了兩個食盒，不禁問：「連翹，這兩個食盒是咱們的嗎？」因為這兩個食盒做工真是太精細了，都是上好的描金花紋的漆器，市面上根本就買不到。

抱著幾疋綢緞的連翹回頭一望，笑道：「是咱們的，拿下來吧！」帶著滿腹狐疑，宋嬤嬤和平兒把東西拿下馬車。

「娘，走了一天累不累？」無憂扶著母親往她們居住的後院走去。

「還好。」朱氏笑答，雖然身子是有些累，但是女兒的一片孝心讓她真的很開心，再說今日心情也很好。

無憂扶著朱氏說笑間，便來到她們居住的院落，遠遠的便在落日的餘暉下看到興兒站在朱氏的屋前。朱氏和無憂一愣，這個時候他不是應該在伺候大爺嗎？

興兒一看朱氏回來了，趕緊上前走了幾步，彎腰請安道：「請奶奶安。」

「你怎麼這個時候過來了？大爺不用你伺候？」朱氏停住了腳步問。

「回奶奶的話，大爺在屋裡等候您多時了。」興兒閃開身子低首回道。

聽到這話，不但朱氏詫異，無憂也是一愣，心想——不會這麼快就有消息了吧？

大爺畢竟已經太久沒有主動來過她的屋子，而且還等候了多時，朱氏一時間沒有反應過來。無憂笑道：「娘，女兒扶您進去吧？」

「好、好。」大概是太激動了吧？朱氏一連說了兩個好字，眼眸中流露出一抹難掩的光芒。

臨進屋子的時候，無憂在朱氏的耳邊耳語了幾句。聽到女兒的話，朱氏更是詫異，盯著女兒看了好一會兒才反應過來，無憂衝著朱氏微笑，朱氏會意地點了點頭。

下一刻，無憂扶著朱氏走進房門，只見一身墨綠色官服的薛金文坐在羅漢床的一側，蹺著二郎腿品著茶，臉上似乎很高興的樣子。

看到朱氏進來，朱氏還沒有開口說話，薛金文便放下手中的茶碗，起身快步走到朱氏的面前，笑道：「冷不冷？我已經讓興兒加足炭了，趕快坐下來喝杯熱茶？」

「謝夫君。」朱氏看到夫君如此溫柔，心早已經融化了。

薛金文扶著朱氏坐下，無憂才福了福身子，道：「女兒給爹爹請安。」

「不必多禮了，我和妳娘有話要說，妳先去歇息吧！」薛金文今日對無憂也是笑容滿面的。

「是。」無憂便退了出去。

無憂走後，薛金文越發顧不得了，坐在朱氏身側，抓著她的手道：「這麼大冷的天，妳身子又這麼弱，還要讓妳到處為我奔走，真是辛苦了。」

朱氏的眼眸望著薛金文，想著無憂的話，試探地問了一句。「也不知道有沒有用？」

「怎麼沒用？今兒個午後魏大人便把我叫了去，說要提攜我，午後就把我的名字寫入摺子報上去，我升任正六品的主事已經是板上釘釘的事了。」薛金文的臉上寫滿了喜悅。

「恭喜夫君了。」朱氏笑道。

「今兒我一回來就去稟告了老太太，她老人家真是高興壞了，妳知道咱們盼升遷的事情已經盼了這麼多年。對了，妳和秦丞相府是親戚的事情怎麼從來沒有和我說過呢？」薛金文今日話特別的多。

「呃，是我娘家的遠親，好多年都不來往了，我也是抱著試一試的想法去的，沒想到秦老夫人對我很是熱絡，也很爽快地答應了夫君升遷的事。」朱氏權衡著說了兩句便不肯多說，無憂也只囑咐了她這麼兩句，她怕說多了會露餡兒。

「我已經吩咐興兒讓廚子做幾樣妳愛吃的菜，今晚妳陪我多喝兩杯？」薛金文說著便起身開始脫那累人的官袍。

見此，朱氏趕緊上前幫忙，薛金文卻說她身體不好，非要自己來。朱氏坐在羅漢床上心情無比的好，心想——他換洗的衣服都在那邊，今日穿著官服等候自己，肯定都沒來得及去那邊呢，想到這裡，不禁內心一陣受用。

無憂一從屋子裡出來，興兒便上前把大好消息稟告了無憂。果然不出她所料，不過那個秦顯做事確實很給力，一天的工夫就有結果了，看來幸好她行動得快。

這時候，宋嬤嬤、平兒和連翹見大爺和奶奶在房裡，便把今日採買的東西都搬到了無憂的房間，幾人聽到大爺升遷的消息都十分高興。無憂命連翹關上門，把事情都講給她們聽，讓她們對外就說今日是去了秦丞相府，大家聽了都讚嘆起無憂來。宋嬤嬤和平兒沒想到平時不怎麼說話的二小姐不僅不是呆子，還是個很聰明的人，都怪自己以前錯看了她。

「爹爹升遷的事情老太太知道了嗎？」無憂問平兒。

「我家那口子剛才說大爺一回來就先去稟告了老太太，老太太高興得什麼似的呢！」平兒上前回答。

無憂點了點頭，掃了一眼八仙桌上秦老夫人那日賞賜硬要她帶回來的兩盒各色果子和糕點，吩咐道：「連翹，妳把其中一盒送去給老太太。就說是大奶奶的親戚送的，讓她也嚐一嚐。」人畢竟都有些勢利，更何況薛金文二十年一直都沒有升遷過，在他們母子心中也是個心病，這下朱氏幫丈夫升遷兩級，她這個做婆婆的再不喜歡朱氏，恐怕知道了朱氏和秦丞相府是遠親，怎麼也得拿點好顏色來給兒媳婦吧？

「對了，興兒剛才說大爺已經吩咐廚房做了奶奶愛吃的菜送過來，說是今晚要和奶奶喝酒說話呢！」平兒笑道，自己主子盼這一天可是很久了。

無憂低頭一想，大爺今晚肯定是會留宿在娘的房間了，便抬頭道：「平兒，等爹爹和娘晚飯過後，妳去二奶奶那邊取爹爹換洗的衣服。」

聞言，平兒按捺不住地道：「不如奴婢現在就去？」

「過了二更天的時候再去。」說了半天話，感覺有些口渴，無憂端起茶碗悠然自得地喝著茶水。

「可……」平兒還不明就裡。

一旁的宋嬤嬤卻是伸手拉了一下平兒的衣袖，含笑道：「妳著急什麼？讓那邊多等一、兩個時辰，讓她嘗嘗被吊著的滋味，而且到時候大爺都睡下了，諒她也使不出什麼花招來。」

「噢！」聽到宋嬤嬤的話，平兒才恍然大悟。

無憂的一番吩咐讓宋嬤嬤和平兒真是像看怪物一樣看著二小姐，時至今日她們才發現二小姐是一個如此聰明絕頂的人，又這樣深藏不露，如若朱氏能有無憂的這番心計，也不會落到今日的地步。實則是母女兩個人真是天上地下的兩種人。

見她們盯住自己看，無憂不動聲色地放下手中的茶碗，微微笑道：「其實人活得簡單才快樂，要不是人家步步緊逼，我們又何必費盡心機如此呢？」

聽到無憂的話，平兒笑道：「奶奶有二小姐這樣的女兒，以後的日子有盼頭了。」

咚咚……咚咚……

天色漸漸深沈，當二更的更鼓聲響起的時候，李氏仍然坐在圓桌前，臉色陰沈，眼眸中帶著怒意。

紅杏上前倒了一杯熱茶放在李氏面前，小心地道：「二奶奶，不如奴婢去請大爺過來？」多年前，只要大爺去了大奶奶的屋子，二奶奶立刻後腳就差她去請，漸漸地大爺也就很少再去了。

「現在那個病秧子立了頭功一件，老太太和大爺都高興得不知道東南西北了，我就算讓妳去請他就會回來嗎？」這一次，李氏有些無計可施了。

聽到這話，紅杏遲疑了一下，趕緊陪笑道：「既然大爺不來了，那二奶奶您就早點休息吧。大爺只不過今日礙著情面去一次罷了，就大奶奶那副身子，大爺也不會留戀的。」

「那邊竟然和秦丞相府上是遠親，以後大爺肯定有用得上的地方，只怕以後……」李氏的心第一次感到了一絲恐慌。

「奶奶，別忘了您可是生了大爺唯一的兒子，就憑這一點，您的腳跟就站得比誰都穩，那邊還能唱出什麼戲來？多少年後，這個家當家作主的是義哥兒，誰能越過您去啊！」紅杏在一旁勸說著。

聽到這話，李氏終於有了一些底氣，遂伸手在嘴邊打了一個哈欠道：「不早了，歇息吧！」

「是。」紅杏趕緊轉身走到床鋪前去鋪床。正在這時候，外面傳來了綠柳和一個人的對話聲——

「這不是平兒嗎？不在妳家奶奶跟前伺候，怎麼跑我們這邊來了？」

「我們奶奶讓我過來取一套大爺的換洗衣服和鞋襪，大爺今晚就歇在我們奶奶屋裡了。」

「半夜三更的，妳這麼大聲幹麼？吵醒了我們奶奶仔細妳的皮。」

「燈不是亮著嗎？二奶奶這個時候睡不了。」

「妳等著。」

聽到這話，李氏的眉頭都皺在一起，手心攥緊了手帕。見主子如此，紅杏趕緊低聲說：「奶奶別氣，別和一個下人一般見識。」

隨後，綠柳就走進來，抬頭看看主子的表情，知道李氏肯定是聽到剛才的話了，畢竟平兒的聲音可是很大的，所以便小心翼翼地上前說了一句。「奶奶？」

「給她。」李氏從牙縫中擠出了兩個字，畢竟今日是薛金文的好日子，她只能壓下心中的怒火。

綠柳趕緊拿了一套衣服和鞋襪出去，打發走了平兒。送走平兒後，直到綠柳進來，李氏才忍無可忍地伸手把面前的茶碗一把掃在地上，只聽哐噹一聲，茶碗應聲而碎，茶水灑了一地。

紅杏和綠柳嚇得跪倒在地上。「奶奶息怒。」

十天後吏部的升遷文書就下來了，薛家人人都喜氣洋洋的，唯有李氏臉上裝作高興，心裡卻是已經到快發狂的地步了。因為薛金文一連多日從衙門回來不是去陪老太太就是歇在朱氏屋裡，可是這次她沒有任何伎倆去把薛金文爭回來，所以窩了一肚子的火無處發洩。

這日晚間，薛老太太為了慶祝兒子升遷，特意在其屋內擺一桌酒菜，薛老太太坐在正座，左首是兒子薛金文。義哥兒、蓉姊兒都坐在自己的位子上。李氏指揮著丫頭們上完菜後，便轉身要坐在薛老太太右首的位置。這些年來朱氏一直病著，都是在自己房裡吃，雖然李氏是個妾，但是生了兒子，又嘴甜會來事，很受薛老太太和薛金文的寵愛，就坐在正室應該坐的位子上，朱氏不來，薛家另外兩位正主不挑，所以這些年彷彿也就理所當然了起來。可是這次，薛金文卻突然開口了。「那是妳大奶奶的位子。」

聽到這話，李氏一愣，彎的腰又直了起來，心中早就被狠狠地刺了一下，抬頭望向對面的薛金文，只見他仍舊是和顏悅色，又加了一句。「妳坐她的下首就是了。」

李氏雖然心中鬱悶，但是知道今日可不能找不自在，只能隱忍著往旁邊的位置走過去坐下來。

這時候，無憂扶著朱氏進門了，給薛老太太請過安後，朱氏便坐在薛老太太右首的位置，無憂則是坐在下座的位置上。

一坐下來，李氏便抬頭笑著對朱氏道：「姊姊，老太太和大爺等了您半天了，您不來都不讓動筷子呢！」意思很簡單，讓婆婆和夫君等候真是太大牌了吧？

朱氏不但性格軟弱，嘴巴也是笨的，張了張嘴不知道該說什麼，沒想到薛金文卻是幫著朱氏說話道：「她身子弱，走得慢些也是有的。」

「多等一會兒有什麼打緊的，反正就是咱們一家子，又沒有外人。」薛老太太也幫著兒媳說起話來。

李氏見一向站在她這邊的婆婆和丈夫都幫著朱氏說話，心裡真是氣惱極了，翻了個白眼，沒有說話。坐在李氏旁邊的義哥兒是個貪玩沒心沒肺的東西，而蓉姊兒卻是把話都聽了進去，心裡更是把朱氏和無憂恨上了。

「娘，沒想到升遷的公文這麼快就下來，兒子心裡實在高興，真是不枉娘栽培兒子一番，兒子先敬娘一杯。」看得出薛金文今日實在是高興。

薛老太太趕緊舉起酒杯，眼眸中似乎都激動得有了淚水。「我的兒，娘盼這一天可是盼了很久，希望你再接再厲，早日完成你的志向，光耀咱們薛家的門楣。」

「恭喜夫君。」

「恭喜爹爹。」

「恭喜大爺。」隨後，朱氏、李氏、二姊、義哥兒、蓉姊兒以及一干下人等都給薛金文道喜，薛家老太太極其高興，每人都像過年一樣給了一個紅包。

酒過三巡之後，薛金文向母親稟告道：「今日公文一下來，左侍郎大人就悄悄對我說是大理寺卿秦顯秦大人親自向尚書大人舉薦兒子，所以兒子便到秦府去拜謝秦大人，不過秦大人沒有見兒子，而是讓府裡的大總管瑞大爺親自來對兒子說，只要以後好好地為朝廷效力就是了。您不知道瑞大爺雖然是個下人，但到底是丞相府的總管，一般人根本就見不到的，京城的達官貴人都給他三分面子。」

聽完兒子的話，薛老太太想了下道：「雖說秦大人沒有見你，但是咱們也應該上門道謝才是，雖然咱們家不是達官貴人，但是你媳婦一去，人家就賣了這麼大的面子，說明是看得起你媳婦看得起咱們家的，明日讓你媳婦備一份厚禮送過去，當面拜謝秦老夫人如何？」

「兒子也是這樣想的，只是媳婦的身子骨……」薛金文說著便往朱氏這邊看，詢問著她的意思。

這時候，薛老太太的眼光也望了過來。朱氏抬頭看了對面的無憂一眼，然後微微笑道：「我這身子骨實在是跑不動了，不如讓無憂替我去一趟？」無憂早已經料到會如此，所以早就囑咐朱氏了。

「無憂？」

「讓一個女兒家去會不會失禮啊？」薛金文和薛老太太都有顧慮，不過說話已經很委婉，不像過去一說話就是命令，由不得你不同意。

「不會失禮的，秦老夫人一看到無憂就十分喜歡，並囑咐下次一定要她過去呢！」朱氏趕緊回答。

「這……」薛老太太還是很猶豫，畢竟這個孫女平時的表現實在是……

「不如我陪二姊一起去吧？」一旁的蓉姊兒突然道。

聽到這話，無憂轉頭望向蓉姊兒，別看她只有十四歲，但是已經出落成一位大姑娘，容貌比她娘李氏還要明豔，尤其一雙眼睛水汪汪的極出挑。她不禁微微地牽動了一下眉，不過仍然不動聲色地觀望著。

「蓉姊兒一起去？」顯然對這個提議，薛老太太母子更加有顧慮。

見如此，李氏趕緊幫女兒道：「二姊一個人去恐怕孤單了點，不如讓蓉姊兒去作個伴，有事也好商量照應一下。」她也想讓女兒去丞相府裡走一遭見見世面，尤其女兒已經十四歲，過了年就及笄了，隨後就到了該說婆家的時候。就憑她女兒這張臉，說不定還可能在丞相府遇到什麼貴人，到時候女兒能飛上枝頭做鳳凰也說不定。

朱氏再傻也知道無憂是不喜歡讓蓉姊兒去的，所以趕緊開口道：「秦老夫人根本不認識蓉姊兒，她突然過去會不會太唐突啊？」

「姊姊，不認識讓二姊給介紹一下，不就認識了嗎？要是秦老夫人也能喜歡蓉姊兒，那不是更好嗎？到時候說不定還能幫到大爺呢！」李氏的嘴巴可不是蓋的。

見薛金文似乎被說動了，無憂知道自己再不說話，這件事就要定下來了，剛張嘴要說話，不想旺兒急急地走進來，雙手奉上一張紅色的請柬道：「大爺，秦府送來了請柬。」

「秦府？」一聽是秦府，薛金文立刻精神了幾分。

「就是秦丞相府。」旺兒回答。

「快拿過來。」薛金文一聽馬上道。燕兒把帖子接過來，遞到薛金文的手上。他打開帖子，快速地掃了一遍上面的內容，然後抬頭說：「秦老夫人請無憂明日去品茶。」

聽到這話，屋子裡一片安靜，眾人都用詫異的目光望著無憂，那眼光既有好奇，有嫉妒，有高興，也有驚奇。此刻，無憂也十分納悶——秦老夫人應該不知道她的真實身分，那麼這帖子應該是秦顯發的吧？

「秦府的人還在外面候著聽信呢，要是老爺和老太太同意，明日一早就派馬車過來接二小姐。」旺兒在一旁回稟著。

聽到秦府的人還沒有走，薛老太太趕緊問：「有沒有給人家茶水喝？」

「有、有，我爹正在外面陪著呢！」旺兒趕緊回道。

「那趕快給人家回話，明日一早二小姐就過去，別忘了給來的人打賞，要打一個五兩銀子的紅包，別小氣了。」薛老太太連連囑咐著。

旺兒應聲去了，薛金文的眼眸從帖子上轉移到無憂的身上，似乎有種很不敢相信的光芒。「明日妳好好打扮一下，帶上禮物過去，記住千萬不要失禮才是。」

「是。」無憂點頭。

「大爺，那蓉姊兒……」這時候，李氏仍然想做最後的努力。

薛金文卻道：「請柬上秦老夫人只請了無憂一個，連大奶奶都沒有請，帶上蓉姊兒過去不大合適。」

聽到這話，李氏嘟著嘴不言語了，薛蓉的臉上盡是失望。無憂看在眼裡，在心底冷笑。

這時候，一向看不上無憂的薛老太太也對無憂另眼相看起來，親切地囑咐著。「待會兒讓燕兒把我年輕時戴的幾樣首飾給妳拿過去，打扮得體一點，雖說咱們跟人家比是小門小戶，可是也別太寒酸了。」

「謝祖母。」無憂含笑點了點頭。

李氏和蓉姊兒聽到朱氏母女現今如此體面，而且還有首飾拿，早已經窩了一肚子的火。晚飯後，薛金文扶著朱氏回了她的房間，自然和前幾天一樣也歇在朱氏的房裡。獨守空房的李氏第一次感到恐慌，怎麼不經意間朱氏就起來了，而且來勢洶洶，好像自己連還手之力都沒有了。

第九章

第二日一早，無憂按照薛老太太的吩咐，穿戴好了先去她那裡，讓她看過了才出門。

薛家門外，早有一輛四輪綢緞包裹的馬車停在門口，穿著青布衫的馬夫看到無憂和連翹出來，趕緊上前低首請安道：「請小姐的安，馬車已經準備好了，請小姐上車。」說完便把一個小板凳放在馬車前。

「有勞了。」略一低首，無憂便上了馬車，隨後，連翹提著兩大盒禮物也上了馬車。

上了馬車後，無憂發現車裡已經坐了一個人，那人正衝著自己微笑，她雖然有些驚訝，但也早就料想到了，請她品茶的人肯定不是秦老夫人。

「秦大人？」後進來的連翹瞪大了眼睛。

「今日借祖母的名頭請妳出來實屬無奈，還望薛小姐見諒。」秦顯對著她深深地作了一個揖，眼睛一直都沒有離開過她。

今日，無憂一身女兒家的裝扮，穿著銀紅色的棉褙子，外面披著一件素白暗紋鑲狐狸毛的披風，更顯得她清麗窈窕，頭上梳著垂鬟分肖髻，幾支鑲嵌紅寶石的金釵像是點點紅梅在她的頭上灼灼生輝，這幾支金釵是薛老太太昨晚上派人送過來的，可見薛老太太這次也是下血本了。幾綹青絲垂在胸前更顯飄逸，總之，她雖算不上一個美人，但是她那一雙寧靜起來像一汪湖水，靈動起來像一條清新小溪的眼睛，讓人感覺異常的舒服。

「看來你今日不是請我去品茶的。說吧，找我什麼事？」無憂笑問。

「我有一位至交好友，他的兄長有頑疾，聽說了妳的醫術，特意託我來請妳去給看一看，不知薛小姐肯不肯？」秦顯回答。

「我這個人就不喜歡欠人東西，沒想到這麼快就能還你這個人情了，何樂而不為？」聽到秦顯的話，無憂一笑。

「我還真有點捨不得用這個人情呢，唉。」秦顯佯裝嘆氣。

「已經晚了。」無憂笑著。

隨後，秦顯朝外面已經啟動馬車的馬夫喊道：「去安定侯府。」

「安定侯府？」聽到這個名號，無憂皺了下眉。

「妳聽說過？」秦顯問。

「就是那位剛剛得勝還朝的威武大將軍府上嗎？」無憂問。

「我家和安定侯府是世交，我和威武大將軍沈鈞也是好友。他的大哥，也就是安定侯沈鎮已經癱瘓在床十年了，這次他就是託我讓妳去給這位侯爺看病的。」秦顯解釋道。

「不知道安定侯患的什麼頑疾？」無憂問。原來秦沈兩家是世交，怪不得玉郡主的心上人是威武大將軍，肯定是兩小無猜的青梅竹馬吧？

「安定侯以前也是一位將軍，十年前在一次練兵訓練中，從馬上摔下來後就再也沒能站起來。」秦顯回答。

聽了這話，無憂心想——原來安定侯是一個殘疾，身為一個軍人，從訓練中而不是從戰役中摔至殘疾，真是一件很悲哀的事。又閒話了一會兒，馬車很快就穿過幾條街巷，隨後停在一座高大的門樓前。

馬車緩緩地停穩之後，秦顯提出一個包袱遞給無憂道：「妳換上這身衣服出入還方便些。」

低頭一看，只見包袱裡是一件男子的服飾，無憂不禁一笑，然後把包袱還給秦顯，伸手從連翹手中拿過一個漆盒，打開蓋子，對秦顯道：「我和連翹早就準備好了。」今早祖母和家人看著她和連翹，實在是不能以男裝出門。

看到她早有準備，秦顯笑著把手裡的包袱放在馬車上，說：「我下去等妳們。」說完，便下了馬車。

不多時，無憂和連翹一前一後從馬車裡下來，換成一身男裝打扮，立刻從一名清麗的姑娘變成了一位翩翩少年，秦顯不禁又多看了無憂兩眼。

進了安定侯府的大門，馬上便有人上前給秦顯請安並引路。安定侯府也是占地極大，到處青磚鋪地，下人們都穿清一色的衣服，看到秦顯都停下來低首行禮，看得出他應該是這裡的常客。穿過一座很高大巍峨的大廳和內堂，幾人便來到了二門外。

無憂一抬頭，只見眼面的二門前站立著一位身材偉岸，穿黑色袍子，胸前繡著金色花紋的男子，看到那個影子，她立刻沒來由地生出一陣緊張。大概這個男子給人的感覺太清冷堅毅吧！一張略帶蜜色的臉龐上有著硬漢的味道，尤其是衣袍領子上鑲的黑色貂毛，讓人感覺有很大的距離感。如果說秦顯給人的感覺是溫潤如玉，那麼這個人給人的感覺就是冷若冰霜。

「逸雲兄久等了，這位就是小王先生。」走到沈鈞的面前，秦顯把無憂介紹給他。

逸雲？這是他的字嗎？和沈鈞對望一眼，無憂趕緊低首道：「參見沈將軍。」

沈鈞打量了無憂一眼，然後道：「家兄脾氣不大好，請你多擔待。」

他的聲音倒挺好聽的，不過話也挺值錢，一句客套都沒有，無憂點頭說：「久病之人都是如此。」

沈鈞沒有說話，轉身便徑直朝二門內走去，秦顯轉頭對無憂笑道：「走吧！」

無憂一點頭，便和秦顯跟著沈鈞穿過一處迴廊，走過兩座院落，轉眼間便來到一處五間正房的門前，一位穿著打扮很華貴的婦人已經和丫頭站在廊下等待。

看到沈鈞，婦人上前一步，問：「來了？」

「嗯。」沈鈞一點頭，朝後面看了一眼。

那婦人先是和秦顯微笑一點頭，然後便朝無憂望去。這時候，無憂也抬眼望向那婦人。她大概三十餘歲，長相很端莊，一雙眼睛卻給人異常精明的感覺，頭上身上可以說穿金戴銀，心想——這位想必是沈鈞的大嫂，那位安定侯夫人吧？

姚氏沒有想到這次請的大夫如此年輕，看上去大概也就只十六、七歲，這樣的年紀能有多少本事？要知道她的丈夫這十年來可是不知道請了多少有名氣的大夫了，但幾乎都沒什麼成效，所以這次寄予的希望便不大了。不過總還是要試一試的。隨後，她便示意身後的丫頭打開房門。那丫頭轉身剛打開房門，不想就從裡面飛出了一只茶碗，並且還有煩躁的咆哮聲傳出來——

「我不看大夫！都給我滾！」

這只茶碗從空中直直地朝無憂的方向飛來，大概來得太突然，而且那茶碗飛的速度極其快。無憂站在那裡一愣，感覺下一刻就會打到她的面頰上，躲都來不及了。

正在眾人都張大嘴巴的時候，只見一道黑色和一道白色的影子同時朝無憂這邊移動而來。剎那後，一隻穿著黑色袍子的手穩穩當當地將那只飛過來的茶碗抓在手心裡，而那道白色的影子卻在這一刻擋到無憂的身前。這一刻，無憂被嚇得心都在怦怦直跳，撫著起伏的胸口，心想——差一點就小命不保了。

「妳沒事吧？」秦顯轉身緊張地盯著無憂問。

「沒……沒事。」無憂茫然地搖搖頭。眼光越過秦顯，看到那道黑色影子一手揹在身後，另一隻手抓著茶碗，一轉身，把手中的茶碗穩穩當當地放在一個丫頭的手上，眼眸連看都沒有看她一眼。

「大哥還是不肯看大夫？」沈鈞轉頭問姚氏。

「他那脾氣你還不知道？今兒一早我跟他說了一句，他就煩躁得不得了。二叔，你說這可怎麼辦呢？」姚氏轉頭望望門的方向，真是一籌莫展。

眾人都在廊簷下發愁，無憂心想——這樣的病人在前世她是經常遇到的，因為病得太久了，醫藥不靈，漸漸地也就失去了能夠治癒的信心。正想著是不是進去勸一勸，畢竟對這樣的病人她還是有些辦法，做醫生的都學過病人心理學。

剛想邁步，不想身後卻傳來了一個帶著些許威嚴的女音。「我去說，看他敢不聽我的話。」

一轉身，無憂看到一群丫頭婆子簇擁著一位大概五十多歲的貴婦人朝這邊走來，見了她，眾人紛紛行禮。秦顯趕緊低首作揖道：「姪兒拜見伯母。」

「為了你大哥的病，這次有勞你了。」沈老夫人一改剛才的嚴肅臉色，並且對著無憂打量了一眼並微笑，無憂趕緊低首行禮，心想——這應該是沈老夫人吧？

姚氏扶著沈老夫人進門後，門被關閉，眾人便開始了等待。果然不一會兒工夫，門從裡面打開，姚氏臉上帶著笑走了出來。「進去吧！」

看來還是當娘的出馬管用，這也難怪，在大齊可是以孝道治天下，更何況是顯貴的侯爵之家。步入門檻，走進東廂房，只見一位穿著深紫色袍服的男子半躺在一把搖椅上，面上沒有任何表情，眼睛根本就不看來人一眼。這是典型的半憂鬱半暴躁的病人，無憂在前世見過許多，所以並不奇怪。

沈鈞走到搖椅前，半蹲下來耐心地對大哥說：「大哥，秦兒給你請了一個很有名氣的大夫來給你瞧病。」可是，沈鎮不但不回答，就連個表情也沒有，頭還別向一邊，看都不看他。估計沈鈞也早習慣了，便起身朝無憂做了一個請的動作。

姚氏把脈枕放在搖椅的手柄上，並把沈鎮的一隻手腕放在上面。這時候，早有丫頭將一個繡墩放在搖椅旁邊，無憂上前坐在繡墩上，伸出手搭在沈鎮的脈搏上。屋裡靜悄悄的，眾人的眼睛都盯著無憂看。號了脈後，無憂抬頭對姚氏道：「我需要看看侯爺的雙腿。」

姚氏點點頭，趕緊蹲下來，和另一個丫頭脫下沈鎮的鞋襪，隨後一雙已經有些萎縮並且比平常人都細弱的雙腿展現在無憂的面前，無憂看到這雙腿，不禁皺了眉頭。

「治不了的話就直說好了。」大概是看到了無憂皺眉頭，沈鎮冷冷地道。以往不知道請了多少大夫，看到他這雙腿的時候都是這副表情。

「鎮兒，這位小王大夫好歹是顯兒請來的，你怎麼可以這樣說話？」沈老夫人出言斥責了兒子。

秦顯趕緊道：「伯母，大哥心情不好，您就別怪他了。再說這位小王大夫也是姪兒的朋友，他是不會介意的。」

「小王大夫，侯爺的腿怎麼樣？」雖然沒有抱太大的希望，但是姚氏仍然忍不住急切地問。

無憂看得出姚氏作為妻子對沈鎮的關切，所以很認真地回答：「侯爺當初並不是摔壞了腿，而是摔壞了腰部，才致使腿不能動無法走路。」

聽到這話，眾人一愣。這個說法非常特別，以往的大夫從來都沒有說過，眾人不禁在內心又燃起了希望。下一刻，沈老夫人坐直了身子問：「那還能治嗎？」

「我沒有十足的把握，但可以試一試。不過侯爺的腿部肌肉已經萎縮，需得先解決這個問題。」無憂回答，在這落後的古代，一點現代儀器都沒有，確實有些難辦。

聽到無憂的這句話，沈鎮的嘴角一扯，很明顯是充滿不屑的，他認為他只不過是個赤腳大夫罷了。不過沈家其他的人卻都抱著試一試的態度。

「那要怎麼做？」沈鈞問。

「每天早中晚三次熱水燙腳並且每次按摩一個時辰，我每七天會過來為侯爺扎針一次，現在肌肉萎縮並不太嚴重，我想三個月後應該會見到一點成效。」無憂對沈鈞說。

聽完了無憂的話，沈老夫人最後拍板說：「那就這麼定了。鈞兒，吩咐帳房給小王大夫三倍的診金。」

沈鈞剛想說是，不想無憂卻笑道：「老夫人，診金小王暫時不收。」

「這是為何？」沈老夫人不解地問。

「等三個月後，如果侯爺的腿有了些起色，小王定會一分不少地接受診金。如果一點起色也沒有，那麼小王分文不收。」說最後一句話的時候，無憂看了一眼仍然半躺在搖椅上的沈鎮，他仍是偏著頭不看任何人一眼。她的意思很明顯，既然病人不信任她，那麼她治不好病是不會收錢的。

聽到這話，沈老夫人皺了眉頭，抬頭望了沈鈞一眼，笑道：「那怎麼可以？就算沒有什麼起色，我們也得付一些辛苦錢才是。」

這時候，秦顯和無憂對望了一眼，然後對沈老夫人道：「伯母，這是小王大夫一向的行醫原則。如若三個月以後大哥的腿真有起色，您多給一些診金也無所謂。」

「既然如此，那老身也就不強人所難，我們府上有一些糕點吃食做得還不錯，你就拿回去給家裡人嚐嚐吧！」不要銀子給一些東西總可以吧？也不能讓人家說他們安定侯府小氣才是。

「小王謝過老夫人。那今日就先給侯爺扎針吧？」無憂點頭笑道。

「趕快把侯爺扶到榻上去。」一時間，姚氏指揮著丫頭們準備。

雖然沈鎮很不相信他的腿還能治好，但畢竟母親在，他也不敢造次，只有閉上眼睛任由無憂施針。無憂站在榻前，將一根根銀針穩而準地插入沈鎮的腿部和腰部穴位，那神情非常專注，眼神也異常沈穩。雖然是寒冷的嚴冬，但是屋子裡十分溫暖，等無憂把七七四十九根針都扎入以後，她幾乎已經汗流浹背了。

「雙喜，帶小王大夫去換一身新衣服。」施針完畢後，沈老夫人吩咐身旁的丫頭道。

「不必了。」聽說讓她換衣服，無憂一口回絕。要知道她可是女兒身，一換衣服豈不是露餡兒了。感覺自己好像拒絕得有些急切，無憂趕緊又說：「謝老夫人體恤，小王還好。」

一旁的秦顯似乎明白她的心思，趕緊解釋道：「伯母，小王大夫還有病人要去看，我們就先告辭了。」

聽到這話，沈老夫人對兒子道：「鈞兒，你送送吧！」

「是。」沈鈞應聲後，便帶著秦顯和無憂、連翹出了房門，一路朝二門外走去。

沈鈞和秦顯在前面走，無憂和連翹跟在後面，由於離得很近，他們的對話都聽到了耳朵裡。

「見到玉兒了嗎？」秦顯笑問。

「回來的第二天就見到了。」沈鈞回答。

「聽說你要凱旋而歸，這些日子她都數著日子盼你回來呢！」秦顯笑道。

「呵呵，三年多未見了，她都長成大姑娘了。」沈鈞說。

「是啊，過了年就二十歲了，這兩年不知道有多少人上門提親，可是她都不願意，祖父和祖母都要急死了。」秦顯說完，轉頭若有所思地望著沈鈞的反應。

「玉郡主出身名門又蕙質蘭心，以後肯定會找到一位如意郎君的。小王大夫，今日有勞了。」說了一句，沈鈞便轉身朝無憂拱手道。

「沈將軍客氣了。」無憂趕緊道。

「我還有公務在身，就不多送了。」說完，沈鈞便一轉身，朝另一個方向而去。

望著那道黑色的修長背影，無憂不禁一怔，心想——這個年代怎麼還有這麼酷的帥哥？

不但不苟言笑，而且臉上好像都冷冰冰的沒啥表情，這個人肯定不好相處。轉頭望望秦顯，好像他的臉上有一絲的失望。從他們剛才的對話中，無憂大概可以聽出似乎是落花有意流水無情。

沈鈞走後，秦顯和無憂並肩朝大門走去。

「安定侯的腿真的能治好嗎？」秦顯好奇地問。

「我不是說了嗎？有希望。」無憂笑笑。

「那我是不是可以認為妳日後肯定能收到三倍的診金了？」大夫的話當然不能說得太滿，萬一不行，那不就砸了招牌嗎？

無憂的眼睛朝秦顯眨了眨，然後調皮地道：「這是你說的。」

看到無憂仍然賣關子，秦顯只得聳了聳肩膀，無奈地一笑。看來今日這兩個人都不給他一個明確的答案了。

第十章

和秦顯分別後，無憂見天色尚早，便去了她和孫先生共同經營的製藥作坊，等回到薛家的時候已接近黃昏時分了。

剛一進門，就看到平兒迎上來，拉著她道：「二姊，您可回來了，奶奶和大爺在老太太屋裡等您半天了。」

「知道了。」無憂早料到了，趕緊跟著平兒過去，連翹在後面提著兩個漆盒跟著。

邁進老太太的房間，就看到薛金文、朱氏以及李氏、姊兒都在老太太屋裡，無憂走進去，福了福身子。「拜見祖母，爹，娘，二娘。」

「怎麼到這個時候才回來？」薛老太太急切地問。

還沒等無憂回答，身後的連翹回道：「回老太太的話，秦老夫人一直拉著二小姐說話，所以就回來晚了。」

聽到這話，薛老太太心中似乎有了點底，吩咐身邊的燕兒道：「還站著做什麼？還不趕快給二小姐看座，再去倒茶水來，她都跑了一天了。」

薛老太太明顯對無憂熱情了許多，一旁的朱氏很是歡喜，畢竟從進薛家門後，婆婆可是從來沒有這麼看重過自己和她的兩個女兒。而一旁的李氏和蓉姊兒則是一臉的嫉妒和不屑。

無憂在薛老太太身邊坐下，喝了兩口茶水，薛老太太和薛金文便輪番問無憂在秦府都做了些什麼，秦老夫人都對她說了些什麼，無憂用事先想好的說詞一一回答了，看得出薛老太太和薛金文非常滿意。最後，無憂讓連翹把那兩個漆盒放在屋內的八仙桌上，笑道：「祖母、爹，這是秦老夫人特意讓我帶回來的各色糕點，說是讓你們都嚐嚐呢！」

一聽丞相夫人特意讓帶的，那是何等的體面，薛老太太異常高興，趕緊讓丫頭去打開，讓每個人都嚐一塊。薛老太太一邊吃一邊道：「嗯，比上次妳們帶回來的還要好吃。」

「咦，這漆盒上怎麼還寫著金字啊？」拿著盒蓋的燕兒突然低頭道。

聽到這話，薛金文趕緊走過去，低頭一看，不禁低聲道：「安定侯府？」

聽到這幾個字，端著茶碗喝茶的無憂不禁微微地牽動了一下眉頭，心想——這兩個盒子都是沈老夫人給的，難道她家的盒子上都描了金字？

「安定侯府？不對啊，上面應該寫秦丞相府才對嘛。」薛老太太道。

一旁的朱氏有些緊張，李氏則是冷眼旁觀，無憂則是輕輕一笑，解釋道：「祖母，您有所不知，今日秦老夫人還請了安定侯府的沈老夫人去品茶了，沈老夫人帶了好多糕點，秦老夫人就讓孫女帶了兩盒回來。」

聽到這話，薛老太太有些詫異，轉頭問兒子。「這個安定侯府我也聽說過一點，他家的大爺是承襲安定侯的爵位，二爺的官職是威武大將軍，他們家還有一位姑奶奶在宮裡面做娘娘呢！」薛家雖然門第不高，但是祖上也出過一、兩位不大不小的官員，薛老太太也很留意這些達官貴人家的事，就是盼著有一天她的兒子也能非富即貴。

「是皇親國戚之家，據說沈家的二爺最近在邊關打了勝仗，很得皇上的賞識。」薛金文點頭道。

「那妳有沒有和這位沈老夫人混熟啊？」薛老太太又追問。

「也說了幾句話。」無憂說這話的時候有些臉紅，撒了一個謊，以後就要撒許多謊來圓這個謊了。

「以後記得多去秦家走動走動，這安定侯府上也可以去拜訪個一、兩次，說不定以後妳爹能用得上呢！」薛老太太囑咐道。

這時候，一直都沒有說話的李氏說話了。「老太太，您說得容易，我們怎麼能跟這些達官貴人結交密切呢？人家隨便拿一點東西到咱們家裡就是寶，可是咱們拿什麼去回禮啊？輕了人家看不上，說是咱們怠慢了，重了咱們可就都不用吃飯了。」

李氏的話讓薛老太太很不高興，雖然她說的也在理，但是薛老太太還是板著臉說：「咱們薛家是不能跟人家比，可是到底城外還有幾百畝地，城裡還有兩間鋪子，再加上妳家大爺的俸祿，還不至於落魄到那種程度吧？」

幾句話就讓李氏從椅子上跳下來，扳著手指頭道：「老太太，您又不是不知道這兩年年景不好，租子根本就收不了幾個錢，就是那兩個鋪子一年也不過賺不到一千兩銀子，就是大爺的俸祿也只不過幾百兩罷了，這一大家子上上下下三十來口人的吃喝拉撒哪裡夠啊？真真是拆了東牆往西牆上補呢！」

李氏的話讓薛老太太不言語了，現在家裡的情況她也知道，確實是進的少出的多。

一旁的薛金文不禁也皺了眉頭，嘆氣道：「這馬上就年關了，今年我升遷了，還打算備一份厚禮去尚書大人和兩位侍郎大人家走動走動，還有幾個要好的同僚也打算請一請，現在看來是都不能夠了。」

「請幾位同僚的銀子妾身倒是可以挪得出，只是這厚禮就……」李氏說到這裡就皺了眉頭，抬頭望著薛金文。

「天無絕人之路，離年關不是還有一個多月嗎？到時說不定就有辦法了。說了半天想必都餓了，告訴廚房上飯吧！」薛老太太最後結束了這場談話。

晚飯過後，無憂一走進房間，身後的連翹便氣憤地嘮叨起來。「二奶奶也真有臉說那樣的話，誰不知道城裡兩間鋪子的盈利都被她娘家兄弟給霸去了大部分，就是每年城外的地收的租子，她娘家兄弟也是雁過拔毛（注）的，再這樣下去整個薛家都快被她搬到娘家去了。您說大爺和老太太怎麼這麼多年都被蒙在鼓裡？」

坐在八仙桌前的無憂靜靜地聽著連翹的話，低頭凝神想著什麼。等連翹替她鋪好了床，她從懷中拿出一張銀票遞給連翹道：「這兩天去幫我換成一百兩一張的銀票。」

連翹接過銀票，低頭一看，不禁瞪大了眼珠子低呼。「八百兩？這都是孫先生給您的？才多久啊，不但本錢回來還賺了三百兩？」

「是啊。」連翹的表情讓無憂好笑。

轉眼進了臘月，天不但冷，而且黑得很早。這天又逢初一，在趙記藥鋪坐了一天診後，無憂和連翹匆忙從後門回來的時候，屋子裡已經掌燈了。

「凍死了。」

無憂和連翹一前一後推門而入，不想剛一進門，就看到黑壓壓的一群人都在她那間不大的閨房裡或坐或站。抬眼看看坐在椅子上的祖母，坐在她床上的娘，還有爹，李氏、蓉姊兒、平兒、宋嬤嬤等人，再低頭看看自己身上的男裝，無憂不禁一愣，心想——怎麼回事？怎麼都坐在她的屋子裡？下一刻，她便低首行了個禮。「拜見祖母，爹，娘，二娘。」

這時候，平兒和宋嬤嬤都衝著她們使眼色，跟在無憂身後的連翹想溜出去把背上的藥箱藏起來，不想卻被李氏身旁的紅杏上前逮了個正著。紅杏搶過連翹背上的藥箱子，很是得意地走到薛老太太的面前，道：「老太太，您看。」

薛老太太低頭一看，不禁皺了眉頭，隨即便發話了。「無憂，妳和連翹一身男子打扮，還揹著個藥箱去幹什麼了？」

轉眼望望正在幸災樂禍的李氏和蓉姊兒，無憂知道她行醫看病的事情肯定是敗露了，再抬頭望望朱氏，只見她一臉的緊張，薛金文此刻卻說了一句。「無憂，跟妳祖母說實話，妳

注：雁過拔毛，比喻人愛占便宜，見有好處就要乘機撈一把。

和連翹到底幹什麼去了？」

他的語氣卻不是嚴厲的，似乎還有想替她打掩護的嫌疑。雖然薛老太太話問得嚴厲，但是好像臉色也不是很難看。無憂在心裡權衡了一下，然後便抬頭回道：「祖母，我出去行醫了，因為女裝不方便，所以就穿了男裝。」

「妳真的去行醫了？哪有女人行醫的道理？」一聽這話，薛老太太反應很大。

「是啊，我說二姊，妳也太驚世駭俗了吧？咱們家雖然不是什麼高門大戶，但是到底也是書香門第，妳一個未出閣的女孩家出去行醫坐診，這要是傳出去，咱們薛家不是丟人嗎？妳爹到底也是吏部裡任職的正六品官員了，他在外人面前可怎麼有面子啊？」李氏句句都說到了薛老太太和薛金文的忌諱上。

坐診？自己剛才只說去行醫了並沒有說去坐診，她怎麼知道自己去坐診了？抬頭看看李氏那張得理不饒人的嘴臉，還有剛才紅杏硬從連翹背上拿下來的藥箱子，這時候無憂明白了，看來這一切應該都是李氏安排的吧？

「妳怎麼想到去行醫呢？還有妳是怎麼懂醫術的？」薛金文不可置信地盯著女兒。

「爹，我從小就對醫術感興趣，咱們家也收藏了很多醫書，那些醫書我都看了個遍，還有就是娘病了這麼多年，大夫來看病之下耳濡目染，也算是久病成醫了吧。從好多年前我和連翹就去給娘抓藥了，所以也就成了半個大夫，又在趙記藥鋪孫先生的指點下，便開始在趙記藥鋪坐診了。」無憂也算是據實回答。

「妳看看妳打扮成這樣成何體統?」薛老太太拍了下桌子。

這時候，薛蓉又往火上澆了點油。「是啊，二姊，要是傳出去，妳就更嫁不出去了，以後也會影響到妹妹我嫁人的，人家會說咱們家的女兒不檢點。」

薛蓉的話讓無憂很是氣憤，便第一次拿出嫡姊的架勢來訓斥道：「蓉姊兒，行醫不偷不搶有什麼不檢點的?倒是妳，雖說不算是大家閨秀，到底也是官宦人家的小姐，滿口嫁人不嫁人的，妳這樣才會讓人家說三道四才是。」

「明明是妳錯了，妳……妳憑什麼說我?」薛蓉不服氣地紅了臉。

「就憑我是妳的嫡姊，嫡姊教訓庶妹天經地義，更何況我也是為了妳好。」無憂駁斥道。

薛蓉被說得啞口無言，因為在大齊，年紀較長的嫡女確實是可以管教年紀較小的庶女的。李氏見女兒敗下陣來，便幫腔道：「二姊，妳先別忙著教訓我們蓉姊兒，還是說說妳自己做的事吧!」

「不勞二娘操心，我自己會解釋的。」衝著李氏說完，無憂轉頭對薛老太太和薛金文道：「祖母、爹，我一開始行醫，一半是興趣一半是因為能賺些銀子貼補家用。到後來救了幾個人，看到他們對我感恩戴德的時候，我想這也算是為咱們薛家積了福氣，不是說救人一命勝造七級浮屠嗎?雖然大齊行醫的女子很少，但到底也是憑自已本事吃飯，無憂真的不覺有什麼好丟臉的。如果祖母和爹認為無憂給薛家丟了臉，無憂願意接受任何責罰。」說完，無憂便跪了下來。

聽完無憂的話，薛老太太和薛金文相互對望了一眼，感覺她說的有些道理，但是在大齊，畢竟女子在外拋頭露面有所不妥，正在思量之時，連翹突然撲通一聲跪倒在地，哀求道：「老太太、大爺，二小姐在外面只有替您們爭臉的分兒，一點也沒有給薛家丟人，就連秦老夫人、大理寺卿秦大人，還有那個安定侯府的沈老夫人都誇讚咱們二小姐醫術好呢！還有好多窮苦的人家，二小姐看病都不收錢的，他們都去廟裡跪求菩薩保佑二小姐和她的家人呢！」

「有這等事？妳還替秦老夫人和沈老夫人看過病？」薛老太太一驚。

「看過、看過。」一直不知道說什麼的朱氏突然開口了。「老太太，要說我和秦老夫人的這門遠親已經好多年沒有來往了，還是因為無憂的醫術又讓她老人家想起了我們朱家。這次我去求她，她也很多是看在無憂為她醫好了病的情分上，要不然怎麼會單單只請無憂去品茶呢？您說這孩子有病的名聲是落出去了，以後恐怕不能嫁到什麼好人家，好歹有這個看病的手藝，最後不至於吃不上飯吧？嗚嗚……」說到這裡，朱氏突然哽咽起來。

朱氏的哭泣讓薛金文有些心疼，到底是自己的骨肉，無憂過了年就十七歲了，因為上次的事情到現在也無人來提親，所以朱氏也是說到了他的心坎上。隨後，薛金文便向母親開口道：「娘，無憂這孩子也可憐，不如這次就算了吧？以後不讓她出去坐診就是了。」

薛老太太掃了跪在地上的無憂一眼，剛才聽說好多人都去廟裡為她和薛家祈福，她是最信菩薩因果報應之類的事的。並且無憂還為秦老夫人和沈老夫人治過病，所以想了一下，便對無憂說：「既然妳爹替妳求情了，再者妳做的畢竟也是治病救人的好事，責罰就免了。不過以後不許妳再穿著男裝到藥鋪那種地方去坐診。這件事就到此為止，以後誰也不許提起，要是再讓我聽到，就打板子攆出去。」

「謝祖母、謝爹。」無憂一聽過關了，馬上面露喜色，一旁的平兒趕緊過來把她扶起來。只有坐在一旁的李氏，還有站在她身後的薛蓉面上一點笑容也沒有，好不容易逮到她的小辮子，本來想看一場好戲，沒想到這麼容易就讓對方過關了，她們心中好不鬱悶。

無憂被平兒扶起後，便從懷中掏出了幾張銀票，走到爹爹跟前，雙手奉上道：「爹，這是女兒這大半年行醫坐診掙來的銀子，請爹幫女兒收著吧！」其實收著也就是相當於給的意思，只是給她爹一個臺階下而已。

薛金文看了無憂一眼，然後狐疑地伸手接過她手中的銀票，攤開一看，只見是三張面額一百兩銀子的銀票，不禁驚訝道：「三百兩？」這也不算個小數目了，他一年的俸祿也只不過這些而已。

「除了給娘買藥和買一些補品，我都積攢了下來。」無憂一語雙關，說明平日裡朱氏的藥和補品還要自己貼補銀子，李氏這個管家人並沒有做到位，還有就是自己把積攢的銀子可是都拿出來了。

「是做爹的無能，沒有把妳娘照顧好。」薛金文轉頭，帶著歉意地望了一眼朱氏。隨後，低頭把銀票摺好，單手遞回給無憂道：「這是妳辛苦賺來的銀子，還是妳自己收著比較好。」

不過無憂並沒有接，笑道：「爹收著和無憂收著都是一樣的。」

「這……」年關近了，雖然薛金文是很需要銀子，但是拿女兒的辛苦錢實在是太沒有臉面了。

這時候，朱氏勸道：「既然女兒讓你收著，你幫她收著就是了。」

「是啊，你現在收著，等以後給她置辦像樣的嫁妝不就得了？」薛老太太也幫腔道，畢竟有了這筆銀子，薛金文這個年關就可以體面地過去了。

見母親和妻子都這麼說，薛金文就笑著把銀票塞進袖子裡，很高興地道：「那為父就先給妳收著，以後風風光光地把妳嫁出去。」

「原來見二姊不言不語的，我還以為她是個什麼都不知道的，看來我是走了眼。」薛老太太突然誇讚起無憂來，畢竟薛家最近的大事也都算是她搞定的。

見薛老太太和薛金文非但沒有懲罰薛無憂，還更加疼愛她，李氏和蓉姊兒真像吃了蒼蠅般噁心，不過少不了先忍著，誰讓人家現在春風得意，又有銀子拿出來呢？

「說了半天，肚子都餓了，去吃飯吧！無憂，妳去換了衣服也快過來。」薛老太太一發話，眾人都陪著她起身離開了無憂的屋子。

一刻鐘後，眾人都圍坐在飯廳裡，桌上擺著幾道素菜，一大碗湯，只有一、兩道葷菜。

這是李氏故意吩咐廚房的，她心中打起了小算盤，年關將近，就哭窮好了，讓薛金文從那三百兩銀子裡拿出個百八十兩的貼補家用。哼！將來還要風風光光地嫁出去？到時候家裡就是沒錢，看他們拿什麼做陪嫁？

「老太太、大爺，你們吃這個。」李氏把那兩道葷菜放在薛老太太和薛金文的面前。

薛老太太一望飯桌上的飯菜，不禁皺了眉頭，問李氏道：「這是怎麼回事？今日的菜色怎麼這麼差？」

「老太太，年關近了，這一家上上下下哪裡都要銀子，媳婦算了一下，再不節儉著點，年後親戚來往走動的銀子都不夠了，田裡的租子是來年才可以收，兩間鋪子的買賣現在也支不出銀子來了。總不能年後在親戚朋友面前失了面子吧？少不得咱們這些日子委屈些。」李氏巧婦難為無米之炊的樣子。

聽到這話，薛老太太沈默了，因為李氏說得對，薛家是要面子的，這樣說來只能先委屈自己了。

薛金文見母親如此，只有自責道：「娘，都怪兒子無能。」

「這和你有什麼關係，咱們這份家業到你手上的時候還不如今日呢！娘老了，吃不動什麼了，只是孩子們還是長身體的時候，燕兒，把這肉菜端到他們面前去。」薛老太太指著她對面的義哥兒、蓉姊兒和無憂道。

燕兒把一盤葷菜端到義哥兒、無憂和蓉姊兒的面前，薛金文見狀伸手把自己面前的另一盤葷菜端到了母親跟前，一家人圍坐在八仙桌前都不言不語地低首吃飯。無憂抬頭望望李氏那邊，然後當作不經意地開口道：「爹，李員外家的糧店是不是跟咱們家的糧店在一條街上？」

「是啊，妳認識李員外？」薛金文一邊吃一邊問。

「前幾個月我給李員外的老娘看好了病，無意間跟他家的人聊了幾句。說是那條街上就數他家的糧店和咱家的糧店生意最好呢！聽他家的下人說他們家的這個糧店一年就賺了不小於兩千的銀子。雖說咱們做的是平民百姓家食用的普通糧米，李員外家賣的是一些富貴人家吃的精米精麵，可是這利潤也不可能差那麼多啊？不是說咱們家兩間鋪子一共一年才賺不到一千銀子嗎？」無憂當作什麼都不懂地問著薛金文。

此話一出，首先坐不住的就是李氏，而薛老太太和薛金文也都狐疑起來，兩個人都略皺了眉頭，大概是一語驚醒夢中人吧？

見薛老太太和大爺的臉上都充滿了狐疑之色，李氏趕緊道：「二姊，鋪子跟鋪子不一樣，妳也說了咱們是做平頭百姓的買賣，人家李員外家做的都是富貴人家的買賣，自然這利潤就差遠了去。現在的糧店那麼多，買賣能每年都有盈餘地維持下去也就不錯了。」其實，李氏也是心虛得很，畢竟這麼多年下來，她都有讓她的娘家兄弟從盈利中抽出一部分給她做了私房錢。

無憂並沒有針鋒相對，而是笑道：「二娘，我是不懂買賣裡的事情，就是覺得奇怪罷了，怎麼差不多的鋪面，買賣差不多的興隆，怎麼盈利就差了這麼多呢？」說著，她轉頭望望祖母和爹爹，只見他們已經起了疑心，她在心中冷笑一聲，現在只要他們心中有所懷疑就好，因為有了懷疑，他們離去調查這件事不遠了。

無憂的幾句話就讓李氏發了一身的冷汗，她有一種如坐針氈的感覺。果然，怕什麼來什麼，隨後薛金文就對薛老太太道：「娘，我有好長時間沒有去看過糧店的生意了，明日一早我就過去看看。」

「也好，雖說金環的兄弟不是外人，但到底是自家的生意，你要多留心才是，把帳目都弄清楚一點。」薛老太太點頭道，畢竟薛家現在一家人連肉都吃不上了，確實是該查一查怎麼糧店的盈利一年不如一年。

「是。」薛金文點點頭。這下，李氏真是食之無味了，低垂著頭，連拿筷子的手都在輕微地打顫。明日一早就要去查帳嗎？這可怎麼辦？這些年她大概在其中抽了三成的盈利了，這要是被查出來，她可怎麼有臉再在薛家待下去啊？

李氏的如坐針氈都落入無憂的眼中，她含著淡淡的微笑吃著眼前的素菜。

晚飯過後，薛老太太彷彿今日很高興，讓朱氏、李氏、無憂和蓉姊兒陪著她又摸了好一會兒骨牌後才回房休息。其間，無憂冷眼旁觀，發現李氏的表情很不自在，但又不敢說先行離開，所以不動聲色地又哄著老太太多玩了一會兒。

等李氏回到自己屋裡的時候，都已經過了兩更天，她在屋子裡來回地走動，急切地道：

「這可怎麼辦？」

「二奶奶？」紅杏端著茶水走進來。

「綠柳去了沒有？」一從薛老太太的房間出來，李氏就吩咐綠柳趕快去她娘家兄弟處報信，明天一早大爺就要去查帳了。

「二奶奶，綠柳剛剛才去，沒這麼快回來的，您別著急，先喝杯茶吧？」紅杏倒了一杯茶放在李氏的面前。

李氏坐下來，心卻還是懸著，剛端起茶碗，還沒來得及喝上一口，就聽到綠柳的聲音。

「二奶奶、二奶奶！」

看到綠柳慌裡慌張地跑進來，李氏皺眉問：「妳怎麼這麼快就回來了？」這個時候估計連她娘家兄弟的家都到不了。

「二奶奶，晚上二更天前後門就都上鎖了，今兒是興兒值夜，根本就出不去。」綠柳急切地回道。

聽到這話，李氏低語道：「這馬上要三更天了，三更天就宵禁，妳出去也走不了。」

「二奶奶，這可怎麼辦啊？」綠柳皺著眉頭問。

只見李氏氣急敗壞地把手中的茶碗狠狠地擲在地上，哐噹一聲，茶碗便應聲而碎。李氏發狠地說：「這種事那個病秧子肯定做不出來也想不到，真是會咬人的狗從來不叫，沒想到那個呆子竟然一點都不呆，連我都掉進了她的陷阱裡。」

「二奶奶息怒，還是想想明天大爺真的查出帳本有什麼不妥……」紅杏和綠柳一邊蹲下來撿著地上的碎片一邊說。

「這些年也只不過從中抽了幾千兩銀子罷了，實在不行就讓妳舅大爺幫我認了就是，到時我在大爺和老太太面前求求情，沒什麼大不了的，有義哥兒在，她們總要留些情面給我。只是輸在一個黃毛丫頭手上，真是讓人氣惱。」李氏強壓下心中的氣惱，想了一下說道。

「真沒想到這位二小姐這麼厲害，她那話早不說晚不說，非要趕在晚飯的時候說，說就說了，還哄著老太太玩牌，今晚又趕上是大奶奶心腹的興兒值夜。二奶奶，您以後可得當心呢！」綠柳提醒著。

「哼，一個胎毛還沒長全的黃毛丫頭，我只是一時掉以輕心了。」李氏根本還是不把無憂放在眼裡。

夜色深沈，房間裡還點著燈火。

無憂坐在書案前，睡意全無，一邊看著今日坐診的時候記錄在案的病歷，一邊拿著毛筆在一張紙上寫些什麼。大概快三更天的時候，連翹闖了進來。

「二小姐，果然不出您所料，二奶奶房裡的綠柳前門後門跑了一圈也沒出了薛家，又跑到二奶奶房裡去了。這個信兒她可是報不了了。」連翹得意地揚著下巴說。

聽了連翹的話，無憂抿嘴微微一笑，只輕輕地說了一句。「那今晚可是有人睡不好覺了。」

「二小姐，您說明天大爺去糧店能查出什麼來嗎？」連翹還是有些擔憂，不會到時候什麼也查不出來吧？

「如果他們不那麼貪心拿走那麼多的話，也許不會被查出來。」一個鋪子拿走百分之十幾、二十幾的盈利恐怕很難找出毛病，可是如果拿走的比剩下的盈利還多，那就一定會查出問題了。

「那明天有好戲看了！」連翹笑著拍手。

無憂微微一笑，繼續低首在紙上寫字。

連翹好奇地問：「二小姐，您在做什麼啊？」

「唉，以後都不能去趙記藥鋪坐診了，我得把這幾次幾個嚴重病人的情況寫好了給孫先生，讓他好對症下藥，他們的病已經治得差不多，不能半途而廢啊。」無憂回答。

聽到這話，連翹對著無憂豎起了大拇指。「二小姐，您真是德藝雙馨。」

「這是最起碼的醫德。」無憂糾正道。

第十一章

第二天還不到晌午的時候，無憂正坐在朱氏房裡說著家常話，不想平兒快步跑了進來。

「大奶奶，大爺剛剛回來，這會兒正在老太太屋裡呢！二奶奶的娘家兄弟隨後也來了，正跪在老太太門前求饒呢！」平兒一口氣說。

平時薛金文都是傍晚時分才回來的，看來今日一早他就去了糧店，而且應該已經查出那個李金貴中飽私囊了吧？無憂坐在床邊沒有言語。

朱氏皺著眉頭道：「今兒早上大爺就說去糧店看看帳目，看來那個李金貴真的是貪了咱們家的錢了。」

「大爺回來的時候面上很不好看，聽說在老太太屋裡還砸了杯子，說是要送李金貴去見官呢！」平兒回答。

「就該送他去見官，這些年他可是貪了薛家不少銀子，要不然咱們家怎麼會這麼艱難？」宋嬤嬤在一旁冷冷地道。

「到底是親戚，弄到去見官不大好吧？」朱氏輕聲道。

「奶奶您太心軟了，想想二奶奶平時對咱們那個刻薄勁，真得讓他們好好受些教訓。」平兒憤憤不平地道。

「知不知道他貪了咱們家多少銀子？」一直沒有說話的無憂開口問。

「聽興兒說最少也有五、六千兩銀子。」平兒說。

「乖乖！這些銀子都夠在城外買個小莊子了。奶奶，這次有好戲看了，看二奶奶這次怎麼說嘴吧？娘家兄弟這樣禍害薛家，她這個臉可是丟盡了。」宋嬤嬤臉上露出說不盡的快意，這些年正屋裡可是被這個李氏給作踐夠了。

「妳再去看看大爺和老太太到底怎麼處置那個李金貴。」朱氏吩咐平兒道。

「娘，不用去了，老太太和爹爹不會對他們怎麼樣的，最多也就是把貪了的銀子補上，以後不再用他做掌櫃和收租子就是了。」無憂突然道。

朱氏疑惑地問：「為什麼？」

無憂一笑，說：「李金貴到底是二奶奶的娘家兄弟，義哥兒和蓉姊兒的親舅舅，如果鬧到官府裡去，對咱們薛家也不是好事。」

聽無憂一說，眾人也都點頭是這個道理。

無憂看了看朱氏，問宋嬤嬤道：「如果李金貴不做糧店的掌櫃，妳說誰比較合適？」這些人裡，也只有宋嬤嬤有些心計和見識，畢竟是在富商家裡待了半輩子的人，宅門裡的事情還是知道一些的。

宋嬤嬤一聽便會意，低頭想了一下，然後說：「奶奶，您還記得我在京城有一個本家的兄弟嗎？」

「妳是說宋青？」朱氏想了半天才想起來。

「是啊，我那個本家兄弟以前在咱們家的糧店也做過，後來二奶奶的兄弟做了掌櫃，就把奶奶的人都排擠走了，這些年他一直都在給另一家糧店做二掌櫃，前幾個月他做事的那家糧店東家舉家去了泰州，糧店就關了，他正愁沒事做呢！奶奶、二小姐，您說他怎麼樣？」宋嬤嬤望著朱氏和無憂問。

「我那個時候年紀小，沒怎麼見過他。」無憂記得她才幾歲的時候，好像這個宋青來給朱氏請過安。

「宋青這個人我記得，是個忠厚老實的，而且也很勤謹。」朱氏點頭說，表示認可宋青這個人。

「既然如此，那娘您今兒晚上探探爹的口風，如果他沒有合適的人選，就讓這個宋青去幫著管糧店好了。」無憂笑道。

朱氏點頭說：「妳爹現在對我還好，只要我開口，我想他一定會答應的。」

「那就好。」無憂想——只要是自己人打理了糧店，那麼以後李氏就再也玩不了花樣了。管家的油水無非是從流進的銀子和流出的銀子上作文章，以後這個家的收入是有數的，那麼剩下流出去的銀子就好說了。

這天，李金貴一直在薛老太太屋前跪到掌燈時分，還是李氏跪在地上苦苦哀求才讓薛金文決定暫時不報官，但是必須得把貪走的糧店的銀子和收租子的銀子都吐出來，一共是七千兩，不然就要送李金貴進牢房。李氏和李金貴害怕，只好全部應承下來。

晚間，李氏的屋子裡，茶壺、茶碗、花瓶都被摔得粉碎。

「你到底是不是我兄弟？這些年我只不過在生意和租子上扣留了三千兩而已，可是你呢？你竟然貪得比我還多，你拿走了四千兩。你怎麼這麼黑心啊？」李氏氣憤地數落著兄弟。

李金貴見狀，只得撲通一聲跪在地上，拉著姊姊的羅裙哀求道：「姊，咱們家這些年日子艱難妳不是不知道，自從爹病了以後，肉鋪就關了，全家十來口人都指著我一個人吃飯，我也是沒有辦法啊。」

「我怎麼不知道？這些年來我自己花這些銀子了嗎？還不是一大半都拿去給你們貼補家用了。別以為我不知道你把銀子弄到哪裡去了，這些年你沒少往那醉花樓扔銀子吧？」李氏疲倦地坐在八仙桌前的一個繡墩上。

「姊，以前的事就別提了。現在快想想怎麼把這七千兩銀子補上吧？明天補不上，妳兄弟就要被姊夫送去坐牢了。」李金貴號哭著道。

李氏白了弟弟一眼，生氣地道：「那是你的事，別拉上我。」

聽到這話，李金貴跪直了身子，一雙三角眼盯著李氏道：「姊，妳可不能沒有良心。今日這事我可是一個人都頂下來，根本提都沒有提妳也從糧店和租子上拿銀子。妳要是不管我，我現在就去告訴姊夫，就說一切都是妳讓我幹的，銀子也被妳拿走了。」

「你……」兄弟的話把李氏氣了個倒仰。

「姊，咱們姊弟倆可是一條藤上的兩個瓜啊，要不都好，要不就一起爛掉了。」見姊姊似乎被嚇住了，李金貴趕緊說軟話。

最後，李氏實在是沒有辦法，只得從櫃子裡拿出數張銀票扔在桌子上。看都不看跪在地上的兄弟一眼，道：「這是我嫁到薛家十幾年積攢的私房錢，一共四千五百兩，你都拿去吧！」

李金貴迅速地拿過銀票看了看，是四千五百兩沒錯。「可是還有兩千五百兩可怎麼辦啊？」

「你總不能一個子兒都不出吧？總之，我只有這麼多，你自己看著辦吧！」李氏都不想再和他說話了，她撫著像要裂開的頭，疼得皺了眉頭。

見姊姊也榨不出什麼油水了，李金貴便趕緊收好銀票，從地上站起來道：「姊，那我走了。」說完，便轉身快步離去了。

「啊……」李金貴走後，李氏的手捶打著胸口。天哪！四千五百兩，她全部的私房錢，她的心像被人挖走了一樣。

「二奶奶，您怎麼了？」見舅爺走了，紅杏進來，看到李氏捶胸頓足的難受樣子，趕緊過來扶住她。

「唉呀！這日子沒法過了，不活了……」隨後，屋子裡便響起了李氏的哭聲。

這天晚飯過後，無憂坐在書案前悠閒地翻著一本醫書，耳邊都是連翹嘮嘮叨叨的聲音。

「二小姐，二奶奶可都大半個月沒有出房門了，一直說有病。我聽小丫頭們叨叨說這次她娘家兄弟吐出來的七千兩銀子，有一大半都是她的私房錢，您說她平時那麼愛錢的一個人，這次吐了這麼大一口血，怎麼受得了啊？對了，據說連老太太都不怎麼待見她了，她這次生病，老太太都沒有親自去看過呢，只讓燕兒去問了兩回，這次她的臉面可是都丟盡了。」連翹一邊鋪床一邊好笑地說。

不過連翹的話，無憂是有的聽到了耳朵裡，有的並沒有聽到耳朵裡。不知怎的，這幾天腦子裡常常想起那個一身黑色的身影，那瀟灑地在半空中迅速抓住茶碗的動作總是徘徊在她心間。當日要不是他，恐怕她就要被毀容了吧？對了，不會毀容，因為還有一個白色的身影隨後就擋在她的面前。沈鈞？秦顯？呵呵，瞧她在想什麼啊？只是兩個病人家屬而已。不就是比其他病人家屬長得帥點嗎？有什麼特別的？無憂隨後便搖了搖頭。

鋪好床的連翹，半天也沒聽到二小姐說話，轉頭一望，只見她對著一本醫書又搖頭又點頭的，不禁好笑地走過去，問道：「二小姐，您不會變成醫癡了吧？」

「去。」無憂白了連翹一眼。

「對了，宋嬷嬷剛才對我說，大爺已經同意宋青到糧店裡去做掌櫃了，說是讓他明日就過去主事呢！」連翹興奮地說。

聽到這話，無憂點了下頭。「那就好。」

「二小姐，您怎麼一點都不高興呢？」本以為二奶奶姊弟兩個遭了報應，大奶奶的人又重新回到糧店還做了掌櫃，二小姐應該很高興才對，怎麼現在臉上還是淡淡的？

「意料之中的事情，有什麼好高興的。對了，明日是不是到了去安定侯府扎針的日子了？」無憂翻了翻她自己記的備忘錄。

連翹扳著手指頭算了一下，然後抬頭回答：「二小姐不說我都忘了，明日又是一個七天了。」

「不早了，妳回去歇著吧！」無憂又低下頭看起了手中的書……

這天夜裡突然下了好大一場雪，次日一早，外面已經是白茫茫的一片。院子裡，房簷上，樹枝上都已經銀裝素裹。一身男子裝扮的無憂腳踩在雪上嘎吱嘎吱地響，連翹勸說不要去了，可是無憂不聽，做大夫必須要守信，她的病人還在等著她呢！好在一早的時候天放晴了，雖然陽光照射在白雪之上，但外面還是很冷，說話間都冒著熱氣。

「把藥箱給我，趕快去叫一輛馬車。」從後門出來，無憂接過連翹手中的藥箱。

「這樣的天也不知道有沒有馬車？」連翹在巷子口東張西望的，現在時候還早，況且又剛剛下了雪，大街上的行人很少，根本就看不到馬車啊。

這時候，一直停在巷子口的一輛藍色平頭二輪馬車上突然跳下一個人，看到無憂和連翹兩人，趕緊跑過來，作揖行禮道：「請問是小王大夫嗎？」

「是啊，你是？」無憂看看這小廝的打扮，心中雖有疑惑，但是還不大肯定，因為他身上穿著藍布棉衫，腰上繫的是深紅色腰帶，這副小廝的打扮以前在秦府上見過。

「小的叫秦田，是秦丞相府的下人，我們家大公子讓小的來接小王大夫去安定侯府上瞧病的。」說著，秦田便轉身撩開馬車的簾子，並拿下一個小腳踏放在馬車下面。

望著眼前的馬車，無憂愣了，心想——秦顯這是做什麼？隨後，秦田便彎腰做了一個請的動作。「小王大夫，您請上車吧！」

「多謝。」反正也叫不到馬車，倒不如聽秦顯的安排，無憂點了下頭，便上前踩著小腳踏上了馬車。隨後連翹揹著藥箱也上了車。最後，那小廝還不忘告訴無憂馬車上已經準備好手爐還有熱茶。片刻後，馬車便緩緩地開始前行了。

因為路上有積雪，馬車行駛得很慢，無憂和連翹一邊往窗子外看著風景，一邊說著話。

「二小姐，秦大人的心可真細，竟然還知道今日是咱們去安定侯府的日子。」連翹的眼睛若有所思地盯著無憂。

手撫著溫暖的手爐，無憂心中本來就有些疑惑，再抬頭看到連翹那張似笑非笑的臉，她不禁道：「是啊，秦大人的心是很細，而且準備得還很周到。連翹，妳有什麼就說吧，幹麼繞彎子這麼累啊？」

聽到這話，連翹嘿嘿一樂，說：「二小姐，我其實說什麼您都明白的。您說那個秦大人為什麼突然派輛馬車過來給咱們用啊？還又準備手爐，又準備茶水點心的？我想了，這只有兩種可能。」

「哪兩種可能？」無憂問。

「第一，就是他有求於二小姐，肯定是又想找二小姐去給什麼人瞧病；第二呢，那就是他肯定對二小姐……呵呵……」說到這裡，連翹笑望著主子，沒有把話說下去。

「那也不一定，說不定他是瞧上妳了呢！」無憂笑著說了一句，便把眼睛望向了車窗外。望著外面被白雪覆蓋的街道，心想——在這裡她遲早都會面對嫁人這件事，如果非要嫁人，那倒不如嫁一個喜歡自己的，最少以後的日子不會那麼難過。可是她喜歡秦顯嗎？

「二小姐，您就會捉弄人家。」連翹說了一句，便噘嘴不說話了。

大概過了半個時辰後，馬車終於緩緩停在安定侯的府邸前。

「小王大夫，到了。」小廝秦田把小腳踏放在馬車前。

隨後，無憂和連翹便一前一後地從馬車上下來。無憂剛一抬頭，不料卻看到前面一個熟悉的身影在兩個丫頭的攙扶下剛剛步上臺階，只見那身上披著狐裘披風的人在大門口處一轉身，正好也看到了她，便立刻停下腳步，微笑等著她過去。

看到是玉郡主，無憂便趕緊邁上臺階，笑道：「見過玉郡主。」

「妳今日是來給侯爺哥哥扎針的吧？」玉郡主滿臉笑容。

「是啊。」無憂點點頭。

這時候，秦田也看到自家小姐，趕緊上前來彎腰請安道：「秦田見過郡主。」

秦玉一看是秦田，不禁好奇地問：「秦田，你怎麼跑這裡來了？」

「是大公子讓小的去接小王大夫過來的。」秦田回道。

聽到這話，秦玉抬頭一望不遠處的馬車，嘴角不由得一笑，站在一旁的無憂頓時有些不自在，感覺秦玉的笑容有些怪怪的，她的臉也一紅。隨後，秦玉低頭對秦田道：「既然是大哥吩咐的，那你可把差當好了。」

「小的明白。」秦田趕緊道。

「咱們進去吧？」秦玉毫不避諱地拉著無憂便往安定侯府裡走。

瞥眼看到門口的小廝以及在府裡掃雪的下人們都側目看著她們，無憂趕緊抽回手，小聲地在秦玉耳邊道：「玉郡主，我現在可是男人。」在古代，男人和女人是授受不親的。

看了一眼無憂身上的男裝，秦玉不禁噗哧一笑，望著無憂說：「瞧我怎麼給忘了呢？對了，妳年前是不是都不到我們家去了？」

聽秦玉好像問得奇怪，無憂說：「我是一個月給秦老夫人把一次脈，上次是臘月十六把的脈，下次應該是正月十六，已經過了年了。怎麼，莫不是老夫人身體有何不妥？」

「沒有、沒有。」秦玉趕緊擺手，然後衝著無憂笑了下，才道：「妳老是不去，會有人惦記的。」

「啊？」秦玉的話讓無憂一怔，心想——這個玉郡主到底想說什麼？怎麼感覺她今日一見了自己，不是笑就是用怪異的目光盯著自己看？

下一刻，耳邊就又聽到玉郡主那如同銀鈴般的聲音。「鈞哥哥。」

無憂一抬頭，只見前方一個穿著黑色袍子的頎長男子在皚皚白雪中走向她們。一旁的玉郡主早已經飛快地兩步跑過去，親密地拉住沈鈞的手臂，低頭笑著說什麼。無憂見狀，便帶著連翹也走過去。

「沈將軍。」一走到他們跟前，無憂略一低首。

「小王大夫，有勞了。」沈鈞的臉上仍是沒有什麼表情。

「小王分內之事。」這個沈鈞就不會笑嗎？臉上總是沒什麼表情，不知道是真酷，還是像現代那些男明星一樣都是裝模作樣的？

「鈞哥哥，聽說你家梅園裡的梅花都開了，你帶我去賞梅吧？」秦玉抬頭望著眼前足足高過她一個頭的沈鈞，天真爛漫的眼神中充滿了依戀的光芒，髮上鑲嵌著粉色寶石的步搖在陽光下熠熠生輝，更顯她的嬌俏可愛。

「下這麼大的雪，妳跑過來就為了看幾朵梅花？」沈鈞垂頭望著秦玉說。

他難道不知道人家不是來看梅花，而是來看他的？無憂想——他到底是裝不知道還是真不知道？按理說玉郡主出身名門，長得嬌俏可愛，對他更是一往情深，難道這個沈鈞就一點都不動心嗎？

「怎麼樣？不行嗎？你趕快帶我去嘛。」下一刻，秦玉便拉著沈鈞的胳膊撒嬌了。

沈鈞好像無法拒絕，朝無憂示意一下，便轉身帶著秦玉走了，秦玉頓時笑得燦爛無比，走出幾步，還轉頭對無憂扮了一個鬼臉。

等前面的人走遠了，連翹揹著藥箱上前說：「三小姐，那位玉郡主一定是看上沈大將軍了吧？不過那位沈大將軍好像對她並沒有多大意思啊……」

「別胡說了，別忘了咱們是來幹什麼的。」別開臉說了一句，無憂便邁步朝安定侯沈鎮所居住的房子走去，連翹也趕緊跟了上去。

沈鎮的脾氣依舊煩躁，對無憂更是不拿正眼看，不過好在是他家沈老夫人吩咐的，他倒還算配合她扎針治病，這對無憂來說就夠了，再臭脾氣的病人她前世也見過，有的還暴打醫生呢！

給沈鎮扎完針，沈鎮的妻子姚氏趕緊跟了出來，問：「小王大夫，這都一個多月了，怎麼也沒見有什麼效果？是不是沒有希望了？」

無憂看到姚氏的臉上既擔憂又抱著些許希望，眼睛裡寫滿了對丈夫的關愛，她只好回答：「我說要觀察三個月，這不時間還沒有到嗎？如果三個月後還沒有一點進展，那夫人就要另請高明了。」雖然心中很同情她，但也不能給她太多希望，因為希望越大失望就越大，恐怕以後她會受不了。

聽到這話，姚氏沈默了一刻，大概心中很糾結吧？無憂想開口勸慰她兩句，可是又不知道說什麼好。而且她現在畢竟是一身男裝，也不大方便。這時候，一個丫頭懷裡抱了兩疋錦緞走過來。「大奶奶，這兩疋雲錦找出來了。」

姚氏笑著一指身邊丫頭懷裡抱著的布料道：「小王先生，這兩疋是上好的雲錦，馬上過年了，你拿回去給娘子做兩件衣服吧？」

無憂趕緊拒絕道：「謝夫人的好意，可是小王還沒有娶親呢，所以用不著。」

「那你總有姊妹娘親吧？拿回去給她們也是一樣的。」姚氏轉頭瞅了那丫頭一眼，那丫頭便上前要把手裡的錦緞遞給無憂身旁的連翹。

「這……」連翹望著無憂不知道該不該收，無憂掃了一眼丫頭懷裡的雲錦，的確很是光鮮亮麗，見推辭不過，只好笑著作揖道：「多謝夫人了。」在前世，病人家屬的這種心理她其實很能理解，如若她不收的話，估計姚氏是不會安心的。

聽到無憂的話，連翹趕緊伸手收了錦緞，稍後無憂便告辭而去。

昨晚的雪下得很大，安定侯府又大，小廝們都在掃雪，還有許多路沒有掃乾淨，無憂便沒有走以往走的那條近路，而是繞著迴廊順著已經掃好的路走。

走著走著，身後的連翹突然興奮地喊道：「二小姐，您看前面好多梅花啊。」

無憂抬頭一望，可不是？前面不遠處一塊空地上種植著足有十幾株或大或小的梅樹，盛開著梅花的樹枝上都還被雪壓著，一朵朵粉紅夾雜著雪花的梅花嬌豔欲滴，再加上四處的亭臺樓閣和假山，真是比畫上還好看。難道這就是玉郡主所說的安定侯府的梅園嗎？再看看梅園裡似乎並沒有人走動，不知道剛才說賞梅的兩個人去哪裡了？呵呵……瞧她，玉郡主說的賞梅也不過是個藉口，她只是想親近心上人罷了，估計這時肯定是在某處卿卿我我吧？

當漸漸走近梅園，無憂在一株離腳下鋪著鵝卵石小徑最近的梅樹前頓了腳步，仔細欣賞了幾眼眼前這株俏麗的梅樹，然後便低首閉上眼睛在幾朵梅花上嗅了嗅，鼻端立刻聞到一抹淡淡的幽香，真真是沁人心脾，怪不得古人把梅花的香味比作暗香呢！

「這梅花您這麼喜歡，不如我折幾支回去供在花瓶裡，就能時時都看到了。」身後的連翹看到二小姐好像很喜歡這梅花，說著就要放下懷裡的錦緞去折前面的梅花。

聽到身後連翹的話，無憂趕緊制止道：「不能折。」

「為什麼啊？」連翹疑惑地問。

「這梅花最動人的地方就是它的暗香，妳把它們折下來就沒有生命，香氣就斷了，還有什麼意思呢？」無憂的手指撥弄著一朵帶著冰雪的梅花輕聲道。

「啊？」小姐說的話她怎麼都不懂啊？連翹瞪大了眼睛望著那些梅花，感覺很摸不著頭腦。

轉頭望望連翹那呆頭呆腦的樣子，無憂一笑，叫道：「別傻想了，走了。」說完，便轉身離去了。

「呃。」連翹摸摸頭，也跟著走了。

兩道略顯瘦弱的背影在梅花的襯托下漸行漸遠，一雙幽深的眼眸目送了她們一刻，然後便轉頭望著不遠處盛開著的梅花若有所思。

站在迴廊拐角處的沈言，立在主子的背後，好一會兒後才開口問：「二爺，什麼叫香氣斷了？」

剛才不經意間聽到無憂她們對話的沈鈞，回頭看了一眼他的侍衛兼副將，然後就把眼睛望向了遠處。「你不會懂這些的。」

聽到主子的話，沈言訕訕地摸了摸頭，傻笑道：「是啊，沈言是個粗人，就知道衝鋒陷陣，還真是不懂什麼情懷啊、詩詞啊之類的東西。」

「玉郡主去老夫人那裡了？」剛才正好有一位訪客到來，沈鈞才算脫了身，敷衍秦玉讓她去母親那裡等他，他隨後就來。

「是。」沈言趕緊點頭。

沈鈞低頭想了一下，吩咐道：「一會兒玉郡主要是問起，就說我有急事去軍營了。」

沈言先點了下頭，然後笑嘻嘻地道：「二爺，您真對玉郡主沒那個意思啊？」

聽到這話，沈鈞轉頭把目光落在笑嘻嘻的沈言面孔上，面無表情地說了一句。「你今日話很多。」說完，便轉身負手而去。

望著主子的背影，沈言摸著後腦勺自言自語著。「我今日好像話多了。」

屋子裡溫暖如春，窗臺上的水仙花開得正旺，幾個丫頭垂手侍立，沈老夫人半靠在炕上的軟枕上，大丫頭雙喜跪在炕上給沈老夫人捶著腿，姚氏回稟著剛才小王大夫來給侯爺扎針的情況。

聽了姚氏的稟告，沈老夫人不疾不徐地道：「既然小王大夫說有希望，那咱們就得盡一百二十個心才是，妳一定要督促丫頭們按時給鎮兒泡腳按摩，一樣都不能少。」

「這個母親不用吩咐，媳婦也知道。」姚氏點頭道。

「嗯。」沈老夫人在這一點上對姚氏是很放心的，要說疼兒子她這個媳婦都不比她這個做娘的差，所以這些年來她才把兒子和侯爺府裡的事情都交給了她。

回稟完了沈鎮的事情，姚氏笑道：「母親，媳婦剛來的時候看到玉郡主剛走，跟她說了兩句，說是梅花開了，來咱們家看梅花的。」

「這話妳也信？」沈老夫人的老眼瞟了姚氏一眼。

「呵呵……」看著婆婆的眼色，姚氏一笑。「自然一切都逃不過母親的法眼，她哪裡是來看花的，是來看人的還差不多。」

隨後，沈老夫人好像來了點精神，坐直了一些身子，對姚氏道：「其實玉郡主不論是家世、相貌、人品都是上上之選，和咱們家老二也很般配。」

聽到這話，姚氏的眼眸一閃，試探著問：「母親的意思是想撮合玉郡主和二叔？」

「不但我有這個意思，秦家也有這個意思，玉郡主自己的意思就更不用說了。只是因為妳父親的三年家喪，老二又去邊關待了這幾年，才把這事給耽擱下來的。我想等過了年妳父親的三年喪期就過了，老二也不小了，也是該給他成家立業了。」沈老夫人說。

姚氏低頭想了一下，然後抬頭陪笑道：「母親，要說玉郡主確實不錯，可是老二好像對她很冷淡，好像……沒這方面的意思。他的脾氣母親也是知道的，要是他自己不樂意……」

沈老夫人聽了這話，眉頭略微一蹙，臉上看不出什麼表情，沈默了一刻後，才衝姚氏擺了擺手。「我有些倦了，妳回去照顧鎮兒吧！」

「是。」一見沈老夫人臉上陰晴不定，姚氏沒有再多說什麼，應聲退了出去。

從沈老夫人的屋子裡出來，姚氏便懷著心事往她住的院子裡走著。身後的貼身丫頭春花察言觀色地問：「奶奶好像有心事，是不是老夫人和奶奶說了什麼？」

「老太太想讓二爺娶玉郡主。」春花是姚氏從娘家帶來的丫頭，也是她的心腹，所以沒有什麼話不對她說的。

聽到這話，春花接道：「玉郡主雖說看上去沒什麼心機，可是到底家世這般顯赫，要是真嫁過來，這府裡的事……」

「嫁不嫁過來咱們現在說了不算，現在咱們能拿多少就拿多少吧！」姚氏打斷了春花的話。

「那不如年下的賞錢等過了年再發？」春花提議。

「不行，下人們議論起來不妥，倒是明年做春衣的銀子和下個月的月例銀子可以年前支了放出去，年前和年後的利可是差得多呢！」姚氏低頭想了一下吩咐道。

「眼看就過年了，奴婢這就去辦。」春花趕緊應了。

第十二章

除夕之夜，家家團聚，戶戶喜慶，薛家也不例外，而且今年預備得尤其熱鬧隆重，三進的院落裡都掛上紅燈籠，下人們都領了賞錢，鞭炮也比往年置辦得多，菜色就更不用說了，所以薛家今年人人都很高興，當然除了李氏及其子女在心中憤恨異常。因為置辦年貨的銀子可都是從他們嘴中吐出來的，尤其是朱氏和無憂的身上頭上，薛金文都給置辦了新的衣服和首飾。

三十晚上薛老太太屋裡自然是燈火通明，八仙桌上擺滿了各色菜餚，薛家一家人圍坐在八仙桌前，丫頭們穿梭著斟酒上菜，一副團圓喜慶的場面。

菜餚都上齊以後，按照規矩薛老夫人第一個舉起了酒杯，道：「今年金文終於升遷了，家裡的光景也比往年要好，希望來年咱們薛家事事如意。」一下子多出了七千兩銀子，薛家的日子可是好過多了。

「娘說得是，咱們共飲此杯。」薛金文附和著。

眾人都仰頭喝著杯中酒，李氏卻是用憤恨的目光掃射了朱氏和無憂一眼。今日她們頭上的首飾和身上的衣服都比給她和蓉姊兒的要好，其實這也算是正常情況，畢竟朱氏是正室，無憂是嫡女，是比妾室要尊貴得多。但是多年以來都是李氏得寵，又生了兒子，而且李氏又管家，因此每年朱氏和無憂也就是有一套新衣服，首飾什麼的都不要想，所以李氏今年是憤恨極了。更何況給她們置辦首飾衣服的錢，還都是她這些年辛苦搜刮來的私房錢，她真是恨不得上前去把無憂和朱氏頭上的首飾都拽下來，不過現在的形勢對她不利，她只能暫且忍著。

酒過幾巡之後，薛金文望著母親身上的錦緞褙子笑道：「娘，您這件褙子真是好看，一看就是上等的雲錦。」

聽到這話，薛老太太放下酒盅，摸著身上的料子，很是得意地道：「算你有眼光。這疋雲錦可是安定侯府的侯爺夫人送給為娘的。你不知道我拿到裁縫鋪去做衣裳的時候，那個裁縫師傅都誇讚得不得了，說是這樣成色的雲錦，達官貴人家裡都是不多見的。」

薛老太太的話讓薛金文也很高興，朱氏當然也跟著開心。李氏和蓉姊兒等卻是冷眼旁觀，很是不屑的樣子。

「祖母喜歡，無憂就開心了。」無憂輕輕地一笑。

「祖母知道妳是個懂事的。」薛老太太現在可是越來越喜歡無憂了。

見薛老太太和薛金文都不停地誇讚無憂，李氏心裡很不是滋味，趕緊笑道：「老太太，等過了年二月蓉姊兒就該及笄了，這也算是女兒家的大事，是不是該好好操辦一下？」

聽到這話，薛老太太望了望蓉姊兒，又看了看邊上的無憂，道：「是該操辦一下，就按當年無憂次一等的規格操辦就是了。」自從知道李氏的娘家兄弟坑了薛家那麼多銀子以後，薛老太太就對李氏的成見很深，連帶著對蓉姊兒也不待見起來，義哥兒是薛家唯一的男丁，她倒是還像以往一樣地疼。

一聽這話，李氏立刻被噎得說不上話來。前兩年無憂及笄的時候也就是有一個及笄的儀式而已，那可是簡單得不能再簡單了，這要比無憂的規格還次等，那還辦什麼呢？不過李氏也說不上話來，因為畢竟無憂是嫡女，蓉姊兒是庶女，蓉姊兒是要次一等的。坐在一旁的蓉姊兒也紅了臉，她以前哪裡受過這樣的委屈？

倒是朱氏這個面慈心軟的，感覺自己是嫡母，怎麼也要拿出些風範來，便笑著向薛老太太求情道：「娘，今年咱家的光景自然不能和前幾年相比，女兒家及笄也是一生中的大事，還是要當回事操辦一下。」

聽到朱氏求情了，薛老太太的眼光望向兒子。蓉姊兒畢竟是薛金文寵愛了多年的閨女，他趕緊笑道：「娘，麗娘說得也是。」

隨後，薛老太太道：「既然你們都這樣說，那過了年就著手操辦一下。」

「謝老太太。」李氏一聽，面上露出喜色。蓉姊兒卻瞥了一眼朱氏和無憂，根本就不領這份情。

隨後，薛老太太轉頭對朱氏道：「我看妳的氣色，這些日子身子應該是大好了吧？」

自從薛金文升遷後，這幾個月幾乎都歇在她的房間裡，本來朱氏也沒有太大的毛病，只是因為心情鬱悶所致，如今又和夫君重拾恩愛，臉色也就紅潤起來，幾乎和常人無異了。朱氏摸著自己的臉龐，笑道：「託老太太的福，是比以前好多了。」

薛老太太點了下頭，然後用命令的語氣道：「這些日子金環的身子很是不好，一直都歇在屋裡，家裡的事情都是我這把老骨頭在頂著，過了年走親戚招待親友還有許多事，二月裡蓉姊兒又該及笄了，我看妳就把家重新管了吧！」

聽到這話，眾人皆是一震。自從李氏生下義哥兒開始，已經管家十幾年了，這一下子管家的權力又回到了正室朱氏手裡，在薛家彷彿是鬧了地震一般。先是李氏用不可置信的目光望著老太太，朱氏也很感意外，薛金文看看小妾，又看看妻子，大概也沒想到老太太突然會有這個決定吧？

「我……」

朱氏剛想說什麼，就被李氏搶白了過去。「老太太，姊姊身子剛好些，可別累著了她。再說我的身子也好多了，不如還是我替姊姊辛苦吧？」這次要是把管家權再丟了，她可真是沒臉在薛家待下去了。

「妳還是好生養著，教導好義哥兒和蓉姊兒就好了。如果麗娘感到吃力，那就讓無憂幫著料理就行，她這麼大了，也該跟著妳歷練歷練了。」薛老太太的話已經不容置疑了。

「是。」朱氏點頭稱是。

李氏此刻簡直是欲哭無淚。

無憂冷眼旁觀這一切，嘴角不留痕跡地扯了個微微的冷笑。

晚飯後摸了會兒紙牌又放了煙花，三更過後都睏倦得不行，眾人都各自回房睡覺，只有薛金文陪著薛老太太守歲，母子兩個歪在炕上有一句沒一句地閒聊著。

「娘，您怎麼突然不讓金環管家了？」妻子和小妾都是他的人，可以說手心手背都是肉，所以在這件事上他很難發表意見，剛才也沒有說話，唯有讓母親作主。

「我要是再讓她管下去，恐怕她把咱們薛家都要搬去給她娘家了。」說到這事薛老太太就一臉的不滿。

「娘這話怎麼說？」薛金文陪笑問。

薛老太太吁了一口氣，然後說：「這些日子她不是一直稱病不出嗎？大概是上次的事情感覺沒臉了吧？年下事情多一些，我便過問了一下，結果一看家裡出入銀錢的帳本幾乎每一項她都剋扣了銀兩，你說她這樣我怎麼還敢用啊？其實她背後搞的那些小動作，我這些年來也不是一點都不知道，只是她是義哥兒的娘，畢竟你膝下也只有這麼一個子嗣，她的體己以後也都是要給義哥兒的，所以我也就睜一隻眼閉一隻眼了。可是現在看來，再讓她管家的話，咱們一家大小都會過得不舒服，再者我看麗娘的身子也好多了，不如就給她管好了，畢竟她是正室，以後麗娘和無憂也都是對你有助力的，也不能薄待了她們才是。」

「還是娘想得周全，兒子只忙著外面的事，這些年來一直疏忽了家裡的事。」薛金文拿了一個蜜棗遞到薛老太太的嘴邊。

薛老太太接了，笑容布滿了充滿溝壑的臉。「你是越來越會說話了。」

「對了娘，您不是不識字嗎？怎麼還會看帳本了？」薛金文突然想到一問。

「我不會找個識字的丫頭給我唸嗎？」薛老太太說。

「咱們薛家識字的丫頭並不多啊？」薛金文的眼前一一掠過那些丫頭的面孔。見兒子冥思苦想的，薛老太太道：「無憂身邊的連翹識字。」

「難怪，連翹打小在柔兒和無憂身邊，她們兩個都是愛讀書的，所以也教了連翹不少。」薛金文點頭道。

「原來我以為你那個二姊跟個呆子差不多，沒想到咱們都走了眼，她才是個真正有心的，說不定啊，以後咱們薛家就指望她的幫襯了……」薛老太太和兒子念叨著。

回來後，無憂睡意全無，靠在床邊的燈火下胡亂翻著書。

在地上用火筷子往炭火裡挾炭的連翹笑道：「二小姐，看來老太太真的是知道二奶奶這些年背地裡幹的那些事了，要不然也不會這麼快就奪了她的管家之權。」

「那還不是妳的功勞。」無憂淡淡地道。

聽到這話，連翹跑過來道：「都是二小姐的功勞好不好？要不是您囑咐我，我怎麼會知道那帳本裡有那麼多玄機啊！」

「我只是告訴妳該注意什麼，是妳自己懂得隨機應變而已。」無憂笑著掃了連翹一眼。

「呵呵，這次真是痛快。您說二奶奶是不是背地裡得氣死了？還有蓉姊兒，您不知道今晚上她都拿什麼眼光看您和大奶奶呢！」連翹說起來還是很氣憤。

聽到連翹的嘮叨，無憂把書本合上，打了個哈欠說：「都快四更天了，妳不睏啊？」

「不睏、不睏，對了，奴婢還沒問您呢，晚飯前奴婢看到大爺往您手裡塞了一樣東西，到底是什麼啊？」連翹已經憋一個晚上了。

「妳自己看吧！」無憂從衣袖中拿出一張摺著的紙遞給連翹，然後便開始寬衣。

連翹狐疑地接過來，見是一張銀票，然後便攤開，在燈火下一瞧，不禁驚訝道：「五百兩？」

「嗯。」無憂這個時候已經穿著中衣鑽進了被窩。

「大爺為什麼要給您這麼多銀子啊？」連翹問。

「說是上次的三百兩讓我自己收著，多的二百兩是他做爹的一點心意，讓我喜歡什麼就自己買點什麼。」大概這麼多年來，她還是少有的幾次感受到了父愛，銀子還在其次，無憂當時感覺心裡暖烘烘的，彷彿當時還有些激動。

「二小姐，大爺還真是疼您。」連翹也替無憂感到高興。

躺在枕頭上，無憂的眼睛望著青色的帳子頂，忽然問：「連翹，咱們一共攢了多少銀子了？」

「讓我算一下。」連翹低頭扳著手指頭算了一下，回答：「一共是一千三百六十八兩了。」

無憂聽到連翹的話，沈默了一刻，然後突然沒頭沒腦地問：「妳說要是在京城外不遠處買一個小莊子需要多少銀子？」

「嗯，要是個小莊子的話，估計怎麼著也得兩、三千兩銀子吧？」連翹抬眼想了一下道。

就算三千兩吧，那還差一千六百三十二兩，如果生意好的話，她和孫先生合開的製藥作坊一年每人能賺一千多兩，她再看幾個有錢的病人，也許能夠加快一點買下一個小莊子。那樣的話，就算以後她不嫁人也應該有地方可以去吧？而且還可以在小莊子裡面再開個製藥作坊，種一些藥材、果樹、糧食、花卉……這一刻，她眼前突然浮現出前幾天在安定侯府看到的梅花。那景象真是太美了。對，還可以種一片梅樹……

「二小姐，您不會是想買個莊子吧？」連翹的聲音突然在她耳邊響起，打斷了她的夢想。

「我睏了，妳也快去歇著吧，明天一早還要給祖母和爹娘拜年呢！」說著，無憂便往裡翻身，再也不說話了。

「噢。」連翹只得訕訕地離開了。

從初一開始各家各戶都開始了拜年走親，薛家自然也不例外。由於去年薛金文得到了升遷，今年來拜年走親戚的親友比往年多了不少，重新掌家的朱氏自然是忙裡忙外，好在宋嬤嬤和平兒都是得力的助手，又有無憂在一旁幫襯，朱氏雖然身子還算弱，但是也都井井有條地應對了過去，薛老太太很滿意。倒是李氏被奪了掌家之權，更是臉上掛不住，索性便仍然稱病，從初一到初八一直都沒有露面。下人們也都見風使舵了，除了李氏身邊的幾個心腹以外，其餘的下人一改往日的嘴臉，對朱氏和無憂等都是殷勤奉承的，一時間，彷彿薛家是換了天日。

初九這日，無憂正在屋子裡研究丸藥，連翹突然跑進來。「二小姐、二小姐！」

「出什麼事了？瞧妳慌張的。」無憂抬頭掃了一眼連翹，便又低頭做著丸藥。

「丞相府來了兩個婆子，說是奉秦老夫人之命來給您送衣服首飾的。」連翹急忙道。

聽到這話，無憂一皺眉頭。衣服首飾？上次她去給秦老夫人把脈，她還不知道自己是女兒身的，怎麼突然會來給她送衣服首飾？再說她應該不知道自己的身分啊，她在外行醫都一直是自稱姓王的。

見小姐坐在那裡發愣，連翹趕緊拉起她就往外走。「您快點吧！老太太和大奶奶讓您快去呢！」

無憂無法，只好跟著連翹往前院走，心裡卻是想——這大概又是秦顯搞的鬼吧？不知道他又在打什麼主意了？

一邁步進入大廳，就看到大廳中央站著兩個四十多歲的婆子，穿戴都是不凡，正陪正座上坐著的薛老太太和站在她身邊的朱氏說著話。看到無憂來了，朱氏趕緊道：「我們家二姊來了。」

那兩個婆子趕緊回身，打量了無憂一眼，其中那個年齡稍大的婆子笑著給無憂福了福身子，很是得體地道：「奴婢鄭嬤嬤給二小姐請安，二小姐福壽安康。」

「不敢當。」無憂趕緊回禮，畢竟對方是年紀比自己母親還大的婦人。

隨後，鄭嬤嬤便說明了來意。「咱們都是老夫人身邊的人，這次是奉我家老夫人之命來給二小姐送帖子的。」

「帖子？」無憂眉頭一皺，心想——這兩位嬤嬤年紀大，而且穿著舉止很是不凡，應該就是秦老夫人身邊的人，不是秦顯派來的吧？

這時候，另一位嬤嬤趕緊雙手奉上一張大紅色鑲金邊的請柬給無憂。無憂接了，打開後低頭掃了一眼，鄭嬤嬤便笑道：「我家老夫人請二小姐正月十六去我們府上赴宴，還望二小姐賞臉。」

還沒等無憂說話，薛老太太卻是說話了。「她一個小孩子什麼賞臉不賞臉的，難得秦老夫人看得起她，她一定會準時去的。」

聽到祖母的話，無憂略一低首道：「替我謝過秦老夫人，我一定準時到。」雖然心中有疑惑，但她也是不得不去，去了一切都真相大白了。

那鄭嬤嬤一聽，便笑著向她帶來的兩個丫頭揮手示意，只見兩個端著托盤的丫頭走到無憂面前，一個托盤裡是兩套衣服和一件鑲大毛領的披風，另一個托盤裡是兩套首飾，一看就是上好的東西。鄭嬤嬤指著丫頭們手裡的托盤笑道：「這是我們老夫人年輕時候穿的衣服和首飾，說是二小姐的身量與氣質和她年輕的時候差不多，所以拿過來讓二小姐穿戴。」

掃了一眼首飾上面鑲嵌的珍珠和白玉，無憂惶恐地婉拒道：「這麼貴重的東西，無憂不敢收。」

聽到這話，鄭嬤嬤笑著回頭對和她一起來的那位嬤嬤道：「老夫人猜得真沒有錯，二小姐果然是無功不受祿。」隨即，又轉頭對無憂道：「老夫人說了，她可是白吃了您好幾個月的安康丸了，二小姐要是不收的話，那她以後就沒有臉再白吃您的丸藥了。」

鄭嬤嬤的話讓無憂一笑，不好再多說什麼，只好伸出雙手和連翹分別接過了兩名丫鬟手裡的托盤，並說：「請替我謝過老夫人。」

又閒話了兩句，陪那兩位嬤嬤喝了一碗茶水，那兩個婆子才起身告辭，薛老太太讓朱氏親自送到門外方罷。

朱氏送完客後，回到大廳，看到薛老太太正在過目兩個婆子送來的衣服和首飾，無憂則是侍立在一旁。

「到底是丞相夫人年輕時候穿戴過的，都是上上之品。沒想到秦老夫人這麼喜歡咱們家無憂，要知道丞相府每年十六舉行的宴席可不是什麼人都參加得了的，那來往的可都是達官貴人和他們的家眷，到時候肯定是名門的貴婦千金雲集，無憂妳可得好好準備準備啊。」薛老夫人臉上也跟著有幾分得意之色。

這時候，朱氏也道：「大概秦老夫人也知道咱們的家境，所以才送來這些咱們置辦不起的東西，也真是想得夠周到。無憂，妳到時候千萬不要失禮才是。」

「是。」無憂點了點頭。

轉眼到了正月十六，黃昏時分，無憂和連翹坐著雇來的馬車往秦府奔去。快到丞相府的時候，前面的馬車便多了起來，大概都是來秦家赴宴的吧，所以馬夫便走了一條近路，拐進一條小巷子，過了一刻，當馬車將要行駛出巷子口的時候，沒想到巷子外有一輛馬車正好也剛跑到這裡，這一來就差點撞上。好在兩輛馬車上的馬夫及時死死地拉住了轠繩，不過馬兒還是有些受驚，馬車也晃了晃，車上的人自然也都被晃了一下子。無憂的身子一晃，頭差點撞上車窗。

這時候，外面突然傳來一個丫頭尖銳的聲音。「你怎麼回事啊？會不會趕車啊？要是傷著我們家小姐，你們這些平頭百姓擔當得起嗎？趕快讓開！我們家四小姐還趕著去丞相府赴宴呢！」因為無憂坐的是一輛藍布平頭的二輪馬車，而且藍布馬車上還用白漆寫著一個「雇」字，富貴人家誰會雇馬車呢？所以便被認定是一般的平頭百姓。

聽到這話，連翹有些氣不過，撩開門簾便和那邊也撩著門簾的一個丫頭吵了起來。「你們別狗眼看人低，去丞相府赴宴了不起啊？我們家小姐也是去丞相府赴宴的。」

「喂，妳竟然敢罵人？妳知不知道我們可是尚書府魏大人家的，識相的就趕快閃開，要不然有妳好看。」對面的丫頭說話很是囂張。

「妳……」連翹還想和對方吵。

無憂卻是在馬車內道：「連翹，讓馬車後退，給他們先過去吧！」她今日是來赴宴的，可不想找麻煩。

恰在此時，無憂的馬車後面來了一匹馬，因為無憂的馬車擋在巷子口，所以那馬兒也只好停了下來。坐在高頭大馬上的是一位身穿黑色貂皮棉袍的男子，忽然聽到前方馬車裡傳出了一道清新如同潺潺流水的聲音，他不由得繼續側耳傾聽，因為那聲音真的很好聽，既輕柔，又清新，不疾不徐，讓他竟然有一種想窺探擁有這聲音的主人容貌的衝動。

聽小姐這麼一說，連翹無奈，知道自己不能惹事，只好對馬夫道：「退後讓他們先過去吧！」那個馬夫點了點頭，翻身下車，準備去拉馬兒的韁繩。

就在此刻，對面馬車上的丫頭得意地一笑。「哼，四小姐，我以為他們有多硬氣呢，還不是得乖乖地給咱們讓道，大概是聽到咱們尚書府的名號嚇怕了。」

「呵呵……妳幹麼說得那麼直白啊，讓人家的面子下不來。」這次，一個清脆中帶著嬌氣的聲音從對面馬車裡傳來。

聽到這話，車內的無憂皺了下眉頭，然後便對外面道：「連翹，讓馬車不用退了，徑直走。」

本來連翹就很生氣，聽自家小姐這麼一說，立刻就對拉著韁繩讓馬車往後退的馬夫，故意大聲地喊道：「小姐說不用退了，馬上走。」

本來這個馬夫就是個強脾氣，只是雇主說讓退，他也不好說什麼，正憋著一肚子氣呢，聽車上的丫鬟這麼說，那馬夫馬上鬆開韁繩，轉身跳上馬車，衝著馬兒的屁股狠狠地抽了兩下，馬兒便撒腿往前跑去。

「你……你們……」魏尚書家的丫頭給氣白了臉，咬著嘴唇說不上話來。

「還在這裡杵著做什麼？耽誤了秦老夫人的宴席，看我回去不賞你板子。」魏家四小姐拿馬夫撒著氣。

「是、是。」馬夫緊張地趕緊揮著鞭子，趕著馬車呼嘯而去。

這時候，暮色已經降臨，望著前面那飛奔而去的兩輛馬車，沈鈞倒是感覺很有點意思，尤其是那輛平頭馬車裡坐著的女子表現出的不卑不亢，更讓他很是欣賞。

「二爺，天都黑了，再不走就晚了。」後面騎著馬跟著的沈言，上前望了望自家主子。

「知道了。」沈鈞說了一聲，便雙腿一夾馬肚，手裡的馬鞭抽了下馬屁股，馬兒便一聲長嘯揚起前蹄，然後飛奔而去。

第十三章

當馬車緩緩地停靠在秦府大門口的時候，夜色已經降臨，秦府大門口掛滿了彩燈，進進出出的達官貴人和家眷絡繹不絕。無憂和連翹一前一後地步上臺階，把請柬給門上的人看過之後，便放她們進入秦府。

一踏進秦府，更是熱鬧，到處都掛滿各式各樣的燈籠，有宮燈、八角燈，扇形、魚形、龍形的彩燈……看得人眼花撩亂的，尤其是在這寒冷的季節，花木上都掛著各色彩綢以及絹花，儼然像是到了春暖花開的季節。

正在眼花撩亂地看著各色花燈的時候，耳邊忽然傳來一個女子的聲音——

「妳總算來了。」

無憂抬頭一望，只見竟然是玉郡主，她今日的裝扮很是嬌豔光鮮，頭上的金鳳凰在燈火的照耀下閃爍著耀眼的光芒，看得出妝容是經過精心打扮的。等她走近了，無憂福了福身子。「參見郡主。」

「唉呀，妳跟我還客氣什麼？」玉郡主卻是十分熱絡地上前一把拉住她的雙手。上下打量了無憂一眼，問：「咦，妳怎麼沒穿祖母送給妳的披風啊？」

無憂低頭看了一眼自己身上鑲狐狸毛邊的白色暗紋棉披風，笑道：「那披風太華貴了，穿在身上特別彆扭，所以就沒有穿，不過我裡面這套衣裙是老夫人送過來的。」無憂指了指自己身上那件水藍色繡著粉色梅花的褙子。

「妳這也太簡單了點，妳看看那些千金們今日可是都打扮得花枝招展呢！」玉郡主看看無憂只梳了一個垂鬟分肖髻，髻上僅插了一支很小的點翠雀釵小步搖，耳朵上是一對淺粉色的水晶耳墜，這樣子跟人家一比，的確是太寒酸了。

「我的身分本就沒法跟人家比，倒是辜負了老夫人的一番美意。」無憂很抱歉地道。

「妳來了就最好了。走，我帶妳去見祖母。」玉郡主並不在意，拉著無憂就往裡面走。

走了幾步，正好看到秦顯站在大廳前和來來往往的客人打招呼，一看到無憂來了，他愣了一下，然後便趕緊邁步走了過來。「妳……怎麼來了？」秦顯的目光打量著一身清雅的無憂，可以看得出他眼眸中盡是驚喜。

「我……」

無憂還沒回答，玉郡主便搶白道：「瞧你問人家這什麼話？好像不歡迎似的？」

「我只覺得會蓬蓽生輝。」秦顯笑道。

噗哧！秦顯的話讓無憂和玉郡主都忍不住笑了。

見來來往往的客人很多，秦顯還要去招待別的客人，無憂趕緊拉了拉秦玉道：「帶我去拜見老夫人吧？」秦玉一點頭，跟大哥說了一聲，便帶著無憂走了。

步入秦老夫人的房間，只感覺暖氣撲人，而且黑壓壓的一屋子人，坐在屋子裡和秦老夫人說笑，反正不是貴婦就是千金小姐。玉郡主一把她帶進來，那些人的目光就都落到了無憂的身上。

「祖母，您請的人來了。」玉郡主把無憂拉到秦老夫人的面前。

「拜見老夫人。」無憂福了福身子，眼角餘光看到坐在秦老夫人跟前的竟然有沈老夫人以及安定侯夫人姚氏。不經意地便垂了垂頭，不知道她們是否會認出自己？

「妳來了？」秦老夫人的老花眼上下打量了無憂一眼，便含笑點頭說：「嗯，是個端莊的孩子，這身衣服妳穿著也好看。」剛才進屋的時候，無憂已經脫了披風，此刻身上這套水藍色繡粉色梅花的褙子是秦老夫人年輕時穿過的。

一旁的沈老夫人看到秦老夫人這麼看重一位穿戴並不出眾的女孩子，不由得對站在身邊的兒媳姚氏低聲問：「這是誰家的小姐？怎麼秦老夫人這般喜歡？」剛才已經來了不少官宦人家的千金，其中好多不乏出自名門，也沒見秦老夫人這般看重過。

姚氏打量了無憂一眼，低聲回答道：「媳婦也不認識，就感覺好像有些眼熟似的。」

被秦老夫人拉著說了一會兒話，無憂便被秦玉拉走了，秦家雕梁畫棟的長廊中掛滿了各色的花燈，無憂重新穿上披風和秦玉漫步在長廊中，一邊欣賞著花燈，一邊閒聊著。

「這些花燈真是好看。」無憂的手摸著其中一盞八角宮燈的紅穗頭說。

「那當然，這些花燈都是大哥讓工匠們特意趕製的。每年正月十六我們家都會掛滿各式各樣的花燈，設宴請親戚朋友過來欣賞。」秦玉笑道。

「對了，妳看我大哥這個人怎麼樣啊？」秦玉突然話鋒一轉，把話題扯到了秦顯的身上。

聽到玉郡主的問話，無憂一下子語塞，雖然隱約知道她幾次提起秦顯的意思，但並沒想到她會問得這般直白。所以支吾了一下，道：「秦大人年輕有為，是朝廷的棟梁。」

「唉呀，人家沒問妳這方面啦，我只問妳說我大哥這個人怎麼樣？」玉郡主扯著無憂的披風硬要她說。

玉郡主雖然有時候任性一些、嬌氣一些，但是無可否認她天真爛漫，沒有一點心機，在這勾心鬥角的大宅門裡也算是難能可貴吧？畢竟她今年已經二十歲了，別的大家閨秀她也見過一些，不是爭名利就是拈酸吃醋的。不過這可能也和她簡單的家庭背景有關，家裡就只有她和秦顯兄妹兩個，父母雙亡，沒有一個同父異母的兄妹，從小就是丞相夫人的掌上明珠，大哥又視若珍寶，這也算是她的幸福吧？所以無憂還是很喜歡和她做朋友的，雖然她總是問一些讓自己不好意思的話。於是只好說：「秦大人當然是一個很好的人。」

聽無憂這麼一說，秦玉就有些失望，嘆氣道：「唉，妳這不是跟沒說一樣嗎？我可和妳們不一樣，我是敢愛敢恨，我喜歡鈞哥哥就是喜歡鈞哥哥，才不會有什麼不好意思呢！」

秦玉的話讓無憂抿嘴一笑，心想——她的做法雖然在大齊算是奇葩，但是在現代是很尋常的，她的勇氣和真誠也很值得讚賞。只是她喜歡沈鈞，那個沈鈞喜歡她嗎？

酉時末，宴席開始了。

男客們都坐在前廳，女客們坐在後堂的花廳。今日大概有六、七桌女客，幾位年長身分地位高的夫人們自然是陪著秦老夫人，沈老夫人和安定侯夫人姚氏也在其中。剩下的女客分為嫁人的和未嫁人的，嫁人的又分為正室和側室，未出閣的千金小姐們分為嫡女和庶女分別落坐。無憂當然是被拉著和玉郡主坐在同一桌，這一桌都是身分地位比較高的嫡女，大概她們都認識，彼此很熟絡，無憂一個也沒有見過，不過大家看她和玉郡主這麼親熱，也都給她幾分面子。

一群丫鬟們穿梭著端上一道又一道精美的菜餚，這些菜比現代五星級大飯店還要精緻，當然味道也很不錯。無憂在品嚐菜餚的同時，掃了幾眼旁邊幾桌的客人，好像今日的女客大多都是年輕未出閣的千金小姐，而今日秦老夫人又專門請自己來，還讓自己以女裝打扮，難道這裡面有什麼用意？

正在疑惑之際，耳邊傳來玉郡主的聲音。「對不起啊，前幾天我在祖母面前說漏了嘴，祖母一知道妳是女兒身，高興得不得了，當時就決定今日請妳過來了。」

「原來是妳，我說老夫人怎麼知道的。」按剛才秦顯表現出來的驚訝，無憂知道這件事不是他安排的。

「唉，妳感覺今日我祖母請來的這些千金都怎麼樣？」玉郡主突然問。

「啊？」聽到玉郡主的問話，無憂有些詫異。「都是名門千金，容貌和舉止都很好。」

玉郡主忽然在她耳邊小聲說道：「告訴妳，今日我祖母特意請來這麼多的千金，就是想在其中給我大哥選一位做繼室呢！」

果不出所料，秦老夫人真是有用意的。只是她算其中的一個備選嗎？秦顯的身影突然在自己腦海裡出現，無憂伸手拿過面前的酒杯，喝了一小口，儘量讓自己表現得和平時沒有什麼兩樣。

「是嗎？」無憂淡淡地說了一句。她感覺今日玉郡主的話句句好像都在試探她，如若秦老夫人真的有這個意思，而秦顯也不拒絕的話，那她要怎麼辦？是接受她們的安排還是拒絕？可是如果秦老夫人心意已決的話，那麼她的拒絕會有用嗎？續弦？進了門就要當後媽？不是說秦顯的前任還留下一個小女兒嗎？雖然無憂也是很喜歡孩子的，但是她對於當後媽還是很抵觸的。

隨後，玉郡主就不說話了，無憂明白——人家已經把話說得夠直白了，現在如果她願意貼上去的話，估計這事就差不多成了，因為她剛才彷彿在秦顯的眼裡看出一抹異樣的光芒。不要、不要！她還不想嫁人，更不想做人家的後媽。

這時候，花廳裡最末尾一桌旁坐著一位穿著鵝黃色褙子的女子，正在她的侍女示意下往玉郡主這一桌看著。那個叫銀杏的丫頭在魏彩琴的耳邊嘀咕著。「四小姐，坐在玉郡主旁邊的那個就是跟咱們撞車的那一位。聽說秦老夫人很是喜歡，拉著她的手說了好半天的話呢！而且玉郡主一晚上都跟她形影不離的。」

魏彩琴打量了衣著可以說在這一群千金小姐裡算是寒酸的無憂一眼，然後很不屑地道：

「沒想到秦老夫人還會請這樣的人來，是什麼來頭？」

「我向好幾個其他小姐的丫頭們打聽，可是誰都不認識，連秦府裡的兩個丫頭我也問了，也說從來沒有見過，這可奇了不是？」銀杏回道。

「哼，是多年不來往的遠房窮親戚也說不定，幫我留意著。」魏彩琴吩咐著，銀杏趕緊應聲。

玉郡主更衣去了，無憂很無聊地坐在位子上，周圍的人她又都不熟，再加上心裡對剛才的事有些鬱悶，畢竟像她這樣一個小人物的命運，也許人家的一句話就會改變了。今晚的酒倒是挺好喝，酸酸甜甜的，好像有種楊梅的味道，所以便無聊地舉起杯子一連喝了好幾盅，頓時便感覺眼前的景物有些晃了。這時候，耳邊忽然傳來一個柔柔的聲音——

「這酒雖然是楊梅泡的葡萄酒，但是後勁很大，妳別喝太多了。」

聽到這個聲音，無憂抬頭一望，只見是坐在自己身側一位穿粉色褙子的小姐，她長得很是端莊秀麗，可以用明眸皓齒來形容了。而且一雙眼睛裡散發出的都是善意，可以看得出是位很平易近人的人，和剛才那些高傲的世家小姐完全不同，所以無憂便也很友善地點了點頭。「多謝。」

「妳叫什麼名字啊？我以前好像一次也沒有見過妳。」畢竟她們這些世家小姐一年當中是有許多機會見面的，這也屬於一種圈子，就相當於現代的名媛社交圈吧？

「薛無憂。」無憂回答。

「我叫尉遲蘭馨，我父親是兵部校尉，只是個六品官，和那些世家小姐們是沒法比的。」尉遲蘭馨笑著對無憂道。

「我父親是吏部的一個六品官。」無憂不知怎的很喜歡眼前的這位女子，所以就說了這麼一句算是安慰她吧，也算是說自己和她是一樣的。

「是嗎？我父親整天忙，我母親很久之前就去世了，家裡就只有我一個人，方便的話歡迎妳來我家裡玩。這是我家的地址。」說著，尉遲蘭馨便把一張紙條塞進無憂的手裡。

低頭一看，那紙條上寫的地址也在東城區，是啊，父親只是個六品官員，看她的穿戴也比自己好不到哪裡去，自然不會住在這到處都是朱門大戶的西城區了。隨即，無憂便點頭道：「我一定會去的。」

「嗯。」尉遲蘭馨聽到她答應了很是高興。隨後，兩個人便天南地北的聊了起來。

宴席快要結束的時候，鄭嬤嬤忽然進來向秦老夫人稟告道：「稟告老夫人，宮裡派一位公公送來一盞花燈，花燈上御筆題寫了謎面，皇上口諭誰要是能猜對了，就把花燈賞賜給誰。」

聽到皇上派人送來花燈，秦老夫人當然是異常高興，由身邊的紅蓮扶著站起來，笑著向眾人道：「既然如此，那咱們趕快去大廳看看聖上派人送來的花燈去。」

一時間，眾人都懷著好奇和興奮，尾隨著秦老夫人往前廳走去。玉郡主還沒有回來，無憂和尉遲蘭馨笑著結伴也來到了大廳。只見大廳裡的眾人早已經站了起來，眾人都畢恭畢敬地望著大廳中央懸掛著的一盞八角宮燈，宮燈的旁邊站著一位二十餘歲、穿著一身土色衣服的公公。

聖上派人送來的宮燈當然是不同一般，雖然樣式是傳統的八角宮燈，每個面上都畫著彩繪，但是這盞宮燈每一面都懸掛著綁著碧綠翡翠的紅穗子，宮燈上面和下面的穗子還串著好大的兩顆東珠以及水晶珠串，這盞宮燈也算價值連城了。眾人的眼睛都緊緊地盯著那盞宮燈，雖然這裡都是達官貴人，宮燈再名貴在他們眼裡都算不了什麼，但畢竟是皇上御賜，這個彩頭可是難尋的，所以眾人都側耳傾聽著那位公公唸著皇上御筆題在宮燈紗面上的字。

「請各位聽好了，聖上御筆題的謎面是——花中珍品見真情，一莖兩苞恩愛花。一盞茶的時間內，有人猜出來的話不要說出來，就用筆寫在紙上，並寫上自己的名字交給咱家就可以了，在時間內誰猜對了，這盞宮燈就是誰的了。」那太監指了指旁邊桌上的筆墨紙硯。

「能再說一遍嗎？」

「就是啊，沒有聽清楚呢！」

「那宮燈真漂亮，不愧是宮裡出來的東西。」一時間，有的人在冥思苦想，有的人在竊竊私語。

看到那盞價值連城的宮燈，無憂則是在想——這盞燈上的翡翠和珍珠應該值很多錢吧？五千兩？還是一萬兩？再加上自己的積蓄是不是可以在京城外買一座很大的莊園了？想到這裡，她不禁興奮極了。低頭想了一下，心裡便有了答案，實在不是因為她博學，而是好像這個謎面她曾經在哪裡聽過，只是實在太久了，有些記不得是在哪裡看到的。一個抬頭，看到身邊的尉遲蘭馨衝著自己笑，彷彿她也胸有成竹，兩個人分別一點頭，便邁步上前，拿起毛筆各寫了一張紙條摺好，遞給那名公公。

這邊，秦顯也寫好交給了那位公公，轉身越過無憂的時候，眼眸有意地望了她一眼，和他的目光在空中相撞，無憂垂下眼瞼，心中忽然又浮起了剛才的想法，不覺臉龐都有些火辣辣的。旁邊的尉遲蘭馨看到秦顯看無憂的眼神好像有些不對，轉頭望望無憂，見無憂臉上淡淡的，一點也沒有回應秦顯，尉遲蘭馨輕輕牽動了一下眉頭。

秦顯回到自己的位子前，和他相鄰而坐的沈鈞望著他道：「聖上每年今日都會送花燈過來猜謎，你不是一直都不熱中嗎？今日是怎麼了？」

「今日心情和以往有所不同。」秦顯笑笑。

聽到這話，沈鈞不由疑惑地挑了下眉。

秦顯反問：「你是怎麼回事？是沒有猜出來，還是和往年一樣不屑於去猜？」

「我沒你變得那麼快。」沈鈞說了一句，便仰頭把一杯酒水一飲而盡。一個抬頭，不經意間看到了一抹水藍色的身影，雖然那水藍色影子的容貌在眾多佳麗間並不出眾，卻有一種很特別的氣質，尤其一雙眼睛如同潺潺的溪水一樣清新明澈，似乎還帶著一抹靈動。打扮雖然在花枝招展的千金小姐裡很是不起眼，卻如同天山上的雪蓮花玉潔冰清，讓人一眼難忘。這一刻，他那幽深的眼眸一瞇。

在場的老者都不湊這個熱鬧了，一盞茶的時間又短，所以遞上紙條的人並不多，那位守著宮燈的太監很快又開口了。「咱家現在宣佈謎底——是並蒂蓮。」

謎底一出，幾位千金都十分惋惜，怎麼當時沒有想到呢？無憂和尉遲蘭馨則是相視一笑。想必尉遲蘭馨也猜對了吧？如果把這盞宮燈給尉遲蘭馨的話，那倒是也不錯，無憂心想。雖然這樣離她想要一座莊子的夢想又遠了一些，但是她會憑著自己的雙手去實現這個夢想的。

接著，那位公公又扯著尖銳的嗓子喊道：「這次猜對的一共有三個人，分別是大理寺卿秦大人，尉遲校尉的長女尉遲蘭馨小姐，還有就是……薛二小姐。」提到薛二小姐的時候，那公公很明顯地皺了下眉頭，因為紙條上只寫了這四個字，他還真不清楚這位薛二小姐是哪一家的？眾人一聽也都是一陣疑惑。

「三位都猜對了，那這盞宮燈到底給誰啊？」大廳裡有一個人喊道。

「是薛二小姐最先交給咱家的紙條，所以這宮燈理應歸薛二小姐。」那公公高聲回答完，便命一旁的小廝取下宮燈，送到了無憂的面前。

此刻，眾人的目光都落在無憂的身上，秦顯的嘴角揚起一個溫和的笑容，沈鈞則是在遠處望著她，其他人都在疑惑她到底是誰家的小姐，怎麼從來都沒有見過？

望著眼前的宮燈，無憂轉頭很是抱歉地對尉遲蘭馨笑道：「對不起啊，其實妳是和我一起猜出來的。」

「可是我寫字沒妳寫得快啊，趕快叫丫鬟接了吧！」尉遲蘭馨一臉真誠地催促著她。

「嗯。」隨後，無憂便轉頭示意身後的連翹接了那盞價值不菲的八角宮燈。

這時，那位太監笑問：「薛二小姐，請問您芳名是什麼？是哪一家的小姐？要是聖上問起，咱家回去也好回話啊。」

無憂只感覺剛才喝的酒有些往上竄，強忍著自報家門。「薛無憂，家父是吏部主事薛金文。」一旁邊有幾個千金一聽這話，更是有些看不起她，畢竟吏部主事只不過是個六品官罷了。倒是坐在不遠處的沈鈞暗自記下了她的名字和出身。

命身旁的人記下無憂的名字和出身，那太監便朝秦丞相和秦老夫人笑道：「咱家已經辦完差，就此告辭了。」

「公公慢走。」眾人送走那太監之後，宴席也已臨近尾聲，不多時之後，客人們就紛紛起身告辭。

無憂和尉遲蘭馨也打算告辭，只是左看右看還沒看到玉郡主，這時候，無憂感覺有些頭暈，好在旁邊的連翹扶了她一把。

尉遲蘭馨趕緊關切地問：「無憂，妳怎麼了？」她們已經非常熟絡了。

無憂此刻只覺自己好像一直想笑，有些控制不住自己，這種感覺她前世曾經有過許多次，她是喝醉了，每次喝多了的時候，她都會克制不住自己一直笑。所以笑著回答：「我……大概是喝多了，妳說得沒有錯，那酒確實有後勁，剛才還沒事呢！」雖然腳下有些晃悠，她的心裡還是十分清醒的。

「告訴妳少喝一點了，我扶妳回去吧？」尉遲蘭馨擔憂地道。

正在這時候，玉郡主不知道從什麼地方跑過來了，看到無憂的樣子，知道她是喝醉了，便拉著她道：「妳興許是喝多了，夜已經深了，不如就留下來在我的房間裡湊合一夜，明日再派人送妳回去？」

「不行，我娘……會擔心的。」無憂搖搖頭。

「可是……」玉郡主還想說什麼，這時又送走一批客人之後的秦顯看到這邊無憂好像有狀況，便趕緊邁步走了過來。

看到披著白色披風的她靠在尉遲蘭馨的懷裡，臉上不停地笑著，臉龐也是有些發紅，秦顯不由得皺了眉頭，然後對她說：「我送妳回去。」

「嗯。」無憂迷迷糊糊地點了點頭，她知道秦顯是一個可以信賴的人，再說她今晚是絕對不能不回去，要不然娘肯定會急死的。

隨後，秦顯便叫兩個丫頭從尉遲蘭馨懷裡扶走了無憂，連翹提著宮燈在無憂身後緊緊地跟著，秦顯則是吩咐旁邊的管家秦瑞。「給我備馬。」秦瑞趕緊去吩咐小廝備馬，而秦顯則轉頭尾隨無憂而去。

看到秦顯彷彿十分在意無憂，尉遲蘭馨站在那裡望著他們的背影怔了一下，隨後才向玉郡主告辭離去。客人差不多快走完了，沈鈞也起身走到沈老夫人跟前，秦老夫人正在和他的母親以及大嫂說著送別的話。

「老身有招待不周的地方還望你們多多擔待才是。」秦老夫人畢竟大了沈老夫人一輩，所以自稱老身。

「老夫人言重了，我們才是叨擾了呢！」沈老夫人笑道。

「要說叨擾，我們玉丫頭可是三天兩頭跑到你們府上去，真是給你們添麻煩了。」秦老夫人不動聲色地就把話題轉到玉郡主的身上。

沈老夫人轉頭望著依偎在秦老夫人身邊的玉郡主，笑道：「我這個老婆子在家裡清閒得很，幸虧有玉兒經常過來陪我說說話，要不然還真是寂寞呢！」

「這丫頭從小就沒個大家閨秀的樣子，過了年都二十了，還是小孩子心性。」秦老夫人的話裡有意無意往玉郡主的婚事上靠著。

彷彿沈老夫人也是有意的，趕緊道：「玉兒有二十了嗎？瞧我還以為她還小呢！比我們鈞兒小四歲，都不是小孩子了。」

說到沈鈞，秦老夫人抬頭望望沈老夫人身邊的沈鈞，笑道：「鈞兒可是不小了，妳也該給他張羅張羅終身大事才是啊。」

沈老夫人回答：「等下個月他爹的三年喪期一過，我就得趕緊給他定下一個可心的姑娘。」

「看來妳心裡已經有合適的人選了吧？」秦老夫人笑著探問。

一聽這話，玉郡主頓時面上一紅，依偎在祖母的身邊，眼眸卻是直往沈鈞的方向望去，而沈鈞的臉上依舊沒有什麼表情，話說得如此明顯了，他仍沒有表現出任何的態度。

「人選倒是有一個，就是不知道我們攀不攀得上了。」沈老夫人說這話的時候，眼睛一直都在瞅著玉郡主。

沈老夫人的意思已經很明顯了，玉郡主害羞地垂下了頭，不過嘴角間卻是掛著甜甜的笑意，也許這麼多年的苦守，馬上就會有結果了。

「像妳沈家這樣的人家還需要高攀別人嗎？哪一家都願意和妳做親家的。」秦老夫人把皮球又踢了回去，就是不主動說出想攀親。雖然玉郡主暗戀沈鈞在秦沈兩家都是公開的秘密，但秦家到底是顯赫高門，自然沒有女方自貶身價先去男方家裡求親的道理，而且秦家也知道沈鈞要替父守孝三年方可以談婚事。這守孝的期限馬上就到了，而且玉郡主已經二十歲了，在大齊的官宦家也實在是不小，秦老夫人心裡也是在暗暗著急。

「我……」就當沈老夫人看火候也差不多了，剛想開口求下這門親事，不想身旁的兒子卻是打斷她道：「母親，夜色已深了，秦老夫人這麼大年紀也該歇息了，咱們還是告辭吧？」他可是一直忍著都沒有說話，但要是再不說，她們當著他的面可就要定下這門親事了。

沈鈞的話讓秦老夫人特別地望了他一眼。

玉郡主本想親事可能在今晚就會定了，沒想到他竟然會故意打岔，難道他是不樂意娶自己嗎？玉郡主遂有些不高興了。

眼見氣氛有些僵，一旁的姚氏趕緊笑道：「是啊、是啊，母親，要想和秦老夫人說話還不容易？改日咱們選個日子早點登門來說上一天。今兒都累了半天了，咱們還是先回去吧？」

姚氏的話讓氣氛馬上鬆下來，秦老夫人也笑道：「那敢情好，妳前一天派人傳個話來，老身把藏的好酒都拿出來。」

說笑間，沈老夫人便在沈鈞和姚氏的攙扶下出了秦府。

夜色深沈，一輪明月掛在半空中，迎著明月奔馳的是一輛藍色平頭馬車，馬車後面緊緊跟隨著一匹棗紅色的馬兒，馬背上男子的眼睛一直沒有離開過前面的馬車，彷彿他在守護著自己的親人一般。

將近半個時辰後，馬車總算來到薛家的大門外，以往這個時候薛家大門早已經緊閉，而今日卻是燈火通明，並且大門也敞開著。馬車剛一停下來，一個婦人的身影便從裡面跑出來。這時候，馬夫已經撩開車簾，平兒趕緊問探出頭來的連翹。「怎麼才回來？大奶奶都等急了。」

「二小姐喝醉了。」連翹趕緊回答。

「什麼？」一聽這話，平兒自然是意外，趕緊上前去攙扶著還沒有醒過酒來的無憂。

「唉唷。」大概是平兒沒有扶穩，而車上的連翹一手還提著那個贏回來的宮燈，所以無憂下車的時候腳一下子踩空了，眼看身子就要側傾，幸好恰在此時，一個白色身影衝上前來一把扶住了她。

失去平衡的無憂只感覺一雙有力的手臂扶住了她，她剛才懸著的心也鬆懈下來，雖然手腳不太利索，嘴角間還是扯著笑，但她的頭腦還算是清醒的，從高高的馬車上摔下來可是會很疼的。

「你是誰啊？」平兒見一個陌生男子扶住了自己小姐，當然很是震驚。要知道在大齊雖然男女之防並不如宋朝明朝那樣過於嚴格，但是在這樣的夜裡公然半摟她家小姐那也是了不得的事情。

見平兒很不高興，連翹在後面提著宮燈趕緊上前解釋道：「平姑姑，這位是大理寺卿秦大人，咱家小姐喝醉了，是秦大人一路護送回來的。」

聽到這話，平兒自知莽撞了，趕緊低首行禮道：「參見秦大人，奴婢莽撞，還望秦大人恕罪。」

「無妨。」秦顯擺手道。

這時候，無憂轉頭一望，見自己正靠在秦顯的身上，她略一皺眉頭，然後趕緊上前一步，掙開秦顯的手臂，可是腳下卻還是不穩，好在平兒上前一步適時地扶住她。無憂不禁低呼一聲，秦顯一陣緊張，看到她被平兒扶住才算放了心。

「嗯，我的頭……好暈啊。」無憂的手撫著自己的頭道。

「二小姐，外面風大，奴婢扶您回屋吧？奶奶還在等著您呢！」平兒趕緊扶著無憂步入大門檻。

無憂跨進大門，在後面提著宮燈的連翹趕緊對秦顯福了福身子，道：「秦大人，時候不早了，您也趕快回吧！連翹代我家小姐謝秦大人的護送之情。」

耳邊聽到連翹的話，秦顯才收回了目送無憂的眼光，望著連翹道：「給妳家小姐喝點蜂蜜水。」

「啊？」聽到這莫名其妙的話，連翹一愣。

「可以解酒。」說了一句，秦顯便翻身上馬，然後一鬆轠繩，馬兒便跑了出去。

馬兒的影子很快消失在夜色中，連翹才轉身跑進了大門，並囑咐門上關門熄燈。

第十四章

平兒攙扶著醉醺醺的無憂回到後院，只見宋嬷嬷陪著朱氏站在臥室門口望著她們。看到無憂被攙扶著，朱氏緊張地問：「這是怎麼了？」

「回奶奶，二姊吃醉了酒。」平兒回答。

「外面冷，趕快扶她進屋休息去。」朱氏趕緊吩咐道。

平兒扶著無憂進了她的閨房，朱氏見走過來的連翹手裡提著一盞很精緻的宮燈，不由地問：「這是哪裡來的？」

「回奶奶的話，這宮燈是皇上御賜的呢！」連翹興奮地回答。

「御賜？」朱氏不禁好奇起來，轉頭對宋嬷嬷道：「妳去幫平兒照顧一下二姊。連翹，進我屋子來回話。」宋嬷嬷和連翹應聲後便分頭而去。

薛金文其實也一直沒睡，在屋子裡等著無憂回來問一下丞相府今日晚宴的情況。朱氏帶著連翹進來，連翹一五一十地把今日的情況都回明白了，夫妻兩個不禁對望一眼，沒想到女兒竟然有這樣的際遇。

肩膀上披著袍子的薛金文揹著手圍著那宮燈轉了一圈，然後捋著下巴上的鬍子對朱氏道：「這盞宮燈上的翡翠和東珠就不知道價值幾何，更何況還是聖上御賜的，真是咱們薛家的榮耀啊！」

「這都是無憂的功勞。」

朱氏越來越覺得自己這個女兒太給她爭氣了，不但把夫君都幫她爭回來，還給她帶來了無比的榮耀，在家裡她現在也能揚眉吐氣了。

「那是、那是！」薛金文趕緊點頭，然後轉頭問連翹。「妳剛才說什麼？大理寺卿秦顯秦大人親自送無憂回來的？」

「是啊，秦大人親自跑了一趟，臨走的時候還囑咐奴婢給小姐喝蜂蜜水，說是能解酒呢！」連翹趕緊點頭。

聽到這話，薛金文低頭想了一下，然後轉頭和妻子朱氏對視了一眼。

朱氏心中也有些疑惑起來，道：「秦大人不僅是丞相之孫、公主之子，頭上還有侯爺的爵位，怎麼會這麼紆尊降貴地送無憂回來？難道……」

看到妻子眼眸中的疑惑，薛金文趕緊轉頭又問站在屋子中央的連翹。「連翹，妳看那秦大人對小姐是不是……有意思？」這話做爹的問出來真是有些不妥，何況女兒還待字閨中，但他也實在忍不住內心的疑惑。

「反正……反正奴婢感覺秦大人是很傾慕小姐的。」連翹想了想回答。

聽到這話，薛金文沈默不語了，好像低頭想著什麼，見狀，朱氏朝連翹揮了揮手。「妳下去歇著吧！」連翹應聲後，趕緊退了出去。

見夫君坐在床邊半天不言語，朱氏走過去，坐在床邊問：「你想什麼呢？」

「秦大人的原配夫人在幾年前就去世了，一直都沒有續弦，妳說咱們無憂是不是可以……」薛金文望著朱氏，沒有把話說下去。

朱氏嘆氣道：「可惜咱們的門第太低了，像秦家這樣的人家就算是續弦，咱們無憂也高攀不上啊。」

「那倒也不盡然，秦大人的原配夫人據說門第也不高，當時也是秦大人一眼看中的，據說當時丞相大人也曾極力反對過，不過最後還是娶進了秦家。這個只要秦大人願意，說不定也是可以的。」薛金文道。

聽到這話，朱氏的眼中透出了期望的光彩，這麼好的一門親事足可以改變女兒的一生。所以趕緊道：「那咱們要怎麼做？是不是央求個有身分的人去提親啊？那也不行啊，咱們是女方，這樣太失面子了，要是不成，無憂以後怎麼做人啊？」

看到朱氏激動的模樣，薛金文笑著拍了拍妻子的手。

「妳我什麼都不用做，只要順其自然就好了，如果秦大人有意，我想他自己就會想辦法了。」

想想夫君說得也對，可到底是女兒的終身大事，朱氏心裡還是很不安穩。

銀色的月光籠罩著一座金碧輝煌的高大宮殿，殿內燈火通明，宮女和太監們默默地值夜，寂靜得連一根針掉在地上都能夠聽見。

承乾殿東廂房內溫暖如春，寬大的紫檀書案前站著一道明黃和一道淺紫色的身影。那穿著紫色宮裝的女子身材很是纖細，腰身彷彿只能盈盈一握，梳著高髻，髻上只插著一支金鳳凰步搖，皮膚如同白玉，五官精緻，卻無半點妖嬈，眉宇間透出的都是濃濃的書卷氣。此刻，她正拿著畫筆全神貫注地在宣紙上畫著一朵並蒂蓮花。

站在她身側的人穿著明黃色袍子，外罩同色紗衣，束髮上也是用明黃色裝飾，眼光雖然溫和，但是尊貴和王者之氣好像與生俱來，渾身上下透出的是君臨天下的威嚴，當然此刻卻都化成了柔情似水。

德康帝的眼眸專注地望著薛柔手上的畫筆在宣紙上塗抹的每一筆，直到一朵並蒂蓮花全部完成，薛柔放下畫筆，吁了一口氣。德康帝這時候才把眼光落到薛柔白瓷般的臉上，笑道：「柔兒，妳的並蒂蓮花畫得越來越好了。」

「只希望拿出去不要讓人笑話了才是。」薛柔笑道。

德康帝一聽，便轉頭朝外面喊道：「常春。」

「老奴在。」話音剛落，便有一位五十餘歲的公公快步彎腰走了進來。

「小安子回來了嗎？」德康帝問。

「剛回來，在外面候著，皇上不傳，不敢進來。」常春回道。

「傳。」德康帝說了一個字。常春應聲而去後，德康帝轉頭對著薛柔微笑道：「不知今年是誰猜到了謎底。」

「今年的謎面容易，肯定有許多人猜到。」薛柔笑道。

隨後，一個年輕的太監恭敬地低首走了進來。「皇上，謎底一共有三個人猜出來。」

「都是什麼人啊？」德康帝拿起毛筆，一邊在並蒂蓮花上題詩一邊問。

「回皇上，是大理寺卿秦顯秦大人，六品校尉尉遲敬之女尉遲蘭馨，還有一位……姓薛的姑娘。」最後一位的出身和名字小安子有些記不住，所以支吾了一下。

聽到這話，德康帝已經將詩題好了，把手中的筆交給薛柔後，說：「沒想到朕的表弟今日倒是有興致猜謎，以往他對這些都不感興趣的，今日難不成轉性了？呵呵，今年猜對謎面的是一位公子兩位小姐，謎底又是並蒂蓮花，倒不如這樣，朕就給他們賜婚好了，也可以成就一段佳話。」

「並蒂蓮花的意思是心心相印，一夫一妻，兩位小姐您要賜婚哪一位啊？難不成又要搞什麼兩女共事一夫嗎？」薛柔說完，便轉身走到羅漢床前，背對著德康帝坐了下來。

看到薛柔的嘴噘了起來，德康帝眉頭一蹙，轉頭問小安子。「最先猜出謎面的是誰？」

「就是那位姓薛的姑娘，這是名單。」小安子趕緊把手中的摺子雙手舉過頭頂遞了上去。

德康帝伸手接過摺子，說了一句。「下去吧！」小安子立刻彎腰退了出去。

當東廂房只剩下德康帝和薛柔，德康帝手裡拿著摺子走到薛柔的背後，一隻手握住了她的肩膀，溫柔地問：「怎麼？生氣了？」

「我有什麼氣好生？」薛柔雖然這麼說，還是酸味十足。

見她還是背對著自己，德康帝又說：「既然最先猜出謎面的是那位薛姑娘，那朕就把她賜婚給秦顯，讓他們一夫一妻，妳看好不好？」

「不是說女人不得干政。」薛柔幽幽地說。

見她仍舊不悅，德康帝有些無奈地坐在她的身後，嘆了一口氣。「唉。」

聽到背後的人嘆氣，薛柔終於忍不住轉過身子來，見他眉宇蹙著，馬上又心疼起來。伸手握住他的手背，柔聲道：「對不起，我又耍小性子了。」她怎麼能不在乎呢？她和他已經心心相印幾年了，可是不但見不得天日，更是被他藏在這承乾殿裡，只有在這一方小小的天地中他才是她的，而夜色來臨後，她還要把他送走，他要去臨幸別的女人。

「是朕不好，讓妳受委屈了，到現在連個名分都不能給妳，可是朕也是怕妳會有危險，不得已……」德康帝的眼眸緊緊地盯著薛柔，充滿了愧疚。

薛柔趕緊摀住他的嘴巴，回視著他道：「你知道我並不在乎名分，我只是……」她能說她不想讓他去別的女人那裡嗎？這幾年，她可以感覺得到他把心都給了她，這對一個帝王來說已經非常的難能可貴，她還奢求什麼呢？可是她寧願他不是皇上，她只想和他安安靜靜地在一起一輩子，可是這個要求又何其難，大概比登上后位更加難吧？

「朕知道。給朕一段時間，朕肯定能給妳妳所想要的。」德康帝保證著。

「嗯。」薛柔重重地點了點頭。她信賴他，不僅因為他說的話是金口玉言，更因為他是她深愛的人，也許一開始她就沒有以對待帝王之心來對待他。

一會兒後，她又溫柔地笑了。德康帝的表情也舒緩開來，馬上道：「朕現在就頒旨賜婚，而且朕還要寫在聖旨裡，秦顯以後不能納妾，要不然朕就砍了他的腦袋。」說著，德康帝便起身走到書案前要親自寫聖旨。

「噗哧。」德康帝的話讓薛柔不禁一笑，起身追過來說：「哪有聖旨寫這些的？你這不是讓秦大人罵你嗎？」

看到薛柔笑得開心，德康帝索性說：「古有烽火戲諸侯，今日能博佳人一笑，朕挨罵也值了。」

「那小女子我豈不是要被後人唾罵萬世了？」薛柔打趣了一句，看到德康帝把剛才的摺子放在書案邊上，她順手拿過來，打開一看，不禁瞪大了眼睛。稍後，她便抬頭喊道：「請皇上收回成命。」

聖旨寫了一半的德康帝聽到這話，一抬頭，詫異地問：「怎麼了？」

「今日猜對謎面的人是我的……親妹子。」薛柔定定地望著德康帝。

「這樣巧？」德康帝挑了下眉。

「嗯。」薛柔點頭。

然後，德康帝便笑道：「既然是妳妹子，那朕感覺就更應該賜婚了。妳知道朕的這位表弟不僅家世顯赫，而且才德兼備，雖然原配夫人去世了，今日賜婚只是個續弦，可是妳知道京城裡有多少名門淑女都想做這個續弦嗎？」

「秦大人的聲名我當然是再清楚不過了，可是家世再顯赫、再有才學，也不見得會喜歡上這個人。比我更美麗、更有才智的女人皇上不是沒見過，可是皇上為什麼不喜歡她們呢？所以，請皇上先不要賜婚，柔兒想妹子一生幸福，而不是想她一生榮華。」薛柔堅定的眸子望著德康帝。

聽了薛柔的話，德康帝沈默了一刻，然後便放下毛筆，把寫了一半的聖旨扔擲一旁，轉過書案，來到她的身邊，雙手握住她的肩膀，把她緊緊地抱在懷中……

將近晌午時分，和煦的陽光透過窗子射進來，躺在幔帳裡的人翻個身，緩緩地睜開了睡眼。

聽到小姐醒了，連翹上前撩起帳子，笑著對睡眼惺忪的人道：「二小姐，您醒了？」

好像頭還有些暈的無憂，用手拍了拍腦門，問：「什麼時辰了？」

「快晌午了。」連翹笑答。

「啊？怎麼我睡了這麼長時間？」說著，無憂便坐了起來。

連翹把換洗的衣服拿過來，一邊服侍小姐穿衣一邊回答：「還說呢，昨晚您喝醉了，秦大人一路騎馬護送您回來的。」

聽到這話，無憂略一皺眉頭，努力回想著昨晚的事情。昨晚她去秦府赴宴，猜對了燈謎，贏得一個宮燈，然後還交了一個新朋友尉遲蘭馨，再後來好像就頭暈暈的，彷彿還記得昨晚一雙有力的手臂扶住了自己……

為無憂整理好衣裙，見她坐在梳妝檯前不言語了，連翹一邊為無憂梳頭一邊道：「昨兒奶奶和大爺特意叫奴婢去他們屋裡回話呢，問了奴婢好多昨兒在秦府的事情。對了，大爺和奶奶也知道秦大人親自送您回來的事了，還問奴婢秦大人是不是……對小姐有意思。」

「啊？那妳怎麼說的？」聽到這話，無憂有些緊張了。昨天的宴席大概就是為給秦顯選續弦妻子的，聽玉郡主的話，秦顯和秦老夫人應該是對自己有意的，現在秦顯又親自送自己回來，那就更加明瞭，連爹娘都知道了，她將要如何應對？

「奴婢就實話實說唄，反正奴婢瞧著秦大人就是對二小姐有意思的。」連翹笑嘻嘻地道。

雖然心裡有些責怪連翹亂說話，但是就算她不說，事實也擺在眼前了。無憂沒有說話，此刻正在整理自己的心緒。

見二小姐一直不言語，連翹好奇地問：「二小姐，您怎麼都不說話啊？雖然嫁過去是繼室，但這可不是一般的繼室，秦大人的家室背景咱就不說了，就算他的人品才學長相那都是一等一的，而且又對您那麼溫柔體貼，您就一點都不動心嗎？」

「妳半天都在說秦大人的好，他是給妳好處了，還是妳想等著我帶妳嫁過去，妳也好弄個偏房通房的？」無憂抬頭打趣著連翹。

兩句話就把連翹給說惱了，連翹把手中的梳子啪的一聲放在梳妝檯上，道：「二小姐，您是狗咬呂洞賓不識好人心！」隨後便噘著嘴跑了出去。

看到連翹走了，無憂的心卻是有些亂了……

書房內，雕花窗子都敞開著，還有些清冷的春風拂進來，桌前有兩道人影對坐著喝茶聊天。

一下了朝，秦顯便跟隨沈鈞來到沈家，兩個人此刻都還是一身官袍。沈鈞的眼眸一掃時不時就往窗子外面瞟的秦顯，不動聲色地問：「秦兄，我們沈家的花園是不是景色非常秀麗啊？」

忽然聽到耳邊的話，秦顯趕緊轉頭道：「是啊、是啊。」然後便低頭喝茶以掩蓋自己不太自然的神色。

說實話，上次正月十六以後沈鈞面對秦顯心裡也有些不自在，畢竟他和秦顯也算是多年的好友，人家現在一家子都想把妹妹許配給自己，他要是不領情的話，大概也會影響兩家人的情誼吧？以前他都能推脫過去，但好像這次兩家人都已經動真格的了。

「秦兄，你我一直情同手足，所以我也就把玉郡主……當作自己的妹妹來看待。」沈鈞終於開了口。

聽到這話，秦顯只是詫異地盯著沈鈞看了一刻，然後低頭說：「其實我早就已經看出你對玉兒沒有那種心思，可是玉兒對你卻是一往情深，要不然也不會到了雙十年華還沒有出嫁。」

「這都怪我。」沈鈞自責地道，也許早一點告訴她，她也就不會苦苦地等了，他本以為一去邊關三載，她就會死心嫁人了，沒想到她竟然對自己用情如此之深。

「我知道婚姻之事不能勉強，可我還是想讓你答應我一件事。」秦顯當然明白強扭的瓜不甜。

「只要我能辦得到的。」沈鈞鄭重地道。

「我希望你把對玉兒的傷害降到最低。」秦顯要求道。

「我答應你。」沈鈞重重地點了點頭。

這般難以啟齒的話題過後，兩個人又聊了一會兒，並沒有因為此事而影響彼此的友情，所以沈鈞很是欣慰。隨後，沈鈞忽然問：「秦兄，你是不是有意中人了？」

聽到這話，秦顯面上一怔。「啊？」

看到秦顯似乎有些訕訕的，沈鈞知道自己是猜對了，所以不動聲色地喝了一口茶，問：

「應該是那位姓薛的小姐吧？」

「你怎麼知道？不會是玉兒告訴你的吧？」秦顯算是很大方地承認了。

「能勞你秦大人大駕親自護送的人，還用別人說嗎？」沈鈞扯了扯嘴角。

聽到這話，秦顯沒有說話，而是微笑不語。

見此，沈鈞又問：「你是怎麼認識人家閨閣中的小姐的？聽說對方家門並不高，和你們秦府應該素無來往吧？」

「萍水相逢而已。」秦顯笑答。

「嫂夫人去世多年，你也是時候該續弦了。」沈鈞說。

提起逝去的夫人，秦顯面上一凜，然後說：「你年紀也不小了，也到了該成家的時候，玉兒不合你的心意，你是不是已經有了意中人？」

聽到這話，沈鈞抬頭望向窗外，眼神悠遠而幽暗，道：「我是軍中人，浴血疆場，看過太多的生離死別，何苦要拖累別人呢？」一將功成萬骨枯，太多年輕妻子懷裡抱著襁褓中的孩子送別自己的丈夫，那樣的場面實在是太悲慘了。

沈鈞的話讓秦顯在心中嘆了口氣，氣氛一時也凝重起來，心想——也許他不娶玉兒也是為了她好，雖然玉兒會傷心難過一陣子，但是對她將來未必不是一件好事。

正在此時，窗外的花園小徑上忽然出現了兩道人影，前面的人在男子當中顯得瘦削了一點，後面的人個子也不高，背上揹著一個藥箱，兩人一前一後朝安定侯沈鎮居住的地方行走著。看到這兩個人，秦顯眼前一亮，立刻就有了神采。

「是小王大夫又來給大哥施針了。」沈鈞這時候也看到了那兩道人影。

「侯爺的病有起色嗎？」如果他記得不錯的話，今日應該就是無憂診治侯爺的病滿三個月了。

說到沈鎮的病，沈鈞無奈地搖搖頭。多年來，沈鎮的病讓沈家都籠罩在陰影之中。

秦顯低頭望著茶碗想了一下，然後抬頭道：「不如我去看看侯爺？」

「好吧！」沈鈞點了點頭，二人遂起身出了書房……

沈鎮的屋子裡一片寧靜，無憂站在床榻前，把最後一根銀針扎入沈鎮的腿上，就在這一刻，沈鎮忽然出聲了。「啊……」

聽到這個聲音，在場的人都吃了一驚，因為沈鎮的下肢之前是沒有知覺的。

這一刻，無憂不禁皺了眉頭，問道：「你有什麼感覺？」

「有些……疼。」沈鎮以往都對她愛答不理的，這一次卻是不經意地就回答了問題。

聽到這話，無憂面上很鎮靜，伸手按了一下沈鎮的膝蓋處，這次沈鎮的腿竟然抖動了一下。

「大奶奶，大爺的腿動了！」站在一旁侍候的妾室曹姨娘驚呼道。

「我也看到了。夫君，今日正好是三個月，你的腿真的有反應了。」姚氏高興得跟什麼似的。這次，沈鎮也感覺很神奇，他試圖再動，果真他似乎能夠抖動一下腿，雖然這個現象還算微乎其微，但是到底他的腿已經十年都沒有知覺了。

正在此刻，沈鈞帶著秦顯進來。見過禮後，姚氏便拿著手絹擦了一把喜悅的眼淚，對沈鈞道：「二叔，剛才你大哥的腿動了一下，小王大夫的醫治有效了。」

聽到這話，沈鈞先是望了無憂一眼，然後說：「大嫂，我一進來就聽說了，大哥的腿會一點點地好起來的。」

「嗯。」姚氏重重地點了點頭。

姚氏和沈鈞說話的空檔，秦顯望著無憂點了點頭，無憂朝他微微一笑，算是打過招呼了。只是無憂怎麼覺得臉上有些火辣辣的，想想上一次她喝醉了讓他送回來的窘狀，真是很丟人。而且此刻他看自己的眼神彷彿還有其他的意思，所以不知道該怎麼反應的無憂只能趕緊垂下頭。

「小王大夫，三個月的診療已過，以後應該如何治療？我們要做些什麼？夫君的腿真的能站起來嗎？」姚氏的心情很激動，一連問了好幾個問題。

無憂笑道：「施針還要繼續，仍然是七天一次，按摩也要繼續和以前一樣，我開一個方子讓他喝湯藥，當然還要進行康復訓練，就是每天要儘量多次使腿動起來，哪怕只是抖動兩下也是好的。」

「好、好，趕快都記下了。」姚氏吩咐著一旁的下人道。

這時候，秦顯悄悄地拍了一下沈鈞的肩膀，小聲笑道：「你們家可是還欠著三個月的診金呢！」

沈鈞扯了下嘴角，然後從懷中掏出一張銀票走到無憂的跟前，道：「小王大夫，這是以前三個月和以後三個月的診金，請你收下。」

對於眼前這個高過自己一個頭的身體，無憂總是有一種莫名的壓迫感，她雙手接過銀票，低頭看了一眼，不禁抬頭道：「太多了，半年的診金我只收二百兩就足夠。」

連翹忍不住伸長脖子一瞧，不禁瞪大了眼睛，因為銀票上竟然寫著足足一千兩的字樣。

「你的醫術值這個價錢。」不擅言談的沈鈞只說了一句。

無憂正不知道說什麼才好時，秦顯在她身旁笑道：「既然逸雲兄這樣說，妳就心安理得地收下就好了。」

無憂索性也就收下了，作揖笑道：「那就多謝沈將軍了。」

這一刻，沈鈞望著面前的小王大夫，在男人之中他應該也算是眉清目秀，不過好像有些眼熟，尤其是那雙黑白分明的眼睛，彷彿是在哪裡見過，但是又想不起來。

見他盯著自己看，無憂趕緊垂下頭道：「小王該告辭了。」

「快送小王大夫出去。」姚氏喊了一句，無憂便趕緊帶著連翹退了下去。

見無憂走了，秦顯也趕緊告辭，姚氏和沈鈞送至廊簷下。望著秦顯快步離去的背影，叔嫂兩個在廊下說了一會兒的話。

「二叔，今日又讓你破費了。這些年來我和你大哥真是拖累你了。」姚氏滿眼感激地望著沈鈞說。

「大嫂，這是哪裡話？咱們是一家人，只要大哥能夠再站起來，花多少銀子都是值得的。」沈鈞趕緊道。

「我知道你自小就跟你大哥感情好，雖然你大哥承襲了侯爺的爵位，可是你知道侯爺每年的俸祿也就是那一千多兩銀子，就算是逢年過節皇上賞賜一些，也只不過是一些有數的銀子和物件，這些銀子也就只夠我和你大哥以及孩子們下人們的吃用，你大哥這些年來看病的銀子可是不計其數了。公公在世的時候又是個兩袖清風的清官，所以這些年來雖然咱們侯府外頭看著風光，其實只不過是個空架子而已。」姚氏訴說著家道的艱難。

「大嫂放心，我的俸祿雖然不多，但是這些年久經沙場，皇上每年的賞賜足夠給大哥看病和家裡吃用的。」沈鈞開解姚氏道。

「話是這麼說，你現在畢竟是一個人，等你成家立業後，你自然有自己的妻子兒女，我和你大哥怎麼能依靠你一輩子呢？我只盼著彬兒和杉兒能夠趕快長大，替你挑起這副擔子……」說著，姚氏竟然掉下了幾滴眼淚。

姚氏的眼淚讓沈鈞心裡很不好受，大哥自小就十分疼愛他，所以他義無反顧地道：「大嫂不必多慮，我現在還沒有成家的打算，就算以後成了家，也不會不管妳和大哥的，兩個姪兒還需要多多栽培，咱們沈家是一體的，我和大哥是不會分家的，分家之日應該是彬兒和杉兒成家立業之時。」

聽到這話，姚氏立刻轉悲為喜，望著沈鈞說：「有二叔這句話我就放心了。大嫂我替你大哥以及你的兩個姪子謝謝二叔。」說著就要躬身拜下去。

「大嫂不必多禮。」沈鈞趕緊虛扶了一把，然後說：「我還有公務要辦，大嫂去侍奉大哥吧！」說完，便轉身大步流星地離開了。

望著沈鈞離去後，站在姚氏身後的貼身丫頭春花笑著對主子道：「奶奶，這下您大可放心了，二爺一向最守承諾，而且他對您和大爺又敬重，以後絕對是不會同大爺分家的。」

「二爺這個人最重情義，咱們還是拿得住的，就看以後究竟找一位什麼樣的二奶奶了。」姚氏道。

春花還沒說話，姚氏突然反應過來道：「對了，屋子裡是不是就剩下曹姨娘了？」

春花馬上低呼。「是啊，奴婢怎麼把這個茬給忘了？」

「還不趕快隨我進去，別讓那小蹄子鑽了空子！」說著，姚氏轉頭便進了屋，春花在後面緊緊跟著……

無憂從沈家出來後，連翹便趕緊追上來，笑著拿著手裡的銀票道：「二小姐，這下咱們可真是發財了。」

瞥了一眼笑逐顏開的連翹，無憂笑道：「這就發財了？以後有妳樂的呢！收好了銀票。」嘴上雖然這麼說，無憂心裡也十分高興，因為離她想買一座莊子的目標已經越來越接近了。

剛步下沈府大門的臺階，身後就傳來一道熟悉的聲音——

「小王大夫。」

聽到有人叫自己，一回頭，只見是一身官服的秦顯快步追了上來。看到他，無憂不知道為什麼心下莫名地一緊，遂低頭作揖道：「秦大人。」

來到她面前，秦顯笑道：「我知道一家茶樓很不錯，不如我請妳去喝杯好茶？」

望著春風中的英俊面孔，無憂只遲疑了一下，便馬上委婉地拒絕道：「不好意思，秦大人，我一會兒還有事，恐怕是有負盛情了。」

聽到對方的拒絕，秦顯的眼眸中明顯地滑過一抹失望，不過馬上又笑道：「那就改日好了，坐我的馬車送妳回去吧？」

對方如此熱情，她都不好拒絕了，但還是要狠下心來。「馬車來回程的錢都已經付過了，秦大人貴人事忙，還是不要麻煩了。」

「呵呵……是這樣啊？」無憂的話讓秦顯有些訕訕的。

「那告辭了。」最後，無憂實在是不想再看那張明顯帶著失望的好看面孔，轉身便上了馬車。

不一刻後，馬車便在秦顯的目送下漸行漸遠，最後消失在他的眼眸中。

連翹在車窗裡望見身後那人一直都站在原地，然後便放下車窗的簾子，坐在無憂的身側一句話也沒有言語。

「平時那麼多話，今兒怎麼不說話了？」無憂瞟了連翹一眼。

「我既不想當偏房又不想做通房，有什麼好說的？」連翹的話裡酸酸的。

聽到這話，無憂一笑，伸手推了連翹一下。「還生氣呢！」

「丫頭可不敢生小姐的氣。」連翹笑著說了一句。

馬車飛快地奔跑著，收起笑容後，無憂怎麼感覺心裡酸酸的？好像心裡很是同情剛才那張失落的面孔……

第十五章

幾日後的一個清晨，薛家老太太和朱氏、無憂帶著家下人等，雇了兩輛四輪大馬車去京城外的白馬寺上香。由於李氏一直都在稱病不出，所以家裡只剩下李氏、蓉姊兒和服侍她們的丫頭、幾個粗使婆子等。

大概巳時剛過，紅杏便風風火火地跑了進來。「二奶奶、二奶奶！」

慵懶地靠在榻上歇著的李氏瞥了一眼火燒火燎的紅杏，慢條斯理地問：「又怎麼了？」

「來了一個官媒婆，說是來給二小姐說媒的，現在人就在大廳裡喝茶呢，您要不要去見見？」紅杏回道。

一聽這話，李氏有些不耐煩。「又不是給咱們蓉姊兒說媒的，我操這份心做什麼？哼。那丫頭的名聲現在這麼差，還有人來給說媒，倒是挺奇怪的。」

「是啊，而且還是官媒婆呢，據說這個王七姑在京城的官媒婆裡還是鼎鼎有名的。」紅杏說。

一聽這話，李氏突然坐直了身子。「知道她是說哪一家嗎？」

「不知道，只說找老太太或者是大奶奶。」紅杏道。

低頭想了一下，李氏道：「妳趕快去把人給我穩住，我收拾一下馬上就過去。」紅杏應聲去了。

大概沒有一盞茶的工夫，李氏就已經梳妝好，坐在大廳的正座上，紅杏站在旁邊介紹道：「七姑，這位是二奶奶。」

王七姑本來站起來想行禮，一聽這話，又打量了一眼堂上坐著的這位不過三十多歲，而這薛家的大奶奶應該差不多有四旬的年紀了，便知道這位應該是薛家的偏房李氏了。「二奶奶？我要見的是薛老太太和大奶奶。」

聽到這話，李氏雖然心裡有氣，但是仍舊不動聲色，伸手端過桌子上的茶碗低頭喝著茶，旁邊的紅杏對王七姑道：「今日妳來得不巧，老太太和大奶奶出城上香去了，妳有什麼事，對我們二奶奶說也一樣。」

一聽這話，王七姑也不想白跑一趟，想了一下，望著李氏笑道：「二奶奶好。」

瞥見王七姑給自己行禮了，李氏馬上放下手中的茶碗，臉上立刻堆起了笑。「王七姑好，還不再給王七姑倒碗熱茶？」紅杏趕緊上前添了半碗熱茶，氣氛也一下子熱了起來。

「二奶奶，我今日是專門來給你們家二小姐說媒的。」王七姑重新落坐。

「不知道男方是哪戶人家？」李氏笑問。

一說到這話，王七姑手裡的紅手絹就狂飛亂舞了。「男方就是鼎鼎大名的秦丞相府的長房長孫、官拜大理寺卿的秦顯秦大人。」

聽到這個來頭，李氏差點沒有被茶水給嗆著，一下子驚詫不已，抬頭和紅杏對視一眼後，才稍稍穩定了一下情緒。「請問是秦丞相府讓妳過來說媒的嗎？」

「那是當然了，要不然這樁媒我也不敢來說啊。是丞相府的秦老夫人專門把我叫去讓我來說媒的，這不讓我連秦大人的庚帖都拿過來了。」說著便起身把庚帖放在李氏跟前的桌子上，又道：「我說二奶奶，這門親事就是打著燈籠也難找啊。雖說秦大人這次是續弦，但是秦大人論家世、論長相、論才德哪一樣不是一等一的？而且現在才二十多歲年紀又不大，妳知道有多少名門官宦家的小姐想嫁給他呢！」王七姑臉上抹的粉多得都能掉下渣來了。

瞥了一眼桌角上大紅色鑲金邊的庚帖，李氏眼眸一轉，便計上心來，低頭喝著茶水不說話。

王七姑本想一說出對方的名號來，肯定會對她如同貴客，賞錢也會拿不少，沒想到對方一點也不表態，不禁著急地道：「我說二奶奶，您好歹給個話啊？要不然明日我再來找老太太或者是大奶奶？」

「王七姑妳誤會了，這麼好的親事我當然知道不好找，像我們這樣的人家別說過去做正房夫人，就是做個偏房也是我們高攀。」李氏道。

「那倒是。」王七姑一聽這話，站在一旁聽著。

隨後，李氏裝作很是為難地說：「只是……王七姑，我們家這位二小姐的事妳恐怕是不知道……」

看到李氏欲言又止的模樣，王七姑不禁好奇地問：「二奶奶直說無妨。」

李氏皮笑肉不笑地道：「好多事我這個做二娘的說了不好。」

王七姑愣愣地望著李氏，這時候，紅杏會意地說話了。「王七姑，妳可以在我們街坊鄰居那裡打聽打聽咱們二小姐的事，實在不是我們不想攀這門親戚，只要是秦家不嫌棄咱們，咱們自然是願意結親的。可是對方門第太高，就怕好多事我們當時沒說清楚，萬一成了親鬧出笑話來，咱們小門小戶可是擔當不起的。」

聽到這話，王七姑知道是有緣故了，馬上道：「那就告辭了。」說完便轉身快步走了出去。

王七姑離去後，紅杏笑著奉承李氏道：「二奶奶，您這一招真行！這門親事不成，就算是老太太和大爺回來也不會怪到妳的頭上。」

「還想嫁入丞相府？我怕她是沒這個命。」李氏把手裡的茶碗重重地放在桌角上。

這時候，一直都在後堂偷聽的蓉姊兒突然跑進來，拉著李氏的衣袖道：「娘，是不是無憂被秦大人看上了？」

「誰知道呢？說是秦大人的祖母秦老夫人派人來說媒的，也不知道看上她什麼？長得不好看，嘴巴也不甜，女紅琴棋跳舞什麼都不會，哪裡比得上我們蓉姊兒三分？」李氏越看女兒越是可愛。

「娘，我不管，您想辦法把我嫁入丞相府。」蓉姊兒撒嬌地道。

「什麼？」聽到女兒的話，李氏一驚，她可是從來都不敢有這個想法的，薛家和丞相府的門第差得可不是一星半點兒。

見李氏很是猶豫，蓉姊兒繼續軟磨硬泡。「娘，我不管嘛，我一定要嫁給那個秦大人。」

「好、好，娘一定給妳想辦法。」李氏終究拗不過女兒，只有先答應下來，可是眉宇卻是皺了起來，這件事確實是難度太大了……

傍晚時分，薛家老太太的屋裡好不熱鬧，炕上、椅子上、小腳踏上坐著的以及地上站著的主子和下人黑壓壓一屋子的人。

「真是沒想到咱們這樣的人家竟然能和丞相府結親。這真算是光耀門楣了，有了這門好親家，以後咱們薛家肯定能興旺起來的。金文，明日趕快派人去把無憂的庚帖送到那個什麼王七……」薛老太太的手裡拿著一張大紅庚帖，手指欣喜地摸著庚帖上的金邊。

「王七姑。」坐在繡墩上的李氏提醒道。

「對，王七姑，記得多給人家賞錢，別顯得咱們小家子氣了。」薛老太太囑咐著。

「兒子明日一早就派人去。」薛金文雖然畢恭畢敬的，但是也掩飾不住臉上的喜悅。朱氏更是不必說了，有這麼好的人家上門來提親，她可真是高興壞了。

無憂一進家門便聽說了此事，驚訝之餘臉上看不出高興或是不高興，只是淡淡的彷彿若有所思的樣子。

「是不是我的秀才也不用考了？有了這麼好的親戚，隨便一說，給我弄個舉人不就行了？」一旁的義哥兒突然說了這麼一句話。

聽到這話，無憂不禁皺眉，而薛金文更是恨鐵不成鋼地咒罵道：「瞧你這點子出息？薛家雖然不是大富大貴，但也是世代書香，怎麼生出你這麼個混球？」

「祖母不是說有好親戚，咱們家就興旺起來了嗎？」薛義振振有詞地頂撞父親。

「有本事你就自己考個舉人出來。」薛金文氣急了，手指著薛義教訓道。

薛義別著臉，一點都不服氣，李氏見薛金文當著這麼多人給自己兒子沒臉，也站起來護在兒子前面道：「大爺，雖然義哥兒的話不中聽，但不也是這麼個理嗎？二姊要是能嫁到丞相府去，咱們難道連這點光還沾不上嗎？」

「有這樣的兒子都是妳慣出來的。」薛金文對李氏教導兒子的方法是越來越反感了。

「是啊，咱們娘兒幾個現在是入不了您的眼了，要是您看不順眼，大不了就把我們娘兒幾個攆出去好了……」李氏拿著手絹哭了起來。

「你們是不是當我死了？在我面前就這樣吵吵鬧鬧？」薛老太太的柺杖敲地敲得咚咚響。

薛老太太一發怒，薛金文馬上噤聲不敢再說話，李氏站著低低哭泣，義哥兒也不言語了。

見狀，朱氏趕緊站起來勸道：「老太太，您喝杯茶消消氣，義哥兒還小不懂事，您可別往心裡去。」

「都十六了，還不懂事？他只比無憂小一歲，妳看看無憂，妳再看看他？」義哥兒本是薛老太太的心頭肉，可是最近兩年卻是越來越不成器了。

「我就是不如她！」嚷了一句，義哥兒就跑了出去。

李氏見狀趕緊追出去，帶著蓉姊兒也走了。

「你看看！」薛老太太指著他們的背影搥心頓足的。

「娘，他們自有他們的造化，您就別太操心了，身體要緊。」薛金文和朱氏一邊替薛老太太撫著胸口，一邊勸慰著。

看到這場鬧劇，無憂輕輕搖了搖頭。這大概就是所說的溺愛就等於殺人吧？薛義從小就是太受寵愛，所以才養成極度自私囂張跋扈的性格，等性格養成就再也難改了。

回到自己的屋子，無憂坐在床前皺緊了眉頭，心想——難道秦顯是她的真命天子？不知今日的官媒婆是他請來的還是秦老夫人請來的？抑或他們都有這個意思？想想丞相府邸那是一個多大的宅門，以後在這樣一個人員眾多的地方生存，大概會很煩心吧？這和她的初衷可真不一致，可是這次她的命運能夠自己掌握嗎？

連翹見無憂心事重重的，不禁走近了笑道：「二小姐，您怎麼好像不高興啊？這麼好的親事，您沒看到剛才三小姐都眼紅死了呢！」

「她眼紅就讓給她好了。」她可是不想這麼早就嫁人。

「那也要秦大人願意才行啊，您以為什麼人都能嫁到丞相府做少夫人嗎？」連翹好笑地道。

「妳看看咱們一共攢了多少銀子了？」無憂突然問。

「嗯，大概有三千多兩了吧！」連翹想了想說。

「那差不多夠買一個莊子了。」無憂自言自語地道。

「二小姐，您要是嫁給秦大人，還用自己攢銀子買什麼莊子啊？丞相府肯定有許多莊子，就開口管他要一個就好了。」連翹提議道。

「我要靠自己的能力買，才不靠男人。」無憂攥著拳頭道。

「嫁漢嫁漢穿衣吃飯啊！這可是從古到今的道理，女人就是要依靠男人的。」連翹詫異地說。

瞥了盯著自己看的連翹，無憂笑道：「就是因為這樣，男人才可以在外面肆意妄為，說納妾就納妾，說喝花酒就喝花酒，甚至回來還拿老婆孩子出氣，就是因為女人依靠他們吃飯。如果哪天女人強大了，不依靠他們，他們就再也不敢這樣了。」

「啊……」主子的話讓連翹站在原地想了半天……

夜色中，丞相府迴廊上的燈籠在微風中搖曳。

「哥，你怎麼才回來啊？」秦顯剛進二門，便有一個聲音叫住了他。

回頭一望，只見是妹妹玉郡主笑著站在他身後，秦顯笑道：「和幾個同僚去喝了兩杯，回來晚了。」

玉郡主上前一把抱住秦顯的胳膊，仰著臉笑道：「哥，告訴你一個天大的好消息。」

「有話快說。」秦顯低頭笑望著妹妹。

「今日祖母請了一個官媒婆去給你說媒了。」玉郡主說。

「什麼？」一聽這話，秦顯一下子就皺了眉頭。

「哥，嫂子都過世這麼久，你也該是時候續弦了。」玉郡主說。

「那也得經過我的同意啊！不行，我找祖母去。」說著，秦顯便掉頭想去找祖母。

「哥，這個時候祖母都歇了。」玉郡主拉住了秦顯。

聽到這話，抬頭看看天色，秦顯不禁皺了眉頭。見哥哥如此，玉郡主不忍再逗他，便道：「哥，你怎麼也不問問祖母給你去說的是哪一家的姑娘？」

「哪一家啊？」秦顯心不在焉地問。

「你猜啊？」玉郡主打趣地道。

秦顯這幾日心情都不是很好，根本就沒有心情和妹妹調笑，一邊往前走一邊說：「反正我不想續弦。」

望著哥哥的背影，玉郡主趕緊跺腳喊：「是薛家二小姐。」

一聽這話，秦顯立刻就停了腳步，不禁怔了。

看到哥哥停下腳步，玉郡主趕緊追上去，笑著推了他一把。「你還不肯續弦啊？」隨後，秦顯有一刻的喜上眉梢，看到哥哥的表情，玉郡主笑道：「這次你不反對了吧？」

「祖母怎麼會突然去給我說媒的？」秦顯不禁心情大好。

「你以為祖母是瞎子啊？好不容易碰到一個你喜歡的，祖母當然是不會輕易放過了。」玉郡主的手臂碰了碰秦顯。

「那……薛家答應了嗎？」秦顯支吾地問，顯然有些不好意思。

「午後我出去了，也沒顧得上去見祖母呢！」玉郡主撓了撓耳朵。看到秦顯似乎有點緊張，她又道：「哥，你放心啦，這麼好的親事，薛家沒有不答應的道理。」

「那是她家裡人的想法，不知道她是怎麼想的。」秦顯望著遠處飄動的燈籠，想起了前幾日她對自己很冷淡的樣子。

「你就別擔心了，哪裡有人放著侯爺夫人不做的，你啊就等著當新郎官好了。」玉郡主笑道。

這一夜，秦顯自然是輾轉反側。第二日又是一大早的早朝，直到臨近晌午時分他才急匆匆地趕回來，一進門連官服都顧不得換，就一路來到秦老夫人的院子。

「給祖母請安。」秦顯走到炕前低首作揖。

秦老夫人半歪在炕上，神情慵懶，瞅了一眼孫子還沒有換衣服，問：「用過午飯了嗎？」

「還沒有。」秦顯回答。

「那就去用飯吧，我也乏了，想睡一會兒。」秦老夫人發話道。

聽到這話，秦顯望著祖母，站在那裡沒動，不知道該怎麼開口問？見他還不走，秦老夫人不禁正了正身子。「你還有事？」

聽見祖母問了，秦顯迫不及待地道：「聽說祖母請了官媒去薛家提親了？」

秦老夫人掃了孫子一眼，臉上陰晴不定地說：「你是聽哪個胡說的？我是請了官媒想給你說親不假，可是並沒有去什麼薛家提親啊？」

祖母的話讓秦顯一愣，遲疑了半天才又問：「那祖母想給孫子說誰家的姑娘？」

「這個我還沒有想好呢，不過我提醒你一句，反正那個薛家的姑娘你是別想了。」秦老夫人臉色有些發沈。

「為什麼？祖母不是一直都很喜歡她嗎？正月十六還特意派人去給她送了衣服首飾，並請到咱們家裡來赴宴？」秦顯的語氣有些急躁了。

見孫子十分詫異地望著自己，秦老夫人只得耐心地回答：「我這樣厚待她是因為她是我的救命恩人，可是這和給你娶媳婦是兩回事，怎麼能混為一談呢？」

「可是……」秦顯這個也算是能說會道的人，在此時亦一時語塞，隨後才表明了自己的態度。「祖母，如果對方不是薛家姑娘的話，那您也就不必費心給孫兒說親了。」

秦顯帶著賭氣的話讓秦老夫人十分不悅，板著臉訓斥道：「你就是這麼跟祖母說話的？

婚姻之事自古都是父母之命、媒妁之言，你現在雙親都不在了，自然是我和你祖父決定你的親事。上次你娶紫蘇的娘就由著你的性子，這次我絕對不能再由著你胡鬧。」

「薛家姑娘端莊善良，又身懷絕世醫術，為什麼祖母不同意這門婚事呢？」秦顯皺著眉頭問。

「門不當，戶不對，薛家那樣的家世也是能和咱們結親的嗎？好了，我累了，你退下吧！」聽了秦老夫人的話，秦顯還想反駁，可是秦老夫人厭煩地擺了擺手，就讓丫頭扶著她躺下了。

秦顯見狀，很是無奈地退了出去……

與此同時，薛家卻彷彿是從天堂直接掉到了地獄裡，薛老太太等像是霜打的茄子——蔫了。

沈默半天之後，薛金文憤怒地拍了桌子。「秦家怎麼可以這樣？這不是羞辱咱們薛家嗎？」

「對呀，這不是打咱們的臉嗎？雖然說他們是高門大戶，咱們是小門小戶，可是也不能這樣給人沒臉啊？再說不還是遠房親戚嗎？」李氏見縫插針唯恐天下不亂地道。

一時間，朱氏更是愁眉苦臉，薛金文的臉色更是鐵青，無憂一直坐在椅子上沒有開口說一句話，臉上依舊和往常一樣淡淡的，心裡倒是有一種如釋重負的感覺。昨夜，她可是一宿都沒有睡好，本以為這門親事是板上釘釘的事了，萬萬沒想到第二日就有了這樣的變故。

「昨天還以為二姊這次是飛上枝頭變鳳凰了，沒想到今兒官媒婆就來了，原來是弄錯了人家，讓人家把庚帖都要回去，這要是傳出去，咱們薛家也不要做人了。」一直都心存嫉妒的薛蓉這次可是一逞口舌之快。

「難道你們就不是薛家人？薛家丟面子，你們就光彩了不成？」薛老太太白了薛蓉一眼。

薛蓉不敢再說話了，無憂則是冷眼看著這一切。

「無憂，妳千萬不要往心裡去，就當沒這回事也是一樣的。」朱氏望著女兒勸慰道。

「妳娘說得對。」薛金文也附和著。

聽到這話，無憂則是緩緩地站起身子，從容地道：「祖母、爹、娘，無憂不會往心裡去的，本來無憂也很是惶恐，那樣的人家嫁過去會很不自在，再說當人家的娘，我現在真是一點準備也沒有。」

薛蓉聽了無憂的話，心裡很不屑，心想——哼，估計她巴不得當人家的後娘呢！心裡不禁暗自高興，昨日的失落和妒忌一下子都消失無蹤，心情也大好了起來。

薛老太太聽了點頭道：「雖然咱們門第低些，可是也沒有咱們非得巴結人家的道理。不過這件事想想也是奇怪，按理說那個王七姑可是官媒婆裡數一數二的，斷然不會犯這樣的錯誤啊？」

「娘說得是，兒子也以為這裡面肯定有什麼原因。」薛金文道。

這也是無憂心裡疑惑的，按理說秦老夫人和秦顯都應該是滿意自己的，怎麼會第一天託官媒來說媒，第二天就把庚帖又要回去，說是說錯了人家呢？究竟是有人作梗還是別處出了問題？雖然她心裡並不想嫁入丞相府，但還是很好奇這件事的來龍去脈。

本來就心裡有鬼的李氏一聽這話，馬上笑著道：「那個王七姑都快六十，年紀大了，記性差了，弄錯了也是情理之中的事。」

「是啊，那個王七姑啊，昨兒一來，說話就著三不著兩的。」站在李氏身後的紅杏馬上附和主子道。

「主子們在這裡說話，妳插什麼嘴？還懂不懂規矩？」薛老太太的臉一沈，訓斥著紅杏。

紅杏趕緊撲通一聲跪倒在地上，磕頭求饒道：「紅杏該死！紅杏再也不敢了！」

「都下去吧，金文留下。」薛老太太沒有理會紅杏，對著眾人擺了擺手。

「是。」隨後，眾人便紛紛退了下去。

當只剩下母子二人的時候，薛老太太低聲道：「你說是不是秦府知道了無憂的病，所以才反悔，就讓官媒說是弄錯了。」

「兒子也是這麼想的。」薛金文點頭。

「那就是了，不過要說無憂上次病得倒是也蹊蹺。」薛老太太的眼睛一瞇。

「娘，您是說……」薛金文把話說到一半，沒有再說下去。

「當日無憂也應該是沒有辦法，畢竟給她說的人是個傻子，不過要是因為那件事而錯過了嫁入丞相府的機會，那就太可惜了。」薛老太太惋惜道。

「可是這件事也不能咱們上門去解釋吧，這不是此地無銀三百兩嗎？再說人家也不會相信的。」薛金文兩手一攤。

「萬般皆是命啊！」薛老太太長嘆一聲。

無憂的閨房中，連翹又在無憂的耳邊嘮叨著。「多好的一門親事，就這麼著沒了。」

對連翹的嘮叨，無憂只是淡淡一笑，繼續翻著手裡的書。

「唉，二小姐，您說是不是有人在您背後搗鬼啊？按理說秦老夫人和秦大人都那麼喜歡您，不應該是弄錯了啊？」擦著花瓶的連翹突然道。

聽到這話，無憂微微一笑。其實，剛才在大廳上李氏和紅杏一唱一和的，她就感覺出不對勁了。昨日那個官媒婆來說媒，她和祖母以及娘都不在家，只有李氏和她的丫頭們跟幾個婆子在家，肯定是她們在背後說了什麼做了什麼，要不然事情也不會到這種地步。

「二小姐，您怎麼不說話啊？」見主子一點反應都沒有，連翹有些著急了。

無憂只好扯了扯嘴角。「心裡知道不就好了，幹麼非要說出來？」

聽到這話，連翹笑著跑過來。「這麼說您也懷疑……」

「沒有證據就先不要說，這裡知道就好了。」無憂用手指了指連翹的胸口。

「二小姐，我最佩服您這一點了，這叫什麼……就是那個泰山都要塌了臉色都不變的那個……」

「臨泰山崩而不變色。」無憂提醒道。

「對、對！就是這個臨泰山崩而不變色。」連翹笑道。

「讓妳好好讀書妳就是不用功，連一句成語都說不好。」無憂笑著搖搖頭。

「對了，二小姐，再過幾日就是去秦府給秦老夫人把平安脈並送安康丸的時候了，您要不就不去了吧？」連翹忽然想起來問。

無憂抬頭望著室內的香爐想了一下，然後道：「當然去，為什麼不去？」

「您去了不會尷尬嗎？」連翹擔憂地望著主子。

「有什麼好尷尬的？尷尬的應該是他們才對，咱們又沒有做錯事，也沒有對不起人。而且咱們是大夫，病人是病人，私事是私事，病人和私事是不能混為一談的，這是作大夫最基本的職業道德。」無憂說。

「嗯，我記住了。」連翹感覺很對地點點頭。

從大廳回來後，薛蓉就纏著李氏不放。「娘，現在秦家和薛無憂的親事黃了，您趕快想辦法給我說媒去啊。」

對薛蓉的死纏爛打，李氏只是坐在八仙桌前喝著茶水道：「妳不要自找沒趣了，人家看上無憂是因為她的醫術和品德，妳有什麼？咱們是什麼門第妳又不是不知道。」

「我有娘給我的美貌啊，我會琴棋書畫，雖然都不大精通，但我的舞跳得好，您自小就讓我拜公孫大娘為師，我敢說我的舞蹈在京城的閨閣小姐中肯定能在前三位，這些難道比不上她那些破醫術？再說病了不是有大夫嗎？幹麼要娶個大夫回去？」薛蓉振振有詞地道。

聽女兒這麼一說，李氏不說話了，心想——女兒說的倒是也有道理，天下哪個男子不喜歡貌美如花的女子？更何況還會跳舞、彈琴、下棋……抬頭打量了一刻女兒那明豔的容貌，李氏的心也開始活絡起來。

見娘親好像被她說動了，薛蓉趕緊打鐵趁熱，坐在李氏的跟前說：「娘，只要我能嫁入相府，以後您還用被那個病秧子處處壓著嗎？到時候哥哥也可以謀個官職，您在薛家的地位可就更高了。以後您就可以穿金戴銀，人人敬重，咱們可就徹底地翻身了。」

薛蓉的話彷彿給李氏描繪了一幅富貴榮華的畫面，竟然讓她沈浸其中了。過了一刻，李氏說：「要不然咱們也去找一下王七姑，許給她幾個錢，就算不成，也別讓她把這事說出去，省得咱們最後沒臉。」

「好啊！」聽到娘答應了，薛蓉馬上高興地點頭。

「紅杏，趕快去給我雇一輛車來，我要出門。」李氏吩咐著身邊的丫頭。紅杏趕緊去了，李氏在屋裡忙著梳妝，拿出自己所剩不多的體己銀子。唉，這少不了又是一筆破費，不過捨不得鞋子套不住狼，也只能咬牙了，李氏想。

李氏走後，薛蓉在家裡是如坐針氈，心裡既緊張又作著以後可以富貴榮華的美夢。終於，在臨近傍晚的時候，李氏終於帶著紅杏和綠柳回來了。

「娘，怎麼樣？」李氏一進來，薛蓉就拉著李氏的袖子急切地問。

李氏沒有急著回答，走到八仙桌前坐下，讓紅杏給倒一杯茶，薛蓉趕緊把茶碗接過來送到母親的面前，殷勤地道：「娘，走了這半天，渴了吧？」

李氏沒有接話，接過薛蓉手裡的茶碗，一仰頭便咕嚕咕嚕地把一碗茶水全部喝了下去，然後用手絹擦了擦嘴巴。

薛蓉卻已經等不及了，追問：「娘，到底怎麼樣啊？」

隨後，李氏才望著女兒，面上沒有什麼表情地回答：「王七姑不肯去說媒。」

「為什麼？」薛蓉的聲音不禁尖了，哪有人放著銀子不賺的？

「王七姑說她們做官媒的也遵循著一條不成文的規矩，那就是兩家的門第要差不多才可以，相差太大了，做媒的人是會被罵的，除非是門第高的一方託她們去說媒才可以。更何況妳還是個庶女，就咱們家的這個門第，就算是嫡女到丞相府做個妾都是高嫁了。」李氏很無奈地道。

聽到這話，薛蓉不禁失了神，落寞地坐在一旁的繡墩上發愣，剛才的美夢一下子被擊得粉碎，連妖嬈的美目中都淌出了晶瑩的淚花。

見女兒如此，李氏也有些不大忍心，遂又說：「我塞給那個王七姑一百兩銀票，她才同意說去試試看，只是……」

「只是什麼？」聽到又有轉圜，薛蓉焦急地問。

「只是咱們得同意嫁過去……只是做個妾，這樣她才好說話。」李氏望著女兒小心地說。其實，說這話的時候她也是好心酸，當年就是想著薛家也算是官宦人家，所以才肯嫁過來做妾，盼著夫君能平步青雲，她也可以跟著榮華富貴。可是沒想到嫁過來十幾二十年也沒看到夫君升遷，家裡雖然也有些田產奴僕，可是離她原來想像的日子還是差得很遠。雖然管家的時候說一不二也風光，但畢竟只是個妾，出去也讓人瞧不起，現在連累兒子和女兒也都變成庶出，真是腸子都悔青了。

聽到這話，薛蓉呆愣了好半晌，最後，她拿著手絹的手狠狠地一擰，說：「做妾就做妾，您就讓她去秦家說媒吧！」

李氏知道女兒相貌豔麗，琴棋書畫舞蹈算是略知一二，一向心高，就因為自己做妾，所以她絕對不會做妾的，突然之間聽到這樣的話不禁一驚，便勸道：「蓉姊兒，妳可要想好了啊，做了妾也許就一輩子改變不了身分了。娘不就是個例子，本來以為那個病秧子死了，讓妳爹把我扶正，可是現在看來是越來越沒有指望了。」

「娘，女兒和您不同，畢竟爹只不過是個小京官，薛家又根基不深，秦家就不一樣了，尤其是秦顯的家室官職不說，頭上還有侯爵的帽子，就算是個側夫人也比一般的正室風光多了。再說現在他不是還沒有正室嗎？您怎麼就知道女兒不能讓他把我扶正？所謂富貴險中求，就我這樣的家室身分不冒一點險的話，以後就只能過著這種吃不撐又餓不著的日子了。」薛蓉的眼中有著發狠的光芒。

李氏低頭想了半天女兒的話，似乎也有道理，隨後說：「妳就是個有主意的，要是妳哥哥也能像妳這樣就好了，現在在學裡是三天打魚兩天曬網，最近又淨跟些不三不四的朋友到處玩。唉，我真怕他哪一天會惹出什麼事情來，本來妳爹和妳祖母就已經不怎麼待見我了。」

「所以娘才要給我找個好人家嫁了，以後有我的夫家做靠山，就沒人能拿妳怎麼樣了。」薛蓉勸著李氏。

「好吧，我明日一早就再去找王七姑。」李氏算是答應了。

第二日，李氏一大早就帶著紅杏和綠柳出門，對外只說是去量身做衣服。

薛蓉在家裡當然是坐立難安，直到兩個時辰後，李氏方回來，說是王七姑已經答應明日就去秦府說媒，讓她明日午後去聽消息，母女兩個少不了在家裡又是牽腸掛肚的坐立難安。

第十六章

這日一大早，無憂便帶著連翹一路坐馬車往秦府奔去。她知道秦顯是要上早朝，所以特意趕早來，這樣就不用碰到他以免尷尬，雖然她現在還沒弄清楚到底是怎麼回事，但既然不想嫁給人家，就不要給人家希望才好。

來到秦府後，秦老夫人剛剛用過早飯，通報了以後，不一會兒紅蓮就出來把無憂主僕領了進去。

「老夫人安好。」無憂走到炕前翩翩下拜。她今日仍舊穿著女裝，自從正月十六自己的身分暴露後，她來給秦老夫人請平安脈就一直都著女裝，再穿男裝不但自己彆扭，而且好像還有點矯揉造作似的。

「快起來。紅蓮，給無憂姑娘看座。」秦老夫人說完便打量了無憂兩眼，今日無憂穿了一件鴨青色的暗紋褙子，材質只是普通的棉布，卻給人一種清雅樸實無華的感覺，讓人看了很是親切。頭上依舊就是女兒家的尋常分肖髻，兩支鑲嵌著珍珠的尋常簪子，可是整個人並沒有因為這樣的尋常打扮而失色，反而讓人看著非常舒服，尤其是一雙眼睛如同清澈的泉水般讓人百看不厭，可以用氣質脫俗來形容吧！怪不得顯兒鍾情於她，這份美麗並非普通的庸脂俗粉所能媲美，尤其她的性格不張揚，溫婉中帶著堅韌，溫和中透著內斂，並不是一般人可以欣賞的，只是如此一個讓她和孫兒都中意的孫媳婦卻是……唉！秦老夫人不禁心中一聲嘆息。

坐在老夫人跟前後，注意到秦老夫人正有意無意地打量她，無憂不禁半垂下了頭，心想——老夫人的眼光中似乎想說什麼又說不出口，看來那件事真的是有原因了，難道是街坊鄰居都在盛傳她得羊角風的緣故？

連翹把一個脈枕放在一旁的小几上，無憂趕緊打破了寧靜。「老夫人，讓無憂給您請脈吧？」

秦老夫人點了下頭，然後將手腕放在脈枕上。無憂把手指輕輕地放在秦老夫人的手腕上，半垂下頭，全神貫注地把著脈。半晌後，無憂才收起手，半低著頭笑道：「老夫人，您的脈象平和，如果您沒有什麼不舒服的話，還是和以前一樣繼續吃安康丸就好了，千萬不要中斷，要不然頭暈的毛病還會犯，而且還會引起別的疾病。」

聽到無憂的話，秦老夫人點頭笑道：「以前都是太醫院的太醫給我把平安脈的，自從半年前妳替我把平安脈之後，我感覺我的身子骨比以前硬朗多了。」

這時候，一個丫頭遞上一杯茶水，無憂接了，笑道：「是老夫人的身體底子好，都是些小毛病，細心保養就好了。」

秦老夫人一笑後，又道：「我家老爺前幾天回來說，宮裡的太后問起了我的身子，說是怎麼好久也不傳太醫了，莫不是太醫們衝撞了我，我家老爺連忙說不是，可是太后卻是不相信，硬要老爺讓太醫跟著回來給我把平安脈。」

聽到這話，無憂只是微微一笑，沒有說話，心想——秦老夫人和自己說這些是什麼意思？

下一刻，秦老夫人就又開口了。「無憂姑娘，妳說太后都這樣說了，我再不讓太醫過來請平安脈的話就有負聖恩了。所以呢，以後請平安脈就交給太醫好了，妳一個姑娘家就不要來回奔波了，等哪天我再有什麼太醫看不好的病，我再派人請妳過來怎麼樣？」

聽到這話，無憂馬上就明白了，秦老夫人是在委婉地告訴她——以後不要再來秦府了。現在她似乎有些明白了，大概是秦老夫人不願意她和秦顯再見面吧？不過為什麼僅僅十幾天的時間，她老人家的心意就變了呢？雖然有疑慮，但無憂是萬萬不會開口問的，便笑著喝了一口茶水。「多謝老夫人體恤，無憂畢竟年紀輕見識淺薄，還是太醫照顧老夫人的脈象比較妥當。」

無憂很妥當的回話讓秦老夫人一點頭，然後便一揮手，立刻就有兩個丫頭端著兩個托盤走了進來。無憂眼光一掃，只見托盤裡都是衣服首飾之類的。接著，秦老夫人笑道：「無憂姑娘，這些都是我年輕時候穿戴過的，我看妳的身量跟我年輕的時候也差不多，妳就拿回去穿戴吧！」

聽了這話，無憂趕緊站起來，微微笑道：「老夫人，所謂無功不受祿，更何況是這麼貴重的東西，起先無憂已經造次了，無論如何不能再收您的東西。再說這些衣物都是老夫人年輕時候穿戴過的，留在身邊也是個紀念，再不然老夫人以後留給玉郡主或者是……孫媳婦也好。」說到「孫媳婦」三個字的時候，無憂故意加重了語氣，秦老夫人這麼精明的人應該聽得出來吧？她也是在暗中表明自己的態度——既然您不贊成這樁婚事，我薛無憂也沒有嫁入秦家的打算。

無憂的話讓秦老夫人一怔，隨即便笑道：「既然妳這麼說，那老身也就不勉強妳了，以後要是遇到什麼為難的事情，儘管來找老身，老身一定會盡力幫助妳的。」如果她再要求把衣服和首飾送給無憂，不就證明自己想要讓她做自己的孫媳婦了嗎？所以秦老夫人只好給了無憂一個許諾，畢竟人家救過她的命，而且她也是真心喜歡這個丫頭的。

「謝老夫人，無憂記下了。」無憂歡喜地點了點頭，畢竟秦老夫人在整個京城是能呼風喚雨的人物，說不定自己以後還真有難處會求到人家，這可是比這些衣服和首飾要實用多了。

秦老夫人滿意地點了點頭。「嗯，那就讓紅蓮送送妳吧！」

臨走之前，無憂道：「老夫人，安康丸我會寄放在趙記藥鋪，您只要每個月初派人去取就是了。」人家已經擺明不想讓自己和秦顯再碰面，也不想自己再來家裡，她還是識趣一點的好。

「嗯。」秦老夫人點了點頭。

隨後，無憂便退了出去，紅蓮一路送到了二門外。

不一會兒，紅蓮送客回來稟告秦老夫人道：「老夫人，她們已經走了。」

「是個冰雪聰明的孩子，又知道分寸，不像那些打破了頭都要飛上枝頭變鳳凰的女孩一樣，真是可惜了。」秦老夫人的眼眸望著桌上的花說。

「老夫人，也許傳言不實，要是那樣，豈不是讓大爺白白錯過了一段好姻緣？」紅蓮跪在炕下給秦老夫人捶著腿。這個紅蓮是秦老夫人身邊的大丫頭，打小就跟著服侍秦老夫人，很是得臉。

秦老夫人遲疑了一刻，然後說：「那我也不能再冒這個險了。當初紫蘇的娘也是，其實我和老爺並不是嫌棄她家門第低，實在是她有不足之症，結果怎麼樣？生了紫蘇以後還不是一病不起，她過世後顯兒的魂都丟了，我和老爺好不容易才把顯兒拉回來。顯兒是個重情義的人，這次說什麼我也不能再讓他痛不欲生一次了。那個羊角風可是沒得治的病，還不知道以後能活多久，可能有一次咬了舌頭那人就完了。還有以後生兒育女的話，要是也有這個病那可怎麼辦？總不能咱們秦府的後代個個都是羊角風吧？」

「還是老夫人看得遠，奴婢們就只知道眼前的事情罷了。」紅蓮笑道。

「妳呀，就是會說話。」秦老夫人笑道。

「老夫人，這次紅蓮看著好像大爺是動了真心，那個無憂姑娘看著倒不是個輕浮的，只是若大爺的心一直都在她身上，那就……」紅蓮沒有說下去。

「所以我要趕快給顯兒定下一門親事，希望他以後能把心都收回來。」秦老夫人說完了這句就閉上眼睛養神，不再言語了。紅蓮見狀，只是繼續捶腿，也閉了嘴。

一走出二門，連翹便趕上來在無憂的耳邊道：「二小姐，剛才您給秦老夫人診病的時候，紅蓮悄悄告訴奴婢，說是前幾天咱們家二奶奶託了王七姑來給三小姐說媒呢！」

一聽這話，無憂一怔，問：「二娘難道是想把蓉姊兒嫁給秦大人？」

「嗯。」連翹點了點頭。

無憂萬萬沒有想到二娘和蓉姊兒的膽子還真大，也不能說是真大，是太自不量力了，秦家是什麼家世什麼門第，別說他們薛家的嫡女過來做個妾那都是高攀了，更何況蓉姊兒只是一個庶女呢！現在事情應該已經明瞭了吧？大概就是二娘和蓉姊兒嫉妒自己被秦家的人來說媒，所以才用手段攪黃了這樁婚事，然後蓉姊兒就可以取而代之了。

連翹一邊跟著無憂往大門口的方向走，一邊憤憤不平地道：「二小姐，您說二奶奶也太沒有自知之明了吧？竟然還想讓三小姐嫁到相府來做少夫人？她也不看看三小姐是個什麼身分？只不過是長了一張好看的臉罷了。」

「那秦家是怎麼應對的？」無憂問。

「還能怎麼應對啊，當然是找個理由拒絕了。對了，紅蓮說秦老夫人知道了王七姑的來意後，連見都沒有見，直接讓人就給打發走了。聽說王七姑說咱們家三小姐嫁過來只是做妾，並不是妄想做正室的，就這樣秦老夫人都沒有答應呢！」連翹回答。

聽到這話，無憂更是搖了搖頭，心想——這也太自輕自踐了，真是為了能嫁入秦家、為了榮華富貴，什麼面子都不顧了。

「咦，二小姐，看來真是她們在背後搗的鬼，原來她們是打這個如意算盤，把您的婚事攪黃了，就可以把蓉姊兒推上去，只是沒想到來做個妾，人家也都看不上。」連翹的臉上有些幸災樂禍。

「好了，丟臉的並不僅是她們，更是咱們薛家。幸虧秦老夫人以後也不用我把平安脈了，要不然我還真是沒有臉再見她老人家呢！」無憂說。

「對了，聽紅蓮說秦老夫人好像又給秦大人說親呢！聽她那話裡的意思，好像秦大人心裡中意的還是小姐您。」連翹很惋惜地望著自家小姐道。

「秦大人孤身一人好幾年了，秦老夫人是他的祖母，她老人家著急也是應該的，我和他沒有這個緣分，以後就不要再提了。」無憂淡淡地道。

不多時，無憂和連翹便走到秦家的大門口，只見秦瑞站在大門口處，一看到她們便趕緊迎上來，笑道：「薛姑娘安好。」

「瑞大爺好。」無憂趕緊低首。

「不敢當，姑娘叫我秦瑞就好。」秦瑞趕緊道。

「您比無憂年紀大許多，當得的。」無憂笑道。

聽到無憂的話，秦瑞微微一笑，然後從衣袖中掏出一張大紅色鑲金邊的帖子，雙手奉上道：「無憂姑娘，這是我家大爺給您的。」

低頭掃了一眼秦瑞手中的帖子，應該是一張請柬，隨後才伸手接過來，低頭打開一看，只見上面寫著一行很好看的顏體字——

今日午時望江茶樓一聚　秦顯恭候之

看到這樣一行字，無憂不禁輕輕地牽動了一下眉頭，心想——昨晚自己還想著今日一大早過來，他肯定去早朝了，這樣就不用碰面尷尬了，沒想到他派下人約自己面談。

低頭想了一下後，無憂便笑著把手中帖子雙手奉還給秦瑞，委婉地道：「請您轉告秦大人，無憂還有幾個病患要去診治，恐怕是不能赴約了。如果秦大人有什麼疑難之症，倒是可以隨時來找我。」

「這……」秦瑞大概沒有想到無憂會拒絕吧？竟然一時沒能接上話來。

下一刻，無憂也沒有給他機會再說話，一低首道：「無憂告辭了。」然後便轉身朝秦家大門外走去。

「無……」秦瑞望著離去之人的背影，再低頭看看手裡的請柬，一時都不知道該怎麼辦才好。

不一會兒工夫，無憂和連翹便坐著雇來的馬車離開了秦府。馬車上，無憂一直沒有說話，回頭望著窗外漸行漸遠的秦府，似乎有一種說不出來的滋味在心頭。

半晌後，連翹才忍不住問：「二小姐，您怎麼不去赴秦大人的約呢？其實秦大人肯定是心儀您的。」

「我又不想嫁給他，去做什麼？」無憂道。

聽到這話，連翹盯著無憂看了一刻，才道：「二小姐，您真的不想嫁給秦大人嗎？」她當然不明白——秦顯要家世有家世，要相貌有相貌，要才德有才德，又很青睞她，這樣的人要是還不嫁，她家小姐到底想嫁給誰啊？

轉頭望望一副不明白地盯著自己看的連翹，無憂一笑，沒有回答她的話，而是吩咐道：「告訴馬夫，去這個地址。」說著便從藥箱裡拿出一張紙條遞給連翹。

雙手接過主子手中的地址，連翹低頭一看，馬上道：「這不是那位尉遲小姐的家嗎？今日咱們要去拜訪她啊？」

「嗯。」無憂點了點頭。想想那日答應蘭馨一定去她家玩，這都好些日子了，一直都沒有閒暇，這日正好不想立刻回家，不如去她家拜訪一下。那個蘭馨的脾氣平易近人，和一般的千金小姐很不同，在這寂寞的古代，她倒是很想有這麼一位朋友。

隨後，連翹便把地址給了馬夫，馬車在下一刻便轉向朝尉遲家奔去。

在街上買了一些糕點水果，無憂便帶著連翹登門了。

尉遲蘭馨的父親和無憂的父親都是六品的小京官，再加上兩家祖上也沒有出過什麼顯赫的人，所以家世和無憂幾乎差不多。蘭馨自小就沒了母親，父親怕她受委屈，一直沒有續弦，家裡只有一、兩個姨娘，也沒有再生育其他的子女，家裡人口還不如薛家多，下人也少，倒也挺清靜的。連翹一向門上報出姓名，不多時便立刻被請了進去。

「無憂，妳可來了。」進了二門，就看到尉遲蘭馨滿面含笑地迎了上來。

「蘭馨。」無憂回以一笑。

尉遲蘭馨便拉著無憂的手往自己屋子的方向帶，一邊走一邊回頭笑道：「妳可來了，這些天我一直都盼著妳呢！後悔當日沒有記下妳府上的地址，要不然我都去找妳了。」

「這些日子家裡事情比較多，對不起啊。」無憂抱歉地道。

「妳來了就最好了，夏荷，趕快去用我收集的露水泡最好的茶葉過來，還有把我昨兒剛做的點心也拿些過來。」尉遲蘭馨把無憂拉進屋子，又吩咐著丫頭們又是上茶，又是拿吃食過來。

坐在八仙桌前，無憂笑問：「妳也喜歡用露水泡茶？」很久以前她也嚐過某人用露水泡的茶。

「是啊，閨房裡閒著沒事，我常常帶著丫頭們去採集露水，這露水泡茶是最好不過的了，有一種說法，這叫無根之水。」尉遲蘭馨把一盤點心放在無憂的面前。

「妳倒是有這番閒情逸致。」無憂很羨慕地道。其實，在前世她就想像個小資女人那樣在家裡插插花、做做糕點，可是卻一直都沒有時間，病人太多了，她每天都要加班，就是在睡夢中也會被一通電話再叫回醫院去。來到這個世界後，她又要為生計忙碌，每天都在研究製藥，研究中醫。

「如果妳喜歡的話也可以啊。」尉遲蘭馨拿了一塊點心遞給無憂。

接過點心，低頭咬了一口，無憂不禁連連點頭，一邊咀嚼著糕點，一邊豎起大拇指。

「嗯，真好吃。」

見無憂吃得這麼高興，尉遲蘭馨伸手把點心盤子往她的面前推了推。「喜歡吃的話就多吃幾塊，一會兒妳回去的時候，我讓丫頭給妳帶一些回去。」

「那怎麼好意思？」無憂微微一笑。

「當我是朋友就別跟我客氣了。」尉遲蘭馨舉手投足間都是淑女風範。

一邊聊著天，無憂一邊掃了一眼尉遲蘭馨閨房的擺設，只見並不像好多閨閣小姐那樣喜歡用華麗的布幔和精緻的擺設。帳子是淡淡的米黃色，很是溫馨的顏色，屋子裡除了一張字畫就只有兩支素色的花瓶，倒是牆角擺著一張古箏挺顯眼的。無憂指了指那張古箏，問：「妳喜歡彈琴啊？」

「從小就喜歡，只是彈得一般。」尉遲蘭馨微笑道。

聽到這話，無憂大概也瞭解蘭馨一點，她說彈得一般，就應該是彈得很不錯了，她挺喜歡她這種謙虛勁，尤其是她笑起來真的讓人看著很舒服。

「對了，妳喜歡什麼？唱歌，彈琴，畫畫，還是下棋啊？」尉遲蘭馨好奇地問。

「都不怎麼喜歡。」無憂搖搖頭。

「那繡花、烹飪還是舞蹈？」尉遲蘭馨又問。

無憂又搖搖頭，心想——這些大家閨秀平時玩的玩意兒她全都不精通，別說精通了，大概連個皮毛也不會吧？看到無憂總是搖頭，尉遲蘭馨不禁皺了眉頭，問：「那妳不是說在家裡事情多嗎？妳平時都幹什麼啊？」

「製藥。」無憂回答。

「啊？」顯然這個回答讓尉遲蘭馨很驚訝。

「我是半個大夫，平時給病人看看病，在家裡研究一下藥方，還做一些藥。」無憂解釋道。

這時候，尉遲蘭馨看看外面的天色，道：「快晌午了，妳在我這裡用午飯吧，我親自下廚給妳做幾道我的拿手菜怎麼樣？」

望著對方那雙真誠而閃亮的眼睛，無憂點了點頭。「那就叨擾妳了。」

蘭馨隨後就去廚房準備飯菜，無憂抬頭望望不遠處的榻上擺放著一個很大的靠枕，無憂不由得更加疲倦了。昨兒晚上研究藥方到三更才睡，她不由自主地打了個哈欠，然後起身走到榻前，由夏荷和連翹服侍著脫鞋，躺在靠枕上閉目養神。其間，兩個丫頭退到了外間候著。不知過了多久時候，無憂似睡非睡中聽到有個婆子過來說話的聲音。

「夏荷，小姐在屋裡嗎？」一個穿戴很整潔的婆子在門口問。

夏荷做了一個噤聲的動作，然後小聲地道：「小姐在廚房，您小點聲，今日小姐有客人來，正在屋裡歇著呢！」

聽到這話，那個婆子往屋內望了望，然後便壓低聲音道：「那我去廚房找小姐。」

「大嬸，看妳這麼高興，是不是王半仙給咱們小姐合過婚了？」夏荷望著那個婆子手裡的大紅庚帖問。

一聽問話，那婆子便興高采烈地道：「是啊，王半仙說了，咱們小姐這樁婚事可是上上之選，以後啊夫妻恩愛，子孫滿堂啊。我已經回過老爺，老爺高興得跟什麼似的，這不就去告訴小姐一聲，讓她也高興高興。」

「那您快去吧，小姐啊，昨兒可是一夜都睡不著，擔心著呢！」夏荷趕緊催促道。

「哎、哎！」那婆子隨後便拿著庚帖趕緊走了。

本來無意偷聽人家說話，可是她們的聲音就算是小也是把她給吵醒了，她的耳朵不聽也不行了，心想——蘭馨今年也十八歲了，早就到該訂親的年紀。不知道男方是什麼人？剛才那個夏荷說什麼……蘭馨一夜沒睡，很是擔心合婚的事？這樣看來對方肯定也是蘭馨心儀的人了？這麼一想，倒是挺替她感到高興。畢竟在這個封建的古代，能夠嫁給自己喜歡的人也是一種運氣吧？正在納悶之時，耳邊又傳來連翹和夏荷說話的聲音——

「夏荷，妳們小姐要訂親了？」到底是小丫頭們，在這裡坐了一會兒，連翹就和夏荷混熟了。

「合過婚之後就差不多了。」夏荷點頭道。

「那妳家未來姑爺是何許人也啊？」連翹打聽著。

「呵呵，說出來嚇死妳，我家未來的姑爺就是當今丞相的嫡孫，過世的長公主之子，現在的大理寺卿秦顯秦大人是也。」夏荷很是驕傲地回答。

「什麼？」一聽這話，吃著點心的連翹不禁噎著了。「咳咳……」

「妳怎麼了？趕快喝點茶水。」見連翹噎著說不出話來，夏荷趕緊倒了一杯茶給她。連翹接過茶碗，仰頭便把那茶水一飲而盡，只感覺胸口一陣疼，終於把那塊點心給沖到了胃裡，這才撫著胸口長長地吁了一口氣。

連翹以為自己剛才聽錯了，趕緊又問：「妳剛才說什麼？妳家未來的姑爺是丞相的孫子秦顯秦大人？」

「是啊。」夏荷點了點頭，然後看到連翹瞠目結舌的樣子，不禁好笑道：「妳也感覺很驚訝是不是？像秦丞相府那樣的高門大戶和我們尉遲家結親，看起來是有些不可思議，連我家老爺和小姐當時都不敢相信呢！」

在裡間躺著的無憂，聽到蘭馨未來的夫婿竟然是秦顯，不禁也感到意外，不過意外之後，卻突然覺得蘭馨和那個秦顯倒是挺般配的，當然是拋開門第不談，他們的氣質都是溫文爾雅，都還挺講究，愛喝無根之水泡的茶，還都挺平易近人的。對了，不是說蘭馨非常擔憂合婚的事嗎？難道蘭馨心裡早就對秦顯有心了？想到這裡，心裡也挺為蘭馨開心的，畢竟能夠嫁給自己喜歡的人。可是秦顯呢？秦顯會答應這門婚事嗎？想到這裡，她又有些擔憂。

「合了婚，過些日子是不是就該下聘禮了？」連翹問。

「過不了多少日子了，據來的官媒說只要合婚大吉大利，兩天後就會下聘禮，下個月就選個好日子讓小姐過門呢！」夏荷笑道。

聽了這話，無憂不禁想——估計秦顯還不知道這事，也許知道了還不同意，秦老夫人這麼快就選定孫媳婦，並且這麼快就操辦婚事，也真是用心良苦。大概今日秦顯約自己也是為了說這件事吧？幸虧她沒有去，而是來了尉遲家，要不然她不知道這次被說媒的是蘭馨，以免自己做錯了什麼事而傷害她。

又過了一刻，就聽到傳來蘭馨的聲音。「無憂，飯菜都好了，咱們移步去花廳吧，那裡透風一些也敞亮一些。」

睜開雙眼，看到蘭馨正站在榻前笑望著自己，無憂趕緊坐起來，打了個哈欠道：「瞧我，都睡著了？」這時候，連翹趕緊過來替無憂穿鞋子。

一刻後，無憂和尉遲蘭馨便相偕來到尉遲家院落裡一個不大的花廳，這時候已經到了暮春，天氣轉暖，院落裡的幾株牡丹也都盛開了，微風拂過，一陣香氣飄來，確實是靜雅清涼。再看看八仙桌上已經擺放了六道色香味兼具的菜餚，讓人看了一眼就馬上感覺到肚子餓了。

「這飯菜讓人看著就有胃口。」無憂誇讚道。

「快過了晌午，妳一定餓了，趕快開動吧！」蘭馨拉著無憂坐下來。

無憂拿起筷子，蘭馨已經為她布好菜，她嚐了幾道菜之後，感覺真是食慾大開，那些菜一點也不油膩，卻兼具該有的味道，再就是不像飯莊的菜，反而有一種溫馨的味道。無憂一邊吃一邊誇讚道：「蘭馨，誰娶了妳真是有口福了。」

蘭馨一笑，沒有說話，站在蘭馨身後的貼身丫鬟夏荷卻開口了。「我家小姐很快就是侯爺夫人了。」

「別胡說。」蘭馨趕緊轉頭斥責了夏荷一句。

「我說的是實話嘛。」夏荷小聲嘀咕了一句，然後就不說話了。

隨後，蘭馨轉頭對望著她看的無憂笑道：「都是從小被我慣壞，讓妳見笑了。」

「哪裡，我身邊的連翹還不是一樣？別看名分是主僕，其實咱們從小都是和她們一起長大的，跟親姊妹也沒有什麼不同。」無憂實話實說。

「是啊。」聽到無憂的話，蘭馨點了點頭，然後轉頭吩咐夏荷道：「妳帶連翹姑娘下去用飯吧，這裡不用妳們伺候了。」

「連翹，跟我走。」夏荷一聽，馬上轉到無憂的身後去拉連翹，連翹在看到無憂點頭後，便興高采烈地跟著夏荷走了。

連翹和夏荷走後，無憂望著蘭馨笑道：「蘭馨，妳是不是有私房話要對我說啊？」

望著無憂那雙亮晶晶的眼睛，尉遲蘭馨有些羞赧地道：「也許我很快就會成親了。」

聽到這話，無憂知道蘭馨也算是把自己當作知己了，所以含笑問：「對方是不是妳的意中人啊？」

說到意中人，尉遲蘭馨的面上一紅，點頭說：「不怕妳笑話，其實我很早之前就喜歡他了，只是他太過讓人矚目，而且我家的門第又不高，所以只是心裡惦記而已，從來都沒有過妄想的。」

「妳說這話我相信，只是現在姻緣既然已經來了，妳就要好好把握住，其實能嫁給自己喜歡的人也是一種幸運。」這古代和現代可不一樣，可以自由戀愛的，如果是嫁給一個自己討厭的人，那這輩子就只好對著一張討厭的臉，那真是太可怕了。

「無憂，謝謝妳，我會用我畢生的精力去把握的。」尉遲蘭馨的話說得很柔和，但眼光卻是異常篤定。

「對了，妳怎麼也不問問我對方是誰啊？」尉遲蘭馨為無憂挾了一口菜。

「嗯，讓我猜猜。」無憂故意仰頭想了一下，然後轉頭回答：「年輕沒有娶親的侯爺的話，那是不是大理寺卿秦顯秦大人啊？」

「我知道什麼也瞞不過妳，前兩天秦家就託了官媒來我家向我爹爹提親了。雖然說嫁過去是續弦，但是像我們家這樣的門第也算是高攀了，所以爹爹很高興。」尉遲蘭馨微笑著。

「雖然大齊都講究門第，但是妳嫁過去，畢竟就和秦大人是夫妻了，妳不要太介意這個。」無憂也聽說在大齊有好多因為娘家門第低，嫁到高門大戶去受氣挨欺負的。

尉遲蘭馨點了點頭，然後低頭望著眼前的飯菜說了一句。「無憂，有一句我不知道當講不當講？」

「妳我雖然認識的時間不算長，但是一見如故，有什麼話妳但說無妨。」無憂很大方地說。

下一刻，尉遲蘭馨便開口了。「其實……我一直感覺他心裡喜歡的是妳。」

聽到這話，無憂有些結舌，她沒想到蘭馨連這一點都看出來了。所以遲疑了一下，趕緊解釋道：「蘭馨，妳在說什麼呢，我和秦大人怎麼可能呢？再說秦大人也不會看上我啊！妳看我長得又不漂亮，家世又不顯赫，更重要的是我彈琴啊、作詩啊、做菜的什麼都不會。」她和秦顯就要成親了，她是斷然不能承認秦顯對自己有意思的，要不然以後在他們的婚姻生活中，這就是最大的一個嫌隙。

「可是正月十六那日，他看到妳喝醉了十分緊張的樣子，而且還親自護送妳回去。秦家正月十六的宴席每年都有，我也參加好幾次了，可是從來沒有看過他對哪一家小姐如此上心過。無憂，我對妳講這些並不是吃醋，我是真誠的，如果秦顯心裡喜歡的人真的是妳……現在一切還沒有成定局，一切都還來得及。我真的不希望自己的丈夫以後心裡還裝著別人，也不想我所喜歡的人不快樂。」尉遲蘭馨拉著無憂的手真切地道。

無憂知道蘭馨說得很真誠，可是她畢竟無意於秦顯，而且這樁婚事也不是她們可以說了算的，再說蘭馨心裡愛的畢竟是秦顯，蘭馨如此美好，她想以後秦顯一定能夠發現她的好的。兩個人在一起真的是很般配，所以無憂趕緊說：「蘭馨，妳不要多想。妳可能不知道我是個大夫，去年我為秦老夫人治好了病，秦大人才會對我客氣的。妳知道秦大人自從沒了雙親，非常孝順秦老夫人。」
「真的？」尉遲蘭馨的眼眸不禁一亮。
「妳呀，準備好做新娘子就好了。」無憂點點頭。
「嗯。」尉遲蘭馨高興地點了點頭。
隨後，兩個人又談了好久好久，一頓飯也從晌午吃到天色都要漸暗了。無憂給了蘭馨好多意見，穿什麼樣的喜服，梳什麼樣的髮髻，佩戴什麼樣的首飾等等，兩個人可以說是像多年的老朋友那樣，很談得來。等無憂告辭的時候，蘭馨又特意讓她帶了許多自己做的點心和自家莊子種的果蔬。臨走之時，兩個人還戀戀不捨的，蘭馨說自己要準備出嫁的物事，恐怕是出不了門了，所以央告無憂一定要常來看她，無憂毫不猶豫地答應了。
馬車快速地行進著，無憂不禁有些擔憂，自己拒絕和秦顯見面，會不會讓他做出不理智的事情來？先前她想的是不願與他糾纏，但是現在知道他和蘭馨就要成親了，也許和他把話說清楚可能會更好。
轉頭望望坐在馬車上一直都沒有說話的主子，連翹埋怨地道：「二小姐，您看一樁多好的婚事讓您自己給錯過了。」
「是我和他沒有緣分。」無憂淡淡地回答。
「是您讓自己沒有的，秦大人明明心裡中意的就是您。奴婢敢保證，只要您和秦大人表示一下，他肯定會退掉和尉遲家的婚事，把您娶進家門的。」連翹說。

「這樣的話以後千萬不能再說了，咱們說者無心，被有心人聽了就有麻煩了。」無憂告誡道。

「嗯。」連翹點了點頭。

天色漸暗的時候，馬車終於停在薛家後門的胡同口前，下了馬車，無憂一個抬頭，正好看到一輛四輪馬車就停在離她不到兩丈遠的地方。因為那穿著藍布衫的小廝她是認識的，就是上次被秦顯派來接她和連翹去安定侯府的秦田。她愣了一下，果不其然，下一刻，那馬車的門簾就被撩開，裡面探出頭的是一張熟悉的臉──秦顯。

「二小姐，那不是秦大人嗎？」連翹提醒著無憂道。

「看到了。」無憂低聲道。她沒想到秦顯會到家門口來等她，她還以為自己今日不赴約也就算了。此刻，望著對方看自己的眼神，她不知道為什麼忽然心裡莫名地一揪。

這時候，秦田馬上小跑了過來，來到無憂的跟前，低首行禮道：「薛姑娘好，我家大爺在馬車裡請您過去一敘。」

聽到這話，無憂低頭一想──既然人已經追到這裡來了，就不如把話都說清楚，所以便點了點頭。「好吧！」隨後轉頭對身後的連翹道：「妳先回去，我一會兒就進去。」

踩著腳踏上了馬車，馬車裡的秦顯朝無憂伸出自己的手，望見那隻大手，無憂牽動了一下眉毛，並沒有把手給他，而是手扶旁邊的車門，秦顯見狀，臉色更加的深沈，轉而縮回了馬車裡。

兩個人對坐在馬車的兩側，抬頭望望秦顯，仍舊是一身白色的袍子，只是今日的他似乎有些憔悴，眉宇間緊蹙著，完全沒有往日那溫潤如玉的氣質，反而眼眸中透著一抹憂鬱，看得無憂心裡竟然有一抹心疼緩緩升起。此刻，兩個人互相對視著，半晌都沒有說話。

「為什麼不赴我的約？」還是秦顯打破了寧靜。

聽到這話，無憂略一垂下眼瞼，輕輕地回答：「既然改變不了結果，又何必見面呢？」

「是不能改變還是妳不想改變？」秦顯立刻追問。

「有區別嗎？」無憂反問。

「當然。能不能改變是我的事，想不想改變是妳的事。妳難道真的感受不到我對妳的心意嗎？」秦顯的眼眸中布滿了血絲，看著讓人都有些心驚。

眼前人的執著讓無憂有些喘不過氣來，她知道她不能再和他兜圈子了，得簡明扼要地拒絕他才可以。下一刻，她便決絕地道：「秦大人，我們薛家跟你門不當、戶不對，而且我也不想嫁給你，希望你我以後還是做個簡單的朋友為好。當然，如果無憂對你造成了什麼困擾，你我就當個點頭之交也可以。」

「什麼門不當戶不對，這些我都不在乎。妳是因為這些才不想接受我的是不是？」說到激動之處，秦顯上前一把抓住了無憂的肩膀。

感覺肩膀一疼，無憂低頭一望，只見他的雙手按住了自己的肩膀，她不由得眉頭一皺，然後不滿地道：「你弄疼我了。」

秦顯畢竟是謙謙君子，他也意識到自己的行為不妥，趕緊鬆開了自己的手並道歉。「對不起。」

「秦大人，我想我有必要和你把事情說明白。我薛無憂是因為不愛你，所以才不想嫁給你，你明白了嗎？」無憂知道自己必須得把話說清楚了。

聽到這話，秦顯顯然有些接受不了，搖頭問：「為什麼？妳為什麼不愛我？難道妳已經有了心上人不成？」

「我愛不愛你和我有沒有心上人沒有任何關係，就跟你沒有遇到我之前，你不愛一個人是一樣的道理。」無憂望著秦顯的眼睛說。

聽了無憂的話，秦顯呆愣地靠在背後的馬車上，眼眸中透過一抹悲涼，自嘲地道：「這幾年來我第一次又投入了感情，沒想到到頭來終究是落花有意流水無情。」

無憂不忍再看他傷心的模樣，別過臉去輕聲說：「蘭馨是個不可多得的好姑娘，你以後應該把心思都用在她的身上，不要再追求那些不切實際的東西了。」

「妳都知道了？」秦顯盯著無憂問。

「剛剛知道。」無憂點點頭。

秦顯想了一下，然後又帶著最後一點奢望地問：「是不是因為尉遲蘭馨妳才……」

無憂當然知道他想說什麼，立刻搖頭打斷了他的話。「不是。」

最後一絲希望破滅了，秦顯垂下眼眸，面上盡是憂鬱。

又過了一刻，無憂毅然地道：「秦大人，希望你不要做出傷害蘭馨的事，她……一直都對你青睞有加。」說完，她便轉身下了馬車。

踩在馬車前的腳踏上，無憂回頭望了一眼車簾已經覆蓋住的馬車門，低聲囑咐了旁邊的秦田一句。「你家大爺今日心情不好，你趕快送他回去吧！」

秦田聽到這話，馬上一愣，然後趕緊點頭道：「是。」

隨後，無憂便頭也不回地拐入巷子口，直接從後門回了薛家……

坐在梳妝檯前，無憂的心情久久不能平靜。說實話，秦顯真的是一位不可多得的男子，錯過他，她也不知道以後還會不會遇到一個和他一樣優秀的男人。可是她對他的感情卻總是無法讓她怦然心動，他身上那種溫文爾雅和那抹說不清道不明的憂鬱，只是讓她的心有種說不出來的感覺。不過，她還是希望他和蘭馨能夠有一個好的結果。

第十七章

這日從王七姑那裡聽了消息回來，李氏的臉色便不大好看。

見母親回來了，薛蓉趕緊迎上前去，端詳了一刻李氏的臉色，她不禁心裡開始犯嘀咕了，難不成做個妾也不能得償所願？竟然有怕開口問出結果的感覺。

「娘，走了半日，您累了吧？喝杯茶水吧！」薛蓉把早已經準備好的茶水遞到已經落坐的母親面前。

李氏只是點了下頭，接過蓉姊兒遞過來的茶水，低頭喝了兩口。

「娘，王七姑怎麼說？」薛蓉還是忍不住問道。

「唉，這兩天為了妳的事，真是讓我的臉面丟盡了。」李氏開始抱怨道。

「難道去做個妾，秦家都不答應？」薛蓉皺著眉頭問。

「王七姑說她去秦家說明來意後，秦老夫人都沒有見她，只是打發了一個秦老夫人身邊的貼身嬤嬤傳話。說秦老夫人已經另外派人去給秦大人說媒了，在正室沒有進門前是不會給孫子先納妾的。」李氏回答。

聽到這話，薛蓉先是失望地坐在一旁的繡墩上，然後眼眸中又透出了憤懣的光芒。

「哼，這些只不過是藉口罷了！」

「唉，人家這麼說也算是婉轉一點了。今日的事我已經拜託了王七姑，千萬不能傳出去，要不然妳祖母和妳爹是不會饒過我的，而且妳的臉面也要緊。少不得又花了我這幾個月辛苦攢下的月錢，妳這幾個月的月錢先不要花了，都給我拿過來吧，咱們屋裡的幾個人還都要過活呢！」李氏對女兒道。

以往李氏可是從來都不會動女兒的錢，這次大概也真的是虧空了吧。雖然心裡很不願意，但薛蓉也不得不點頭答應。「是。」

隨後，李氏便指著站在一旁伺候的紅杏和綠柳喝道：「妳們都聽好了，今日的事誰都不能說出去，要是讓我聽到一個字，小心妳們的皮。」

一見李氏嚴厲的神情，紅杏和綠柳趕緊跪倒在地，連連磕頭道：「奴婢們會把這事爛在肚子裡，萬萬不敢提的。」

這晚一更天過後，無憂讓平兒叫興兒到自己屋子裡來問話。

平兒拿了一個腳踏放在內屋中央的地界，然後拉著興兒過來給無憂請了安，便坐在腳踏上。

無憂望著坐在腳踏上的興兒笑道：「興兒，你跟著大爺在外面跑了這麼多年，也應該知道京城外那些莊子的一些事吧？」

聽到無憂問起這話，興兒不知何故，便把自己知道的說了出來。「回二小姐的話，奴才雖然跟著大爺，但也都是在京城內轉悠，至於城外奴才倒是在收租子的時候去幫過幾次忙，也聽奴才的朋友議論過。京城外的莊子是不少，但咱們這裡畢竟是天子腳下，所以好的莊子都被那些高門大戶擁有，一些富戶也有，每年那些莊子都是種些新鮮的瓜果蔬菜還有一些細糧供給各自的富貴人家食用。也有一些小莊子，東家都是一些不大的戶頭，種的新鮮東西都拿到市面上賣，也能賺不少的銀錢。」

聽了這話，無憂點了點頭，問：「據你所知，如果想在京城外買一個還看得過去的小莊子，需要多少銀子呢？」

聽了這話，興兒一驚，抬頭望望站在無憂不遠處的平兒，才回道：「要是地畝數不大，莊子上的房子、水渠和樹木都還好的話……再怎麼少也得兩千多的銀子呢！」

聽完興兒的話，無憂轉頭對連翹使了個眼色，連翹會意，便轉身從櫃子裡拿出幾張銀票，走到興兒面前遞給他。

興兒詫異地接過去，低頭一看那幾張銀票，加起來竟然有三千兩銀子，不禁吃驚地道：「二小姐，這是三千兩銀子的銀票。」

一聽這話，一旁的平兒也不禁謹慎起來。「二小姐，您給興兒這麼多銀子幹什麼啊？」

看到他們吃驚的目光，無憂笑道：「興兒，你就拿著這些銀子給我在京城外買一處小莊子吧！」

「二小姐要買莊子？」平兒和興兒都很意外。

無憂點點頭，然後囑咐道：「這件事先不要告訴大爺和大奶奶，我怕嚇著他們，等過些日子把莊子買到手了，我再找個合適的機會告訴他們好了。」

「二小姐，這麼大的事興兒恐怕做不好吧？萬一有個閃失……」平兒有些不放心。

興兒卻打斷了她的話。「我沒吃過豬肉，還沒看過豬跑嗎？再說這些年來跟著大爺在外面也長了一些見識，我也會小心謹慎的。既然二小姐看得起我興兒，我自會全力以赴地把這件差事辦好了。」

平兒還想說什麼，無憂則是笑著打斷她道：「平兒，我也是信得過興兒，才把這事交給他去辦，妳就別攔了。興兒，記得要挑個莊子上房舍新一些多一些的，最好再清幽一些，價錢貴一點倒沒什麼。」

「二小姐的話奴才記下了。」興兒趕緊點頭道。

平兒見無憂如此說，也就不再攔著。

「時候也不早了，下去歇著吧！」無憂說完，便端起面前的茶水來。

平兒和興兒走後，連翹笑著給無憂添上熱的茶水。「二小姐，您剛才一下子讓奴婢拿出那麼多銀子，可是把平姑姑他們給嚇住了。」

「我也沒想到會這麼快就攢夠三千兩，前兩日孫先生又給了我一張五百兩銀子的銀票，說是過了年這幾個月的盈利。我想等咱們以後有了自己的莊子，就撥出幾間房子和一個大院落，多雇幾個工人製藥，據孫先生說咱們的藥各個藥鋪都供不應求呢！」無憂笑道。

「那照這樣下去，二小姐您可是給自己攢下不少的嫁妝了呢！」連翹笑道。

「妳呀，就知道嫁妝。對了，今年妳都二十了吧？看來我該好好地給妳留意個人家了。」無憂打趣道。

「討厭！二小姐，您就會拿奴婢窮開心。」說著，連翹便甩頭走了出去。

望著連翹生氣的背影，無憂淡淡一笑，心想——終於等到攢夠銀子買莊子的這一天了。這個夢她在前世就曾經作過，有一座屬於自己的莊園，躺在藤椅上，仰望屬於自己的那一片湛藍天空，在喧囂的城市裡有屬於自己的寧靜港灣。在現代這個夢是遙不可及的，幾乎都不能實現。沒想到到了這古代，她竟然在這一世的第十七個年頭就實現了。

幾日後，薛家就出了一件大喜事，薛義在今年考取了秀才，薛家一家人都喜出望外，尤其是李氏這次終於趾高氣揚了一次。稱病如此久的她彷彿一天身上的病就痊癒了，忙裡忙外慶祝自己兒子考取了秀才，臉上的氣色比沒稱病之前還要好上許多。

薛義雖然是庶出，但是在薛家卻是唯一的男丁，雖然以前不成器，但是這次能夠考取秀才還是很出乎薛金文的意外，作父親的當然是異常高興。薛老太太那就更不必說了，畢竟是唯一的孫子，從小也寵慣了，只是最近幾年不太上進，總是頂撞長輩，她才慢慢地淡了，這次能夠如此，薛老太太疼他的心不禁又上來了一些。

中午請了幾桌，都是本家親戚以及和薛金文能夠說得上來的同僚，晚上薛老太太在自己房裡擺了一桌，薛家人自己慶祝一下。

「今日我真是高興，義哥兒已經考了三次都落榜，今年竟然能夠中秀才，也不枉咱們薛家幾代書香，總算在親友面前不至於太失了面子。」薛老太太笑道。

聽到這話，李氏不禁搶白道：「老太太，義哥兒以後一定會好好讀書的，您就這麼一個孫子，大爺就這麼一個兒子，以後還得指望著他光耀門楣呢！」說這話的時候，李氏故意朝坐在薛老太太身邊的朱氏瞅了一眼。那意思再明白不過，妳是正室又怎麼樣？沒有兒子一切都等於白瞎。

「義哥兒，以後要更加努力才是，在秋闈的時候考個舉人回來。」最後兩句話讓朱氏的心裡很不好受，不過面上依舊忍著，還說了一些好聽慶祝的話。畢竟她是嫡母，不能和一個妾一般見識，她得大度一點，這樣婆婆和夫君才會喜歡她。

倒是薛金文說了兩句讓薛義清醒的話。「秀才都考了三次，以為舉人是那麼好考的嗎？想當年我也是寒窗苦讀十幾年才考上舉人。看看他現在上個學都三天打魚兩天曬網的，這樣能考個秀才就已經燒高香了。」畢竟薛金文是有些恨鐵不成鋼的。

「我就知道您看不起我！」連著幾天都被恭維的義哥兒，一聽到這話不禁嘟囔著頂撞了一句。

「是我看不起你，還是你自己不行？」兒子的態度讓薛金文有些動怒了。

「對！我是不行，您這個老子要行的話，不如就去託託關係，幫我考上這個舉人不就行了，何苦明知道我考不上還硬讓我去考呢？我自己費力氣不說，您也跟著丟人。」薛義哼哼唧唧地道。

「你……真是豎子不可教也。」聽到兒子如此頂撞自己，要不是當著母親的面，薛金文非要打他一頓不可。

坐在飯桌旁的無憂冷冷看著這一幕，不禁想——以後還憑他去光耀門楣？不給家裡抹黑就不錯了。薛義從十三歲開始考秀才，一共考了三次，今年這次第四次才勉強考了過去，而且聽說還是李氏給私塾裡的先生送了好多東西，拜託人家一定要把自己的兒子管好。在臨近考試的幾日裡，那私塾先生也算是竭盡全力，只要薛義一蹺課，就往家裡直接來找，搞得那一段日子薛義都不敢蹺課，這才勉強考上秀才。就這樣的資質和勤奮程度還想考舉人，那真是天方夜譚了，他要是能考中舉人，也真是對不起天下那些莘莘學子。

見薛金文一直在訓斥自己的兒子，李氏趕緊護犢子，道：「唉呀，大爺，今兒是高興的日子，您就別老是訓斥他了，他現在也大了，也是個要面子的人了。」

「是啊，趕快吃菜吧！」坐在薛金文身邊的朱氏趕緊給夫君挾一口菜，放在他面前的碟子裡。

「嗯。」薛金文只得長長的吁了一口氣。

接下來，又吃了一會兒酒，李氏又開口了。「二姊，後日就是妳去安定侯府診病的日子了吧？」

「嗯。」突然聽到李氏叫自己，無憂一抬頭，看到對方滿面帶笑地望著自己，以往二娘都是不屑搭理自己的，這次不知她葫蘆裡賣的什麼藥。

隨後，李氏趕緊笑著道：「二姊，這安定侯府的侯爺雖然是個癱子不能動，但是他的兄弟威武大將軍可是連皇上都器重的人物。妳也知道妳兄弟在學業上不怎麼成器，能考上個秀才已經是盡力了，聽說安定侯府挺看重妳的，不如妳跟武威大將軍說一下，看能不能在今年的秋闈上拉妳兄弟一把？」

聽到這話，無憂不禁一扯嘴角，心想——怪不得對我笑容滿面，而且說話也如此客氣，原來是有這種想法。隨後無憂便說：「二娘，我只是給安定侯看病而已，平時根本就見不到威武大將軍，就算見到了，憑我的身分也說不上話啊。」

「只要妳想說，怎麼會說不上呢？就算是跟威武大將軍說不上話，可是妳跟侯爺夫人說得上話啊，上次那個侯爺夫人不是送了妳好幾塊布料嗎？這說明侯爺夫人是很看重妳的。我聽說啊，那個威武大將軍是個孝子，對他的大哥和大嫂也非常敬重，只要侯爺夫人能跟威武大將軍說一聲，這事肯定能成的。」李氏又巴拉巴拉地說了一通。

無憂只用淡淡的眼神望著李氏，嘴角帶著一絲笑意，就是不答話，心想——這個李氏也真夠不要臉的，這麼多年來她那樣對待自己和朱氏，現在還好意思開口讓自己幫忙，而且工夫也做得夠足，竟然把安定侯府裡的事情也都打聽清楚了。

見無憂半晌不肯答話，李氏臉色一變。「我看二姊妳不是說不上話，是不想幫這個忙吧？」

無憂心想，她就是不想幫又怎麼樣？沒看過求人幫忙還這麼囂張的。

在一旁的朱氏見情形不好，趕緊笑著打圓場。「二姊怎麼會不想幫呢？」

「我知道姊姊的心是好的，只是二姊恐怕不這樣呢！」李氏臉上皮笑肉不笑的。

「妳……」

見李氏對母親一點都不敬重，無憂剛想說什麼，不想薛金文在這個時候卻開口了。「怪不得他現在成了這個樣子，都是妳這樣教導他，讓他走這些旁門左道。」

聽到薛金文當著眾人的面如此說她，李氏自然是不服氣，只有一邊流眼淚一邊訴苦地道：「大爺，你不替義哥兒打算，那就只有我這個親娘替他打算了。你也知道義哥兒到底是怎樣的，憑他去考個舉人，那要等到猴年馬月啊！再說我也只是為了孩子們好，孩子們好了以後薛家才可以好。你又沒有別的子嗣，義哥兒要是以後不成器，那薛家以後不也是跟著完了？老太太，您說句公道話啊！」最後，李氏見薛金文這裡是不會袒護她了，趕緊向薛老太太求救。

雖然薛老太太經過以前那幾件事後已經不怎麼喜歡李氏了，但是義哥兒可是她嫡親的孫子，又是薛家唯一的男丁，她想了一下後，還是對無憂和顏悅色地說：「無憂，義哥兒畢竟是妳的兄弟，以後妳也是要依靠他的，如果能和侯爺夫人說得上話，那就最好了，以後妳兄弟有出息，妳在婆家面前也是有面子的。當然現在離秋闈還有一段時候，也不急，妳揀到機會再說，也不要唐突了，讓妳不好做人。」

聽到這話，無憂還能說什麼？也只能先應承下來，畢竟不是還有一段時候嗎？看看眼前的薛義，長得一副尖嘴猴腮的相貌，尤其是眼睛裡一點正路都沒有，這樣的人以後還讓她依靠？以後不拖累她就不錯了。雖然心裡這麼想，但無憂還是點了點頭。「是。」

見無憂點頭了，李氏的笑容裡帶著幾分得逞的意味，心想——妳不願意還不是得照樣應承下來？哼！

聽到母親如此說，薛金文也壓制住了脾氣，沒有多言，畢竟兒子是他的，嘴上再強硬，心裡還是軟的，希望唯一的兒子能夠出人頭地。

此刻，無憂心想——看來在這古代，生不出兒子還真是一件大事，這簡直就是一世的罪名，到哪裡都得被生出兒子的小妾壓制，而且老了以後還要落到小妾兒子的手裡。

一頓飯吃下來，無憂真是感覺吃飯都沒有味道，都讓那娘兒們幾個給噁心了，所以回到自己的屋子，無憂便吩咐連翹道：「連翹，去給我下碗麵，要加一個荷包蛋。」

「二小姐，今晚的飯菜那麼豐盛，您都沒有吃飽啊？」連翹詫異地問。

「守著那幾個人，我一點胃口都沒有了。」無憂抱怨道。

「二小姐，您等著，我這就去咱們的小廚房給您做去。」連翹趕緊去了。

連翹走後，無憂坐在書案前，隨便拿了一本書在燭火下翻看。不多時，連翹便端著一碗香噴噴、熱騰騰的雞蛋麵走進來。

「好香啊！」低頭望著面前帶著蔥油花的雞蛋麵，無憂不禁食欲大開。

無憂坐在書案前吃著雞蛋麵，連翹在一旁一邊收拾屋子，一邊說著今日晚上吃飯時候的事。

「二小姐，您說二奶奶怎麼那麼臉大呢？明知道義哥兒見了您連聲姊姊也不叫，而且以前二奶奶他們又對您和大奶奶那麼刻薄，今日還好意思說出來要您幫忙的話。她以為幫個忙是那麼簡單的嗎？您和安定侯只不過是普通的醫患關係，那個侯爺夫人對您是挺熱情的，但是也還沒到能開口求人的地步啊。以前您倒是和秦大人還說得上話，這次……」說到這裡，連翹知道自己說順了嘴，便趕緊閉口。

抬頭看了連翹一眼，無憂笑道：「妳放心，我還沒有到開口求病人家屬的地步，這可是有損我醫德的行為。」

「那您不是答應老太太了嗎？以後老太太要是問起該怎麼辦？」連翹慌忙問道。

「這個妳放心，現在離秋闈還有一段時間，再說到時候能不能幫上忙也不是我能說了算的，難不成我幫不了這忙還能殺了我不成？」無憂笑道。

「要奴婢說，您根本就不用幫，到時候他們要是飛黃騰達了，還不得更把您和奶奶踩在腳底下啊。」連翹快人快語地道。

無憂一笑，並沒有說話，心想——連翹倒是看得明白，要是讓薛義他們得了勢，那真是小人得志了。

兩日後，無憂和連翹一早便坐著雇的馬車來到安定侯府邸。

一路進了二門，來到安定侯居住的院落前，在丫頭的通報後，無憂帶著連翹走進房間。一邁步進入廳堂，無憂就看到一個穿著白色中衣的人影在兩個男子的攙扶下竟然能站起來了，她不禁一怔。

見無憂進來了，姚氏趕緊上前笑道：「小王大夫，您看大爺能夠站起來了。」姚氏的眼眸中簡直是放射著喜悅的光芒，人也一下子精神起來。

這時候，無憂緩過神來，先是作揖行了個禮，然後才問：「這種情況有多長時間了？」

「昨兒大爺說有些憋悶，這不天氣也暖和了，就讓下人們扶著去院子裡坐坐，沒想到這麼一下大爺就站起來了。小王大夫，你的醫術真是太神了。你知道大爺的腿，可是請了不知多少大夫看也有十年了，卻一點起色都沒有，要是能早一點遇到你就好了。」姚氏一高興，話也多了起來。

無憂端詳了一下安定侯沈鎮的神色，發現他臉上那抹頹廢彷彿消失了，人看著也精神起來，尤其是一雙漆黑的眼眸也有了神采。這在現代的病人中是很常見的現象，自己的病有了起色，連帶心情也好了，這對病患的治療是十分有利的。

無憂說道：「這說明以前採取的那些療法都是管用的，所以按摩、鍛鍊和施針以後還是要堅持，只是藥方我再改動一下。」

「好、好，小王大夫你說怎麼治咱們就怎麼治。」姚氏這次可是完全地信任了無憂。

「我先給侯爺施針，然後再開一個新的藥方。」無憂道。

「趕快扶大爺躺下，文房四寶伺候。」姚氏趕緊吩咐丫頭們。

這次施針，沈鎮可以說是很配合的，那張永遠沈著的臉這次彷彿也沒那麼臭了，而且好像還看了無憂兩眼，以往他就算是讓她扎針，也從來都不會看無憂一眼。看來這十年的癱瘓，真的給這位年輕的侯爺帶來了莫大的痛苦和悲哀，等病情一有了轉機，他整個人又都活了起來。

施針過後，又開了個新藥方，並且又交代一下應該注意的事項，無憂才帶著連翹告辭出來。臨出來的時候，姚氏讓丫頭拿了一張二百兩的銀票過來，無憂推辭不收，因為當時沈家二爺給銀票時說得明白，前三個月和後三個月的診金都給了，這後三個月還沒有到時間呢！可是姚氏說這是沈老夫人特意吩咐要賞給小王大夫的，說是感謝他如此用心讓侯爺的病有了起色。聽姚氏如此一說，無憂也不好再拒絕，只得收了。

無憂帶著連翹從沈家大門出來，看到停靠在大街上的一輛馬車，正好有一位穿著玫紅色褙子的年輕女子正讓丫頭攙扶著下了馬車。此刻，那女子也看到了男裝打扮的無憂，無憂停住腳步。

玉郡主走到無憂的身邊，笑道：「這麼巧，妳今日過來給侯爺看病？」

「參見玉郡主。」無憂點了點頭，然後便作揖行了個禮。

「聽說侯爺哥哥的病有起色，我就感覺妳的醫術是沒話說的。」玉郡主繼續道。

「是侯爺吉人自有天相。」無憂道。

「妳……」隨後，玉郡主剛想說什麼，無憂便打斷了她。「玉郡主，我還有病人要看，失陪了。」

可是，玉郡主卻不放過她，伸手拉住她的衣袖道：「哎，妳晚去一刻也不礙事的，我還有話要對妳說呢！」

無憂大概也知道她想說什麼，雖然不想和她討論那個問題，但是她現在拉住自己不放，又示意讓她的丫頭和連翹都走開，自己也不得不聽她說話了。

「我大哥訂親了，妳知道嗎？」玉郡主開門見山說道。

「嗯。」無憂點點頭。

見無憂沒有反應，玉郡主又問：「我大哥下個月就要成親了，妳知道嗎？」

聽到這話，無憂睜大眼睛，這麼快？對了，好像蘭馨說過下個月就會成親的，所以一刻後又點了點頭。「嗯。」

看到無憂一點也不在乎的樣子，玉郡主生氣了，聲調不禁尖銳起來。「唉，妳怎麼這樣啊！妳難道不知道我大哥對妳的一片心意嗎？他現在為了妳連平時最尊敬的祖母都頂撞了，而且這幾天一直都是茶不思飯不想的，還天天喝酒，妳就一點都不心疼嗎？」

聽到這話，無憂雖然內心真的有些疼，畢竟秦顯也算她的朋友，而且這個人可以說得上是個翩翩君子，但是臉上仍然沒有露出半點驚訝，反而語氣冷漠地道：「他又不是我什麼人，我為什麼要心疼？」

「妳……」無憂的話立刻就引起玉郡主的惱怒，瞪了她半天，終究扔下了一句。「算我大哥看錯了人！」隨後，便轉頭快步離去了。

望著玉郡主的背影進了沈家大門，無憂別過臉去，心想——她今日不得不把絕情的話說出口，因為她不能夠給秦顯任何的希望，如果給他希望，那麼他婚後就無法和蘭馨好好地相處了。

連翹看到玉郡主好像氣沖沖地走了，便上前問道：「玉郡主都跟您說什麼了？她好像很生氣的樣子。」

「沒什麼，走吧！」無憂淡淡地說了一句，便徑直往馬車的方向而去。

坐在回程的馬車上，無憂心情忽然不好，沒有說一句話，耳邊全是連翹嘮叨的聲音。

「二小姐，您說這玉郡主一個千金小姐家的，天天往這安定侯府跑算什麼事啊！雖然世人都知道她喜歡威武大將軍，但是好像那個威武大將軍對人都是冷冷淡淡的，對玉郡主也沒親熱到哪裡去。您說要是玉郡主不能嫁給威武大將軍，那她以後這名聲可怎麼辦啊？唉，其實這倒也不怕，畢竟人家是丞相的孫女、公主的女兒，誰當著她的面也不會說三道四的，而且聽說有許多世家公子想娶她為妻呢，只是她除了威武大將軍，一個都看不上罷了。」

聽到這話，無憂只是扯了扯嘴角，心想——這麼一對讓人羨慕的兄妹，沒想到在情路上都是坎坎坷坷的。很明顯，沈鈞無意於玉郡主，不知道像她這麼天真爛漫的性格，到時候能不能禁得住失戀的痛苦？

這日晚間，薛金文和朱氏都在房裡歇了，平兒才帶著興兒悄悄地進了後宅，來到無憂的屋裡回話。

興兒照舊坐在屋子中央的一個小腳踏上回道：「二小姐，已經看好一處莊子，就在京城西城外十里的地方。那裡可是個好地界，雖然莊子不大，但周圍都是些高門大戶的莊子啊、別院的，所以周圍的路和環境都十分好，只是價格貴了一點，整整三千兩銀子，奴才是磨破了嘴皮子，人家主家才同意降五十兩銀子。說實話，這處莊子真的很好，裡面的房舍也挺新的，還種著不少樹木和花卉，聽說這處莊子是一位前朝大官家的，因為後代子孫不爭氣，沈迷於酒色賭博，所以才變賣祖業。奴才已經繳了五十兩銀子的訂金，回來討二小姐的指示。」

聽到這話，無憂笑道：「既然你看著好，那肯定是不錯，既然如此，明日你就把銀子給人家點清了，將地契拿過來。」

「是。」興兒趕緊點了點頭。

「二小姐，這麼說咱們馬上就有莊子，到時候可以坐著馬車去玩耍了。」連翹笑道。

「是啊，要是奶奶知道，肯定高興死了，她也有個地方可以去散心。」平兒在一旁也是高興得不得了。

這時候，興兒說話了。「二小姐，雖然莊子上的房舍還算新，但畢竟是好長時候沒人住過，也得請人修葺一下。還有莊子上的路啊、花草之類的也要整理，要是去住上兩天的話，恐怕還要添置一些家具用品之類的。」

聽了興兒的話，無憂笑道：「這些我都已經想過了，你盤算著修葺房子等等大概需要多少花銷？」

興兒低頭盤算了一下，然後抬頭回答：「回二小姐的話，儉省著點，怎麼著大概也要二百兩銀子。」

聽到數目，無憂轉頭看了一眼連翹，連翹趕緊把二百兩的銀票遞給興兒，說道：「這是二百兩的銀票。」

接過銀票，興兒接著道：「二小姐，修葺房屋也算是件不小的事情，畢竟要看著那些工人，這用料什麼的，沒有自己人看著出入很大。奴才要看著也只能等大爺不出門的時候，再說還不知道大爺什麼時候出門，奴才現在是分身乏術啊。」

看到興兒一臉的為難，無憂笑道：「這個自然不能再讓你去了，我這兩天已經想好，就讓旺兒去好了。雖然旺兒年紀不大，但是這些年來我看著他是個細心謹慎的，再說又是你和平兒的兒子，我用著放心些。」

一聽這話，平兒和興兒都很高興，畢竟旺兒在薛家只不過是個看門打雜的小廝，這樣下去這輩子也難有什麼出息了，就是想娶上一房媳婦也不容易，只不過心裡還有些顧慮。平兒和興兒對視一刻後，平兒問：「可是旺兒畢竟在這宅子裡有一份差事，大爺和大奶奶那裡……」

「這個你們放心，等這莊子買下來，我就會和大奶奶說的，家裡也不缺旺兒一個，我就管大奶奶要了他便是。再說以後莊子修葺好了，那裡沒有人也不行，也是需要人來看管的，那邊怎樣也要再買幾個人來，到時候就讓旺兒幫我管著那個莊子好了。」無憂說。

聽到並不是讓旺兒臨時去管事，以後旺兒等於就是那邊莊子的頭了，興兒和平兒自然喜出望外，趕忙跪倒在地。「謝二小姐提點旺兒，旺兒，不、不，以後咱們一家子都會為二小姐做牛做馬的。」

看到興兒和平兒跪在地上直磕頭，無憂見狀趕緊上前一步虛扶了一把，笑道：「趕快起來，咱們雖然說在外面是主僕，其實這些年來你們也沒有少幫襯我和大奶奶，這份情誼我和大奶奶都會記在心裡，以後只要我和大奶奶好了，自然也不會忘了你們。」

「是、是。」興兒和平兒趕緊點頭稱是。

「時候也不早了，你們趕快回去歇著，明日把該辦的事都辦好。」無憂吩咐道。

「那奴才就下去了。」平兒和興兒便退了出去。

望著他們好像比以往更加恭敬，無憂心想——這一家人也算老實厚道，而且這些年來一直很忠心，估計以後會更加死心塌地，這一家人以後她也都能用得上。

平兒和興兒走後，連翹卻噘了嘴。「哎！二小姐，您這剛賺了二百兩回來，手還沒摀熱，又出去了，我這簡直就是個過路財神嘛。」

聽到連翹的抱怨，無憂笑道：「這該花的就得花，一分都不能省，銀子是賺出來，不是省出來的，再說現在銀子都變成了不動產，這樣才會保值。」

「不動……產？那是什麼東西啊？」連翹瞪大了眼睛，不解地問。

意識到自己說溜了嘴，無憂趕緊道：「說了妳也不明白。好了，我睏了，趕快給我鋪床。」

——未完，待續，請看文創風366《藥香賢妻》2

2016年1月出版

藥香賢妻

易得無價寶，難得有情郎。
榮華富貴她可以不靠男人、自己掙得，幸福姻緣卻是可遇不可求的，
何況她要的還是在古代女人想都不敢想的「唯一」，
而他，竟願意……

文創風 365 1

她是現代女軍醫，莫名穿越到大齊王朝一個小吏家中。
生不出兒子的娘備受爹爹冷落，她這嫡女淪落成被人嫌棄的賠錢貨。
親娘軟弱，祖母刻薄，爹爹不喜，二娘厭惡，庶妹狠毒，
她更是被認為是一個和傻子差不多的呆子。
扮男裝溜出去行醫之後，意外地廣結善緣，
之後開藥廠，買農莊，置田舍，鬥二娘，懲庶妹，結權貴……
從此娘親重獲寵愛，祖母爹爹視若掌中寶，她從無人聞問到桃花大開……

文創風 366 2

嫁漢嫁漢穿衣吃飯，從古到今的道理就是女人得依靠男人，
但她可不這麼認為，買莊子、過好日子，她只想靠自己的能力，
要是都靠男人，男人便自覺可以在外面肆意妄為，
說納妾就納妾，說喝花酒就喝花酒，甚至回來還拿老婆、孩子出氣……
這種嫁啊，她還不如不嫁呢！
她靠自己的本事，就算不嫁，日子一樣過得舒服愜意啊……

文創風 367 3

想她薛無憂的名聲雖然被二娘搞壞，從此無人問津之外，
連閨譽名節都差點被個腦滿腸肥、心術不正的男人給壞了，
上回那個解籤大師還說她紅鸞星動，嫁個豬哥算什麼紅鸞星動啊！
幸好、萬幸！她的桃花運可不差，皇上竟將她賜婚給威武大將軍，
雖然不知對方喜不喜歡她，皇上指的婚也沒得挑，
但至少兩人曾打過照面，她覺得他看起來還算順眼……

文創風 368 4

雖然皇上將兩人湊對成了親，但兩人說好先當名義上的夫妻，
在外人面前演恩愛，私下各過各的、房門一關分床睡。
當個朋友一樣相處後，她發現，這男人還挺君子的，
雖然是個武將，凡事想得周到，也算體貼入微，對她照顧有加，
擔得起大男人的責任，卻沒有大男人那些把妻子當附屬的心態，
在他面前，她不用偽裝，可以盡情地做她自己，生活過得挺舒心的。
只是這人前恩愛夫妻的戲碼演久了，似乎是日久生情了？

文創風 369 5 完

歷劫歸來之後，原以為兩人會如之前那般恩愛，如膠似漆，
不料兩人竟走到和離這一步……
她不懂是他變了，還是自己哪兒錯了？她跟他究竟是怎麼了？
她死了心、瞞著他獨自生下孩子，打算這輩子就過著沒有他的日子之後，
這才發現他緊守的一樁秘密心事……
而且，他竟拿命來博回她的愛……

情有靈犀・愛最無價／靈溪

文創風
365

藥香賢妻 1

國家圖書館出版品預行編目資料

藥香賢妻 / 靈溪著. --
初版. -- 臺北市 : 狗屋, 2016.01
冊 ; 公分. --（文創風）
ISBN 978-986-328-538-0（第1冊：平裝）. --

857.7　　104024664

著作者　靈溪
編輯　王佳薇
校對　黃薇霓　周貝桂
發行所　狗屋出版社有限公司
地址　台北市104中山區龍江路71巷15號1樓
電話　02-2776-5889～0
發行字號　局版台業字845號
法律顧問　蕭雄淋律師
總經銷　知遠文化事業有限公司
電話　02-2664-8800
初版　2016年1月
國際書碼　ISBN-13　978-986-328-538-0
原著書名　**《医路风华》**，由瀟湘書院（www.xxsy.net）授權出版

定價250元
狗屋劃撥帳號：19001626
網址：love.doghouse.com.tw　E-mail：love@doghouse.com.tw